决战王妃

THE
SELECTION

[美] 绮拉·凯斯 著 李燕霞 译

四川文艺出版社

图书在版编目（CIP）数据

决战王妃 . 1 ／（美）凯斯著；李燕霞译 . 一成都：
四川文艺出版社，2015.8
　　ISBN 978-7-5411-4148-5

Ⅰ . ①决… Ⅱ . ①凯… ②李… Ⅲ . ①长篇小说－美国－现代
Ⅳ . ① I712.45

中国版本图书馆 CIP 数据核字（2015）第 171640 号

著作权登记号　图字：21-2015-33-35

决战王妃
JUE ZHAN WANG FEI

作　　者	[美] 绮拉·凯斯
译　　者	李燕霞
责任编辑	李晓娟　李淑云
版权编辑	郭　淼
装帧设计	蒋宏工作室
排版制作	尚上文化

出版发行	四川文艺出版社
社　　址	成都市槐树街 2 号
网　　址	www.scwys.com
电　　话	028-86259285（发行部）028-86259303（编辑部）
传　　真	028-86259306

读者服务	010-67693312
总 经 销	新华文轩出版传媒股份有限公司

印　　刷	三河市华业印务有限公司
开　　本	880mm×1230mm
印　　张	10.5
字　　数	224 千字
版　　次	2015 年 8 月第 1 版
印　　次	2015 年 8 月第 1 次印刷
书　　号	ISBN 978-7-5411-4148-5
定　　价	29.00 元

_{THE} SELECTION

第一章

看到信箱里的那封通知书时，妈妈开心得简直要晕过去了。那一刻，她认为我们所有的难题都迎刃而解，并且再也不会出现了，而我就是这所有改变的关键。我不认为自己是一个喜欢跟父母对着干的女儿，但我也是有底限的，而这件事就是我最后的底限。

我不想成为皇室成员，也不想成为第一阶级，我甚至根本连试都不想试。

在这拥挤的家里，我只能躲进自己的房间，因为这里是唯一可以逃离大家兴奋的交谈声的地方。到目前为止，我已经想好了一连串的理由拒绝她，不过，她应该哪一条也听不进去……

晚饭时间快到了，我不能再躲着了。身为目前家里最大的孩子，做饭这个任务责无旁贷地落在我的肩上。我无奈地下了床，走进闹哄哄的客厅。

妈妈狠狠地瞪了我一眼，但什么话都没说。

我俩默默地准备着鸡肉、意面和苹果切片，在厨房和餐厅之间忙进忙出，把晚餐和五套餐具都摆放好。假如我一抬眼，就会跟她那严厉的眼神碰上，我觉得她是想用这种精神压迫让我改变想法。这是她惯用的招数。就像有次我想拒绝一份工作，因为那家人对我们这些服务人员很无礼。那时她就这样瞪我。还有次也是这样，她想让我来做大扫除，因为我们没有钱雇第六等级的人了。

不过，她这一招不是什么时候都有效。像今天这件事，就已经超出了我的底限。

妈妈最受不了的就是我那一股子拧劲儿，可是她也该明白，这一点可是完全遗传自她啊。不过我也知道，这并非只是我一个人的事，而是牵涉了整个家庭。妈妈最近压力一直很大，因为夏天就快结束了，我们即将迎来漫长的严寒和无尽的焦虑。

妈妈把茶壶重重地放在餐桌上，看着透明壶内的柠檬茶，我狠狠地咽了一下口水。现在一定要忍住，如果我忍不住喝掉自己那杯的话，那吃饭时我就只能喝白开水了。

"填个表会要了你的命吗？"她终于不再沉默，开口质问我："对你和对我们这个家来说，选妃活动是个千载难逢的机会！"

我深深地叹了口气，心想：填了那张表，我可能就真的离死不远了。

谁都知道，伊利亚王国一点也不太平，叛军已经在大规模地、频繁地攻打皇宫了，他们极度仇视我们这个既年轻、领地又大的王国。我们也亲眼见过叛军在卡罗莱纳省的所作所为，有个地方法官的房子被他们烧毁，还有许多第二等级人家的汽车也被毁了。他们甚至还策划了一次大规模越狱，最后只放走了一个怀孕的少女和一个第七等级的父亲，那个父亲有九个孩子。说实话，在越狱这件事上，我觉得他们做的是对的。

抛开潜在的危险不说，光是想一下选妃这件事，都会让我心痛。但是一想到自己坚持留下的理由，我就情不自禁地笑了出来。

"过去这几年，你父亲太不容易了，你要是有点良心的话，至少要想想怎么帮他！"她压低嗓音严厉说道。

爸爸，是啊，我真的很想帮帮他，还有小梅和杰拉德，当然，其实我也很想帮帮妈妈。然而她只要把话题引到这方面，我就再也笑不出来了。我们这个家实在太穷了，需要很多钱才能让家里的状况好起来，不知道爸爸会不会也把选妃当成改变现状的捷径。

其实，我家的情况也不是真的那么可怕，还不是马上就活不下去的那种，但离活不下去不远了。

我们都是艺术工作者。艺术工作者和古典音乐家离最底层的贱民只有三级之遥，正因为如此，我们家的钱一直都没富余，全家人的收入都受季节的影响。

我记得在一本很古老的历史书上读到过，所有重要的节日都集中在冬季的几个月里，先是一个叫万圣节的节日，然后是感恩节，接下去是圣诞节和新年，都紧挨着。

估计要改一个圣人的诞辰日是不太可能的，所以，现在只有圣诞节的日子没有被改动。当伊利亚王国跟 C 国签订和平协议后，新年的日子就更改到一月或二月，具体哪天则要看月亮的圆缺。而以前所有关于感恩和独立的节日，现在被简单地统一成感恩庆典。庆典是在夏天，庆祝伊利亚王国的建立，并感恩国家能够幸存下来。

我不知道万圣节是什么，这个节日没有再被提起过。

所以，我们全家都有工作的日子，一年之中最少会有三次。爸爸和小梅制作各种手工艺品，他们的老主顾会买去当作礼物送人。妈妈和我会在各种派对活动上表演，她弹琴，我唱歌，只要时间上能安排开，我们不会放弃任何一个挣钱的机会。记得小时候，在一群人面前表演能让我紧张得晕过去，但现在，我已经习惯自己是个背景音乐了，说实话，这也是雇主眼中的我们：只用听，不用看。

杰拉德还没有找到他的兴趣，幸好他才七岁，还有时间。

很快，树上的叶子就会渐渐变黄，我们这个小小的世界又会变得不安定。再接下去，在圣诞节之前这五个月的时间里，全家只有四个人可以挣钱，而且不一定能有工作。

这么一想，选妃活动看起来就变成了我们的救命稻草，是我必须一把抓住的东西。那封可笑的通知书不仅可以把我从黑暗中拯救出来，还能把一家人一起拉出深渊。

我看着母亲，作为一个第五等级的人，她算是微胖。这真是很奇怪，她并不是个贪吃的人。何况，我们也没有更多的食物让她敞开吃。或许，当一个女人生完五个孩子后，身体自然就变形了吧。她的头发和我的一样，是红色的，头顶已经花白的头发，大概是两年前突然冒出来的，眼角的鱼尾纹也越来越明显了。虽然她的岁数还不算很大，但看她在厨房忙碌的微胖身影，就像无形的生活重担压在肩上，让她总是直不起腰来。

我知道她的负担很重，也明白她为什么总是特别想要控制我。我俩总是为这些事情争吵，而每当艰难的秋天悄悄地到来，她会变得更加焦躁。我知道，在她心里，我连一张表格都不愿意填简直就是大逆不道。

但这个世界上，有些事，很重要的事，是我所珍爱的。对我来说，那张纸就像一堵墙，把我和我想要的生活完全隔开。我想要的生活也许很愚蠢，不是我可以拥有的，但无论如何，它是属于我的梦想。无论家人对我来说有多重要，我都不认为可以为此牺牲自己的梦想。何况，我对家人已经付出很多了。

自从肯娜结婚，科塔自立门户后，家里最年长的孩子就是我了，我尽力为这个家做贡献。我同时要学好几种乐器和演唱技巧，每天需要训练的时间很长。所以，我回到家后的学习时间，只能安排在各种训练的间歇，一切都要给训练让路。

但从收到通知书的那一刻，我下过的所有苦功都没什么意义了。在妈妈的心中，我已经是王妃了。

我要是机灵点儿的话，就应该想到要在爸爸、小梅和杰拉德进来之前把信藏起来，可没想到妈妈居然把它塞进自己的衣兜里了，在饭吃到一半时，她冷不丁把信拿了出来。

"致辛格家族，"她朗诵着。

我立刻伸手去抢，可她动作比我更快。虽然大家迟早会知道这事儿，但如果由她来说，其他人就会站在她那边了。

"妈，求你了！"我哀求着。

"我想听！"小梅兴奋得声音都尖了。我的小妹妹只比我小三岁，在外人看来，我俩简直就是一个模子里刻出来的。虽然我们的外表很像，我们的个性却截然相反。她和我不一样，她很外向也很乐观，目前正处在对男生好奇的阶段。选妃对她来说肯定是非常浪漫的一件事。

我感到脸上一热。爸爸在专注地听着，小梅在一边已经高兴得坐不住了，可爱的小杰拉德只顾着继续吃饭。妈妈清了一下嗓子，往下念：

"最新的人口普查显示，您家有一位年龄在十六至二十岁之间的未婚女士。我们希望通知您以下这个能为伊利亚王国做出贡献的机会。"

小梅再次尖叫起来，抓着我的手腕："是你！"

"我知道了，小猴子。快松手，我手都要断了！"但她还是抓着我的手上蹿下跳。

妈妈接着念："我们爱戴的麦克森·斯威夫特王子本月已达及冠之年，在他进入生命中新阶段的时刻，望寻得共同成长的伴侣，与一位真正的伊利亚女子结成连理。您的家庭里合乎资格的女儿或姐妹如有意愿成为伊利亚王子的王妃的话，请填写后面附上的表格，并交给当地的省服务办公室。我们会从每个省随机抽出一名女子与王子会面。"

"被抽中的参与者在活动期间会住在杉矶城的伊利亚皇宫里，每位候选者的家庭都会得到**丰厚的补偿**"——她特意把这几个字念得又慢又清楚——"以酬谢她们对皇家的付出。"

她边读我边翻白眼。这就是皇家对待王子的方式，而出生在皇室的公主，她们的包办婚姻不过是一场政治交易，用来巩固邦交。我明白这么做的初衷——我们这个年轻的王国的确需要盟友，但我不喜欢这种做法，不想见识这种喜事，更不希望自己被牵扯进去。皇室已经有三代没有过公主了。而王子们呢，需要娶一个平民女子来安抚我们这个有点动荡的社会。每次的选妃目的就是想把各阶级人民拉近，提醒所有人，伊利亚王国是从废墟上建立起来的，毕竟我们的人民偶尔也有反叛意图。

不要说亲自参加这个全国瞩目的比赛，只是想想，要从众多适龄少女中，选出一位最漂亮肤浅的女孩，让她闭上嘴、面带微笑地站在那个高傲自大的窝囊废身边……只是想到这些就已经快让人崩溃了。还有比这更侮辱人的吗？

更何况，我去过很多第二等级和第三等级的人家，很确定自己根本不想和那些人一起生活，更别说和第一等级相处。除了吃不饱的时候，我还是很满足于自己的第五等级。我妈妈才是那个想要往上爬的人，不是我。

"他当然会爱上亚美利加了！她多么漂亮啊！"妈妈已经心醉神迷了。

"妈妈，拜托！我顶多也就是普通人而已。"

"你才不是呢！"小梅说："你和我长得一模一样，我可是个美人呢！"她咧着嘴笑，那样子让我不禁笑出声来，这点倒是真，因为小梅真的很漂亮。

其实不只是脸长得好看这么简单，她那迷人的笑容和闪亮的眼神让她更有魅力，全身散发出来的那种气质让人很愿意跟她待在一起。说实话，我真的没有小梅那种魅力。

"杰拉德，你怎么看？你觉得我漂亮吗？"我问他。

所有的眼睛都转向家里年纪最小的成员。

"不！女孩子都很恶心！"

"杰拉德，求你了！"妈妈叹了口气，有点儿恼火，但是谁又能对这么可爱的杰拉德生气呢，"亚美利加，你必须要明白自己是个非常可爱的女孩子。"

"如果我真是这么可爱，为什么从来没有人约我出去？"

"噢，谁说没有人来约你啊，只不过都被我赶走了。我的女儿们这么漂亮，嫁给第五等级太可惜了。肯娜嫁了个第四等级，我相信你会嫁得更好。'妈妈说着喝了口茶。

"姐夫叫詹姆士，别再用数字代替了好吗？那些男孩子从什么时候开始来找我的？"我听见自己的声音越来越大。

"有一阵子了，"爸爸开口说了他第一句话，声音中有一点伤感的情绪，眼神一直没离开手中的杯子。我想知道究竟是哪件事让他这么不高兴，是男孩子来约我呢，还是我和妈妈又吵架了？又或是我不肯参加选妃？或者舍不得我去那么远的地方？

他抬头匆匆看了我一眼，就一眼，我突然就明白了。他开不了口，他不想让我去，但又不能否认，如果我被选上，对家里的帮助会很大，哪怕只是一天也好。

"亚美，你理智点。"妈妈接着说，"我们肯定是全国唯一一对需要费尽唇舌说服自己女儿参选的父母了，你想想这是个多么好的机会！你很可能成为王后！"

"妈，先别说我一点儿都不想当王后，就算我真的想，光我们这一个省就有无数女孩填表报名，那可是成千上万人啊。就算我万一真的被抽中了，那最后入选的，除了我，还有三十四个女孩呢，她们个个都比我懂得如何勾引男人。"

杰拉德的耳朵立马尖了起来："什么是勾引？"

"没什么。"我们异口同声地回答。

我总结："考虑完这些因素，你们不可能还异想天开地认为我真的会胜出吧？"

母亲把椅子一推，站了起来，上半身探向我："肯定会有人胜出的，亚美利加，你的机会和其他人是一样的，"她扔下餐巾，离开座位，"杰拉德，吃完之后你得去洗澡。"

他发出一声哀号。

小梅默默地继续吃饭，杰拉德把盘中的吃完后还想再来点，但是已经没有多余的食物了。大家吃完起身后，我开始收拾餐桌，爸爸坐在一边喝着杯中的茶。他的头发又沾上颜料了，那一抹黄色让我不禁想笑。他边站起来边拍拍衬衫上的面包屑。

"爸，对不起。"我拿起盘子，轻轻地说。

"别多想，小宝贝。我还没疯。"他微笑，伸出一只胳膊来搂我。

"我只是……"

"你不需要向我解释，宝贝儿。我都知道。"他亲了亲我的额头，"我要回去工作了。"

就这样，我走到厨房开始打扫。我把自己盘中没怎么动过的食物收起来包好，藏在冰箱里。其他人基本上都把自己那份吃得干干净净。

叹了口气，我走回自己房间准备休息了。这件事实在让我恼火。

　　妈妈为什么总是逼我？难道她从没开心过吗？她不爱爸爸吗？这些难道还不够吗？

　　我躺在自己坑坑洼洼的床垫上，努力想搞明白选妃这件事。要说这事儿肯定还是有很多好处，光是能吃一阵子饱饭就已经很诱人了；但是这样折腾有什么意义呢，我又不可能爱上麦克森王子。从《伊利亚首都报道》上就可以看出来，我一点也不可能喜欢上这种男生。

　　午夜好像永远不会到来一样。我起身走到镜子前，整理了一下头发，涂了点儿唇彩。妈妈平常只许我们在演出或出席公共场所的活动时化妆，但某些晚上我会偷偷化个简单的妆。

　　我蹑手蹑脚地走进厨房，尽量不弄出动静，从冰箱里把我吃剩的食物拿出来，又拿了一包马上要过期的面包和一个苹果，把它们都包起来。夜深的时候，想要不发出一点声音，悄悄地走回自己的房间简直是不可能的，不过就算我早一点去拿吃的，照样也得这样小心翼翼。

　　打开房间的窗户，就是我们房子后面的一小片后院。今晚没有月亮，所以我需要等一会儿，让双眼适应黑暗。小树屋在草地的尽头，在这么黑的夜里只能看清轮廓。我们小时候，科塔会把床单绑在树上，小树屋就像只船，他会扮演船长，而我是他的第一副手。我的任务通常是负责扫地和做饭，所谓的饭，当然只是放在妈妈烤盘上的泥土和小树枝而已。他会舀一勺子泥土，夸张地边"吃"边从肩上往后甩，所以过后我要再扫一次地。但我不在乎，只要能和科塔一起在船上，我就很高兴。

　　四下一看，左邻右里的灯都关了，没人会看到我。我小心地从窗口爬出去，以前没掌握好窍门，我总是把自己弄得青一块紫一块，现在变得很简单了，经过几年的努力我已经很熟练了，现在要注意的只是别把食物弄脏了。

穿着我最可爱的睡衣匆匆跑过草坪，虽然我知道其实穿什么都无所谓，我大可以换成白天的衣服，但穿着这条棕色短裤和紧身白上衣让我觉得自己很好看。

现在我单手去爬那些钉在树上的踏板已经是轻而易举的事儿了，这也是我近年来习得的技能，每爬一步我都觉得更轻松一点。虽然距离没多远，但在上面让我觉得离家里的喧闹好远好远。在这儿，我不用成为任何人的王妃。

爬进这个避风港时，我立刻感觉到，自己并不孤单。在远处的拐角，有人隐藏在夜色中。我的呼吸越来越快，无法控制。放下手中的食物后，我眯着眼往那边看去，那人动了一下，点亮了一根蜡烛，只有微弱的光——屋子里的人都不可能看见——但是足够了。最后，角落的人终于开口了，一脸狡黠的笑容。

"嗨，美女。"

第二章

我爬往树屋深处，这不过是个一米半乘一米半多点的空间而已，在这里连杰拉德都不可能站直，但我很爱这里。这儿有一个入口，入口正对面有一个小小的窗口，我留了一个旧的踏凳在这儿当小桌子，可以放蜡烛，还有一条破旧的毯子，坐在上面跟直接坐在木板上没什么区别。这里没什么东西，却是我的安全港湾，**我们的安全港湾**。

　　"拜托不要叫我美女。先是我妈，然后是小梅，现在连你都这样，我快受不了了。"艾斯本看着我，他笑了。看他的眼神，我知道跟他说"我不漂亮"是没用的。

　　"你改变不了，你是我见过的最美丽的女人，你不能不让我在唯一能说这句话的时间说出来。"他伸手过来捧着我的脸，我陷入他深邃的眼神中。

　　就这样，他的双唇已经落到我的双唇上，我再也无法思考，选妃、贫穷的生活、伊利亚，全都不见了，只留下艾斯本拥抱着我的双手，他的呼吸轻轻吹在我的脸上。我抚摸着他洗完澡后还没干透的黑发——他一向喜欢晚上洗澡——把它们一缕一缕卷成完美的小结。他闻起来就像他妈妈亲手做的肥皂一样，那是我魂牵梦萦的香味。片刻后我们分开了，而我脸上的微笑是打从心里发出来的。

他让我坐在他劈成大字的双腿之间，环抱着我，就像在哄小孩子一样。"对不起，艾斯本，我心情不太好，因为……今天我们家收到那封愚蠢的通知了。"

"噢，是啊，那封信。"艾斯本叹了口气，"我家收到两封呢。"

当然，他们家的双胞胎妹妹刚刚满十六岁了。

艾斯本仔细看着我脸上每一寸肌肤，每次我们在一起，他都这样看我，就像要把我的模样深深地刻进脑海。离上次见面已经超过一周了，平常我们几天就见一面，这次实在等急了。

我也细细端详着他。毫无疑问，他是我见过的最帅的男生，无论对哪个等级来说都是。他身高适中，身材精瘦，恰到好处，黑发绿眼和内敛的笑容让人觉得他藏着什么秘密。在昏暗的烛光中，我留意到他的黑眼圈，看来过去一周他又是天天工作到很晚。他的黑T恤穿得有好几处已经磨破了，跟他天天穿的这条牛仔裤一样。

真想好好给他补补衣服上的破洞。这就是我最大的心愿，不是去做伊利亚王国的王妃，而是成为艾斯本的妻子。

不能和他在一起的时光是很难熬的，有些时候，我无法控制自己胡思乱想，想知道他在干什么。难以克制的时候，我就让自己练琴，所以我现在能弹得一手好琴，真是艾斯本的功劳，是他让我不得不找事情来分散对他的注意力。

这不是什么好事。

艾斯本是第六等级，这个等级的人全都是服务人员，他们比第七等级好一点的地方在于，他们受过一些教育，并且接受过室内工作的培训。艾斯本是我认识的人里最聪明的，而且长得特别好看，但是，女人下嫁给比自己等级低的人，还是很少见。等级低一点儿的男人可以向高一点的女人求婚，但很少会成功。而且，任何人要和不同等级的人结婚，都需要填妥报备文件，等大概九十天，才可以完成合法手续。我不只听一个人说，这九十天是给人们改变心意的时间。所以，我们俩现在这么亲密，又是在远远晚于宵禁的时间……被发现的话，麻烦就大了，更不用提我妈妈会怎样对待我。

可是，我真的爱艾斯本。我两年前就爱上他了，而且，他也爱我。他坐在一边轻抚着我的头发，我根本不能想象自己去参加选妃。

"你觉得怎样？我是指选妃。"我问他。

"好吧，这个可怜的男生总得**找个办法**来找一个女孩吧。"我能听出他话语中的讽刺，但我当真想知道他的想法。

"艾斯本。"

"好吧，好吧！嗯，我一方面觉得挺悲哀的，难道王子不能自由恋爱吗？难道他真的没办法追求到任何女孩吗？如果他们都是把公主嫁别的王子，为什么咱们的王子就不能这么办呢？总有一个皇室公主配得上我们的王子吧，我真是不能理解。"

"但另一方面……"他叹一口气，"我又觉得这是个让人期待的做法，挺让人兴奋的。王子要在所有人的注视之下爱上一个女孩，我很高兴有人从此快乐美满地生活。而且，任何等级的人都有可能成为我们的下一届王妃，多让人振奋，这点让我觉得或许自己以后也有可能快乐美满地生活。"

"所以，你赞成双胞胎去参加，是吧？"我问。

"是的。我们有时候在电视上能看到王子，他看起来是个不错的男孩，虽然有点高高在上的感觉，但样子还算友善。我家妹妹也很积极，今天我回家时她们正在屋子里高兴得手舞足蹈呢。说实话，我们都不能否认这件事对家里有帮助，而且我家有两次被抽中的机会，这让我妈觉得希望很大。"

这是关于这恐怖竞选的第一个好消息。此刻我才明白，我居然沉醉在自己的胡思乱想里，完全没想到艾斯本的妹妹们。如果其中一个被抽中，而且最终胜出……

"艾斯本，你知不知道金宝或西莉亚赢的话意味着什么？"

他拥抱我的双臂紧了一些，双唇轻扫我的额头，用一只手轻抚我的背。

"我今天一天净想这件事了。"他沙哑的嗓音有些不安，我本能地希望艾斯本抚摸我、吻我，如果他的胃没有及时地抱怨的话，今晚我们肯定就这么过了。但现在我的思绪断了。

"噢，对了，我带了些点心来。"我尽量轻松地说。

"噢，是吗？"我听得出来，他尽量不表现得太兴奋，却又抑制不住地流露出渴望。

"你会喜欢这鸡肉的，我亲手做的。"

我转身找到带来的小包袱，递给了艾斯本。他小口小口地吃起来，不忘礼节，而我只是象征性地咬了一口苹果就放下，让他接着吃。这样他会觉得这些食物是我们一起分享的。

　　我家只是经常担心食物，而艾斯本一家有时根本就揭不开锅。他虽然总能有工作，收入却比我们少很多，所以他们家从来都不够吃。艾斯本是七个兄弟姐妹中最年长的，我在我家是尽力，能帮多少就帮多少，而他身为长子，总会把自己那份本来就少得可怜的食物留给弟弟妹妹和劳累的妈妈。艾斯本的爸爸三年前去世了，现在只能靠他撑起整个家。

　　看着他舔干净抓完鸡肉的手指，我心里充满了满足感。他接着把面包撕成一片一片吃，真难想象他在家里等到最后还能有什么吃。

　　"你的厨艺真棒，以后你一定会把大家喂得又圆又胖、开开心心的。"他咬了一口苹果，感叹道。

　　"我会把你喂得又圆又胖、开开心心的。你知道的。"

　　"嗯，白白胖胖啊！"

　　我们都笑了出来，然后，他跟我诉说上次见面之后都做了些什么事。他去一家工厂做了几天文书的工作，接下来的一周也会在那儿打工。他的妈妈终于得到一份给本地几家第二等级家庭做定期清扫的工作。双胞胎妹妹被迫放弃课后的剧团活动，很不开心，她们需要用这些时间去多做些工作赚钱。

　　"我想找找有没有星期天可以打工的地方，想办法多挣点儿钱，好不忍心看她们放弃这么喜欢的事情。"他的语气里充满了希望，就像他一定办得到。

　　"艾斯本·莱杰，你敢！你现在已经超负荷了。"

　　"哎，亚美，"他轻轻地对着我耳朵说，我的心都快要跳出来了，"你了解金宝和西莉亚，她们喜欢和人相处，不能总是把她们藏起来做清洁或文书的工作，那不是她们的天性。"

"可是也不能由你一个人负担所有的事情啊，艾斯本。我知道你很爱她们，但你也要照顾好自己啊，如果你真的在乎她们的话，就更应该照顾好她们的家庭支柱。"

"亚美，真的不必担心，我想事情很快就会有转机了，我不会永远都这么辛苦。"

事实是他会永远这么辛苦，因为他的家里一直都需要钱。"艾斯本，我知道你能办到，但你不是超人，不可能满足你爱的人所有的需求。你不能……你不能什么都自己扛。"

我们沉默了片刻。我只能希望他是正在消化我的话，明白自己如果不慢下来，就会累垮。第六、第七、第八等级的人过劳死已经不是什么新闻了，光是想想我都受不了。我往他的怀里靠了靠，努力把脑海中那可怕的画面赶走。

"亚美利加？"

"嗯？"我轻声回答。

"你会参加选妃吗？"

"不！当然不会！我不想让任何人觉得我想嫁给一个陌生人。我爱的是你！"我急切地说。

"你想降成第六等级？永远挨饿？永远担惊受怕？"他问我，我能听出他声音中的痛楚，因为他问的是最现实的问题：如果可以选择，是住在有人服侍的皇宫里，还是跟艾斯本的家人挤在一个只有三间房的公寓里？我真正想要的是哪个呢？

"艾斯本，我们能行的，我们这么聪明，总会想到办法。"我多么希望这句话能成真。

"亚美，你知道我们的未来是怎样的，我是一定要撑起我的家庭的，我不可能放下他们。"我在他的怀抱中局促不安，"而且，如果我们有了孩子……"

"当我们有了孩子，我们小心就是了，谁要求我们生多于两个了？"

"你知道我们根本控制不了这种事！"我能听见他声音中的愤怒。

愤怒是可以理解的，因为只有有钱人才能做生育控制。第四等级和以下的人们，政府根本不管。过去六个月内，开始认真思考如何才能真正地在一起后，我们就为这件事争吵过不止一次。孩子是最大的未知之数，生得多，会有更多劳动力，但同时，也是更多饥饿的肚子……

我们又陷入了沉默，不知道说什么好。艾斯本是个热情的人，在争吵中很容易过于激动，不过，经过努力，他现在可以很好地控制自己的情绪了，就像现在，我能感觉到他正在极力控制自己。

我并不是想让他难受或者多想，而是打从心底认为我们真的可以应付。只要尽力为所有可以预料的情况做好计划，那么我们也能应付意外情况。或许是我太乐观，或是太爱他了，但我真心相信，只要艾斯本和我一起争取，我们就能做到。

"我想你应该去。"他突然说。

"什么？"

"参加选妃。我想你应该去。"

我瞪着他："你是疯了吧？"

"亚美，听我说。"他在我耳畔说道。这也太不公平了，他明明知道这样子我根本没法集中精神思考。他的声音带着厚重的鼻息，像在说情话一样喃喃细语，实质上却是完全相反的内容，"如果你有机会过更好的生活，却为了我放弃的话，我永远不会原谅自己。我承受不起。"

我不禁愤愤地哼了一声："太荒谬了！你想想有几千个要参加的女孩，我根本不可能被抽中啊。"

"如果不会抽中你，那填表又有什么关系呢？"他用双手抚摸着我的双臂，每次他这么做时我都无法跟他争吵下去，"我只是希望你填表，只想你去试一下。如果被抽中了，那你就去。如果没被抽中，那至少我不会责怪自己把你拖累了。"

"但我不爱他啊，艾斯本！我甚至不喜欢他！而且不**认识**他。"

"没有人认识他，所以才需要这个过程；不过，说不定你会喜欢他。"

"艾斯本，够了。我爱你。"

"我也爱你。"他深深地吻了我，以证明他的真心，"如果你爱我，就去参加吧，否则我会为此永远纠结，会不停地想如果你去了结果会怎样。"

当他把这件事说成是为了他，我就没办法坚持己见了。因为我不能伤害他，一直以来，我都想努力帮他过得好一点。何况，我的判断不会错，根本不可能选上我。所以，我大可以走个过场，让所有人都开心。然后，等到我没有选上的那天，大家也就安心放弃了。

"拜托啦。"他对着我的耳朵低语，这种感觉有如一股冷气直逼身体。

"好吧，"我轻轻地回答，"我去。但你要记着，我不想成为什么王妃，我只想成为你的妻子。"

他的手梳过我的头发。

"你会的。"

或许是因为烛火的光线，又或者是太暗了，他说这句话时，眼中泛着泪光。艾斯本经历过很多磨难，但我只见他哭过一次，那是他弟弟在广场上受鞭刑的时候。小杰米在市场上的水果摊偷了几个水果，如果是成人的话，就会被简单审讯，然后根据所偷东西的价值来决定究竟是监禁还是死刑。杰米当时只有九岁，所以他被判鞭刑。艾斯本的妈妈没钱带他去接受正规的治疗，所以杰米的背部留下无法消退的疤痕。

那一夜，我一直坐在窗前等艾斯本来树屋，当他终于出现时，我立刻溜出去见他。他在我怀里哭了一个小时，不断呢喃着如果他更努力工作、做得更好的话，杰米就不用去偷东西了。他认为是自己的原因才使杰米受这种苦，真是太不公平了。

听他说这些话真是折磨人，因为根本不是那么回事。但当时我不能这么说，他根本就听不进去。艾斯本默默地扛起了照顾所有他爱的人的重担，神奇的是，我也成了这其中一员，因此我要把自己的那份负担尽量减轻。

"你能唱歌给我听吗？我想听着美好的旋律入睡。"

我微微一笑，我最喜欢为他唱歌了。然后我坐得更靠近他一些，唱起一首轻柔的安眠曲。

他听我唱了几分钟，然后手指开始漫不经心地抚摸我耳垂下方的皮肤，把我的衣领拉开，沿着我的脖子吻到耳根，又拉起我的短袖，从手臂上一路吻下去，我的呼吸急促起来。每次我给他唱歌，他都会这么吻我，也许，他喜欢我急促的呼吸其实多过我的歌声。

一转眼的工夫，我们已经滚在地上那条又薄又脏的毯子上了。艾斯本把我拉到他身上，我双手抚着他零乱的短发，已经彻底被这刻的感觉迷住了。他用力地吻着我，充满了激情，我感到他的手指在我的腰、背、臀和大腿之间游走，用力虽猛，却总是让我惊讶居然没有留下瘀青。

我们很小心，总是在真正想要做的事情发生前就停下，违反宵禁本来就够糟的了。不过，无论我们之间的界限是什么，我都无法想象伊利亚王国里会有别的人比我们更有热情。

"亚美利加·辛格，我爱你。只要我活着一天，我就会爱你。"他声音里那种深沉的情感，是我始料未及的。

"我爱你，艾斯本，你永远都是我的王子。"

他接着吻我，直到蜡烛燃尽。

肯定过了好几个小时了，我的眼皮已经很沉。艾斯本从来都不担心自己的睡眠时间，却总是很在乎我的睡眠质量。我只好拿着我的盘子和那一分钱，疲倦地爬下树屋的梯子。

艾斯本很爱我的歌声，是用心在感受。有些时候，只要他身上不是什么都没有，就会给我一分钱作为报酬。其实，如果他能存起哪怕只是一分钱，我都希望他给家里，因为他们家需要每一分钱来维持。但另一方面，这些一分钱硬币就像保存着艾斯本愿意为我付出一切的心，这说明了我对他的重要性，我根本不舍得花。

回到自己房间后，我把藏好的装硬币的小瓶拿出来，把最新的一分钱投进去，那清脆的碰撞声是何等悦耳啊。我看着窗外，等了十分钟，才看到艾斯本的身影从树屋上爬下来，从后面的小路离开了。

然后，我并没有立刻睡去，想着艾斯本，想着我是多么爱他，想着他爱我的感觉，这些想法全都让我觉得自己是独一无二、不能取代的无价之宝。我感到，就算是戴上皇冠的王后都不会比我更受珍重。

把这个想法铭记于心，我沉沉睡去。

第三章

艾斯本穿着一身白，仿如天使。我们是在卡罗莱纳省，但身边却没有别的任何人，只是我们俩，不过我们也不想念别人。艾斯本用小树枝给我编了一个王冠，我们正大光明地在一起。

"亚美利加！"妈妈兴奋的大喊把我从美梦中拉了回来。

她开了灯，突然亮起的光线差点儿把我晃瞎，我狠狠揉了几下眼睛才适应过来。

"起来啊，亚美利加，我给你想好了一个计划。"我瞄了一眼闹钟，早上七点，所以，应该是……睡了五个小时左右。

"是让我多睡会儿么？"我口齿不清地说。

"不是的，宝贝儿，我有重要的事要跟你商量。"

我挣扎着坐了起来，衣衫凌乱，头上顶了个鸡窝。妈妈一直在拍手，好像这样就能让我快一点。

"快点，亚美利加！我需要你醒过来。"

我打了第二个大哈欠。

"你想要做什么啊？"我说。

"我要你去提交参加选妃的申请表，你一定会是个很出色的王妃的！"

七点就要面对这件事实在是太早了。

"妈，我真的不……"叹了口气，我想起昨晚答应过艾斯本：至少我会去报名。在天亮之后，这一刻，我真的不敢保证我能做到。

"我知道你不想参加，但我想好了一个交换条件，看看你会不会回心转意。"

我耳朵马上竖了起来。她有什么能跟我交换的呢？

"你父亲昨晚和我谈过了，你已经长大了，我们认为你可以自己去接工作了。你钢琴弹得跟我一样好，而你如果再努力一点儿，你的小提琴也可以完美无缺。而你的嗓音，我敢说本省没有人能比得上你。"

我勉强挤出一个微笑："妈，多谢夸奖了。"我并不是特别想一个人去工作啊，所以，根本不明白这个条件究竟怎么吸引我。

"哎，不只如此，你现在可以自己接工作，自己演出……你挣的钱，自己可以留下一半。"她这么说的时候表情是有点痛苦的。

我一下子精神了，两眼放光。

"不过，条件是你要去报名选妃。"现在她倒是微笑了，她知道我可能还是会有点抗拒，但最终肯定会改变心意。不过我又怎么会反对呢？我本来就决定去报名了，现在更好了，我可以留下一部分自己挣的钱了！

"你知道，我只能同意去报名，却不可能逼他们最终选我，对吧?"

"我知道,但是值得一试。"

"噢,妈妈!"我还是很惊讶,不禁摇头,"那好吧,我今天就去填申请表。钱的事儿你是认真的吧?"

"当然了,你迟早都要自立,学会自己管理财务对你有好处。只有一点我希望你记住,请不要忘记你的家人,我们还是需要你的。"

"我当然不会忘记你们,妈妈,你整天碎碎念,我怎能忘得了呢?"我冲她顽皮地眨了下眼,她笑出了声。就这样,我们同意了彼此的交换条件。

我冲了个澡,趁机好好想了一下过去二十四小时发生的所有事。我只需要填一个表,就能获得家人们认同,让艾斯本开心,又可以挣钱以备将来与艾斯本结婚所用!

我倒不是那么担心钱的问题,但艾斯本坚持我们必须得有一些存款再结婚。那些法律程序还是需要一些费用的,而且,我们希望在婚礼后举行一个派对来邀请亲友们。我想,一旦我们准备好了,应该不用太长时间就能存够这笔钱。或许,以后他会相信我的能力,我可以接几个大点儿的活儿,让我们不至于一直捉襟见肘。

洗完澡后,我给自己弄好了头发,又上了一点儿淡妆以示庆祝。我走到衣柜前找衣服,可是真没有什么选择,衣服大部分都是米黄色、棕色或绿色的。我有几条演出用的好一点儿的裙子,但样式都早过时了。情况就是这样,第六等级和第七等级的人几乎只穿牛仔布做的衣服,必须是耐磨的材料才行;而第五等级一般穿素色衣服,因为艺术工作者无论穿什么都得在外面套上工作服,而歌手和舞者只需在演出时穿得漂亮。上层等级的人偶尔也会穿一下卡其布或牛仔布做的衣服，但都是把这些物料发挥到新的设计高度才会穿。他们拥有了那么多还不够，还把我们的必需品变成奢侈品。

我穿上一条卡其色短裤和一件束腰的紧身绿色上衣，这已经是我最好看的便服了。去客厅之前，我又细细看了自己一遍，今天我觉得自己还是挺漂亮的，可能是因为眼中流露出的兴奋吧。

妈妈和爸爸在厨房的餐桌前坐着，还哼着小曲，他们抬眼看了我几次，但今天他们的眼光一点儿也不影响我的心情。

我拿起那封通知，摸到质量这么好的信纸，心里有点惊讶，因为我从来没摸到过手感这么好的东西，那种厚度和质地，那种重量，让我猛然反应过来，这是多么大的一件事。脑海里闪过两个字：万一？

但我只能摇头把这个想法驱散，拿起笔。

一切都挺简单的，填上我的名字、年龄、等级和联系方式。还要填上身高、体重、头发以及眼睛和皮肤的颜色。当我写到自己能说三种语言的时候，还挺自豪的，好多人都会讲两种语言，但我母亲坚持让我学法语跟西班牙语，因为本国有些地方的人还在说这两种语言。懂这两种语言对唱歌是有帮助的，法语中有那么多美妙的曲子。表格还让人填最高学历，这一项就没什么标准了，因为只有第六和第七等级的孩子需要上公立学校，才会有所谓的学历。教育那一栏我快写完了，在特别技能下面，我写了歌唱和我会的乐器。

"你觉得睡懒觉算是一种特别技能吗？"我故意特别认真地问爸爸。

"是的，写上吧。别忘了也写上你能在五分钟之内吃完一顿饭的技能。"他的回答让我笑出声来。这点是真的，我有时候的确会狼吞虎咽。

"唉，你们两个！你为什么不写你就是个野人！"妈妈生气地走出客厅，我实在不能理解她为什么这么焦躁，毕竟她已经得到她想要的了。

我充满疑惑地望向爸爸。

"她只是希望你得到最好的，就是这样。"他靠着椅背放松下来，继续创作手中的作品，月底就得交货了。

"你也是啊，但你从来都不会这么生气。"我评论道。

"是这样，但你妈妈和我在'为你好'这件事上，意见不一。"他给我匆匆一笑。我这张嘴是遗传自爸爸的，这种不过脑子脱口而出的习惯常常让我惹祸上身。我的脾气则是遗传自妈妈，不过在重要的事情上她管得住嘴，不像我现在这样……

"爸，如果我要嫁给一个第六或第七等级的人，一个我真的很爱的人，你会同意吗？"

爸爸把马克杯放下，注意力集中在我身上，我努力不让自己的表情透露任何信息。他叹了一口气，特别沉重，充满了悲伤。

"亚美，如果你爱一个第八等级的人，我也希望你嫁给他。但你要知道，在婚姻的压力之下，爱情是会慢慢消散的。一个你现在认为你爱的人，可能有一天会变成你恨的人，因为他不能够给你所需要的东西。而且，当你无法照顾好自己的孩子时，情况只会更糟。爱情很多时候敌不过柴盐油米的压力。"

爸爸的双手握住我的手，我看着他的眼睛，尽量把担忧掩藏起来。

"不管怎样，我只想你得到真爱，你值得别人好好珍爱。我希望你有幸能为爱而结婚，而不是为了现实。"

他没有直接说出我想听到的话：我可以为爱而结婚，而不是为了现实而结婚。但这已经是最好的版本了。

"谢谢爸。"

"别对妈妈太苛刻了，她只是为你好。"他亲了一下我的额头，接着工作去了。

我只能叹口气，接着填表。这件事让我觉得最别扭的地方，是家人让我觉得不能有半点自我追求；不过，再不开心，从长远来说，他们也不是不对。在生活面前，我们没有资格谈追求。

拿起填好的申请表，我去后院找妈妈。她正在缝补衣物，小梅在旁边的树下坐着写功课。艾斯本以前总抱怨公立学校的老师有多么严格，可我觉得他们肯定比不上我妈，现在可是个大热天哪。

"你真的填好了？"小梅兴高采烈地问。

"当然了。"

"你为什么改变主意了？"

"妈妈是很有说服力的。"我虽然话中有话，但妈妈明显不认为她的贿赂有什么不对，"妈妈，你准备好了后我们就去服务办公室吧。"

她挤出一个微笑："这才是我的好女儿。去拿你的东西吧，我们现在出发，我要把你的申请尽早地提交上去。"

我乖乖地去拿鞋和包，经过杰拉德房间门口时停了下来，因为他正直勾勾地瞪着一张白画布，无从下手。我们让杰拉德尝试各种各样的艺术选择，但没有一个能上手的。看到房间角落里磨损严重的足球，还有那个圣诞节演出后作为酬劳的二手显微镜，难道我们还看不出来吗，他的心不在艺术上面。

"今天没什么灵感，是么？"我走进他的房间。

"或许你可以学科塔那样，试下雕刻。你的双手这么灵活，我相信你一定会做得很好的。"

"我不想学雕刻，也不想画画或弹琴，我只想踢球去。"他踢了踢地上破旧的地毯。

"我知道。你可以把踢球作为兴趣，但你需要找到一个能让自己维生的技能。你可以两者兼顾。"

"可是为什么呢？"他哀诉。

"你知道为什么，这是法律规定的。"

"但是这样不公平啊！"杰拉德把画布打翻在地，从窗口透射进的阳光中扬起一阵浮尘，"祖父或先人的贫穷不是我们的错啊。"

"我知道。"基于祖先对政府贡献的多少来限制每个人的生活选择，看起来的确够不公平的，但这种方式让我们的社会运转了这么久，或许我更应该感激我们现在享有的平静，"在那个时代，这应该是唯一有效的方法吧。"

他不再说什么，我叹了口气，把画布架扶起来放回原处。这就是他的生活现状，不可能挥一挥手就改变。

"你不必放弃你的爱好，小子。但你愿意帮助爸爸妈妈，也想长大成人、结婚生子的，是吧？"我戳了一下他的脸。

他假装恶心得吐了吐舌头，我们都咯咯笑了起来。

"亚美利加！"妈妈在走廊中大喊，"你磨蹭什么呢？"

"来了！"我大声回答，又转头跟杰拉德说，"我明白这很痛苦，但没有别的办法，好吗？"

我心里明白，这样真的一点都不好，很不好。

妈妈和我是走路去服务办公室，只有要去的地方很远或是去工作，我们才会坐公交，毕竟一身大汗地出现在一个第二等级的家里很难看，他们本来就不正眼看我们。今天的天气很适合走走，距离也不算远。

还没到服务办公室，我们远远就看到，我们不是唯一想尽快提交报名表的人，卡罗莱纳省服务办公室所在的这条街上已经排满交表的女士们。

前面的队中有好几个女孩是我的邻居，她们早早就来了，等着进办公室去。这队伍横里有四个人，排到街尾又折了回来，好像省内所有女孩都来报名了。在这种情况下，我不知道自己该害怕还是该松口气。

"玛格达！"有人叫我妈妈的名字，我们同时转向那边。

西莉亚和金宝跟着艾斯本的妈妈走近我们。她一定是特意请了一天假来这儿的，两个女儿为此都尽力地打扮过了，显得非常整洁。虽然没有美服盛妆，但金宝和西莉亚有着跟艾斯本一样的黑发和迷人的笑容，而且跟他一样，穿什么都很好看。

他妈妈对我微微一笑，我也微笑回礼。虽然我只是偶尔有机会跟他妈妈说话，但我真的喜欢她，她总是对我那么友好，却并非因为我比她高一等级，她只是心地善良，我见过她把孩子们穿不下的衣服送给更困难的家庭。

"你好，莉娜。金宝、西莉亚，你们好吗？"妈妈跟她们打招呼。

"很好！"她们齐声回答。

"你们今天真好看。"我边说边把西莉亚的一缕卷发拨到肩后。

"我们想拍照拍得好看些。"金宝宣布。

"拍照？"我问。

"对啊。"艾斯本妈妈压低声音说，"我昨天在一个官员家清扫，听到这个随机抽选实质上并不是那么回事，所以他们才要拍这些照片，要你填那么多信息。如果真的是随机的，你会讲几国语言又有什么关系？"

填这个问题时我也觉得很搞笑，但我以为这些信息是为抽中之后做准备呢。

"看来这件事走漏了风声，你看，好多女孩子都打扮得花枝招展的。"

我扫了一眼队伍，艾斯本妈妈是对的，有情报的人和没情报的人分别是挺大的。排在我们身后的女孩明显是第七等级的，还穿着工作服呢。照片也许拍不到她那双沾满泥浆的靴子，但身上那一层灰尘可就保不齐了。再后面一点儿是另一个第七等级的女孩，身上挂着一条工具腰带，全身上下唯一能说得上干净的地方只有她的脸。

另一个极端，是我前面的一位女孩，她把头发盘起，留下几根卷发衬托着脸，而她身边的女孩子，看装束很明显是第二等级的，这一位的领口都快开到肚子上了。还有几位的妆浓得就像小丑似的，她们的确很努力啊。

虽然我没有花太多的力气打扮，但我很整洁。就像那几个第七等级的姑娘一样，我不知道需要注意打扮。我突然有些担心。

但这是为什么呢？我控制住自己，整理了一下思绪。

我本来就不想参加，所以，如果我不够漂亮的话，会是一个好理由。我会比艾斯本的妹妹们的美貌低一级，因为她们天生丽质，稍作打扮后更好看了。如果金宝或西莉亚胜出的话，艾斯本全家都会得到提升的。我妈妈肯定不会因为我要嫁的第一等级不是王子，而不让我嫁吧。所以，我没有事先收到情报真是太好了。

"你是对的，"妈妈说，"那个女孩弄得就像要去参加圣诞派对一样。"她笑出声来。我能听出她笑声里的不满，她是不满现在的情况对我不利。

"我不明白为什么这些女孩弄得这么过，你看看亚美利加，她这么漂亮！我觉得你没走她们的路线是对的。"莱杰太太说。

"我没什么特点，谁会不选金宝或西莉亚而选我呢？"我对她们眨了眨眼。她们都笑了，妈妈也勉强挤出一个笑容。她心里肯定在纠结，究竟要不要逼我跑回家换衣服。

"才不是呢！每次艾斯本去你家帮完工回来，都说辛格家的人个个都漂亮又有才华。"艾斯本妈妈接着说。

"他真的这么说吗？真是个好男孩儿！"我妈低声感叹。

"是的，没有比他更好的儿子了，他非常努力地工作来支撑这个家。"

"他将来会令某个女孩非常幸福的。"我妈妈光顾着看队伍中的其他女孩,只有一半的注意力在对话上。

莱杰太太匆匆看了看四周:"我私下跟你说,我觉得他心里已经有一个人了。"

我愣住了,不知道究竟要不要说点什么,不知道说或是不说会不会泄漏我的小秘密。

"是个怎样的女孩?"我妈妈问。就在她计划把我嫁给一个陌生人的同时,居然还有时间讲八卦。

"不知道啊!我都没见过,只是觉得他在约会一个人,因为最近他看起来开心多了。"她神采飞扬地回答。

最近?我们都已经谈了两年了,为什么只是最近呢?

"他居然哼起歌来了。"西莉亚补充。

"对啊,还唱出来了呢。"金宝附和。

"他唱歌?"我惊叫出声来。

"噢,是的!"她们齐声回答。

"那他肯定是在约会某人了!"我妈妈插嘴,"不知道是哪个女孩。"

"你问倒我了,我只能说应该是个很不错的姑娘。过去几个月他很努力,比平常更努力。我知道他在存钱,肯定是想用来结婚的。"

我控制不住地吸了一口气,不过她们都以为我只不过是听到喜讯而惊讶罢了。

"我实在是太高兴了,"她接着说,"就算他还没准备好告诉我们是谁,我都已经爱上这个女孩儿了。他现在会笑了,看起来是那么满足。赫里克过世后，我们过得很艰难，艾斯本承担得太多了，无论是谁能让他这么快乐，我都爱她如同自己的女儿。"

"她是个幸运的姑娘，你家艾斯本那么优秀。"我妈妈说。

我根本不敢相信，在他们家温饱都成问题的情况下，他还为了和我在一起开始存钱！我真不知道究竟应该骂他还是吻他，我真的……开心到不知该说什么。

他真的打算向我求婚！

现在这是我满脑子唯一能想的事。**艾斯本、艾斯本、艾斯本**。同时我排着队，到窗口前签名，声明表格上填的所有信息属实，然后去拍了张照片。我坐在那张椅子上，用手梳了一下头发，好显得活泼一点儿，然后转身面向镜头。

我想，伊利亚王国里没有别的女孩比我笑得更宽心了。

THE
SELECTION
第四章

今天是星期五，晚上八点正是《伊利亚首都报道》播出的时间，虽然不是强制收看，但大家都不想错过，就算是无家可归的第八等级，也会特地找家商店或去教堂看《报道》。尤其现在选妃开始，看《报道》就更是必须的了，所有人都想知道这件事的进程。

"你觉得他们今天会公布入选名单吗？"小梅张着塞满土豆泥的嘴问道。

"不会的，宝贝。符合标准的女孩们还有九天的时间来提交申请表呢，至少还得过两周名单才会出来吧。"妈妈的声音现在前所未有的平静，是终于得到想要的东西之后完全放松的状态。

"啊！我真的等不了了！"小梅抱怨。

她等不了了？那可是我的申请啊！

"你妈妈跟我说，你排了很久的队。"我很惊讶爸爸居然加入了这个话题。

"是啊，"我回答，"没料到会有那么多女孩子，我觉得本省所有女孩都交完表了，完全不明白为什么还需要九天。"

爸爸咯咯地笑："你看竞争对手觉得有趣吗？"

"我没工夫去看，乐趣都留给妈妈了。"这是我的真心话。

她认可地点点头："我是看了，忍不住啊。我觉得亚美利加还是很不错的，优雅又自然。你真是太漂亮了，宝贝儿。如果他们真的是挑选，而不是随机抽的话，你脱颖而出的机会就比我之前所想的更大了。"

"我可不敢肯定，"我只能闪烁其词，"有一个女孩涂了个大红嘴唇，多得像能流出血来似的，说不准王子喜欢这种的呢。"

所有人都笑了，妈妈和我接着跟大家讲队伍中的奇装异服，小梅听得入了神，而杰拉德只是偶尔笑一笑。有些时候，我们很容易忘记，杰拉德已经能够明白他生活的世界是怎样的了，他明白我们一家子的生活压力。

八点钟，我们全都挤进了客厅，打开电视，调到公共频道。爸爸坐在他的专座上，妈妈坐在沙发上，让杰拉德坐在她腿上，小梅坐在她旁边，而我则坐在地板上伸展开来。这个频道是唯一的免费频道，所以，如果第八等级的人买得起电视机的话，也看得到。

国歌响起。我一直都很喜欢我们的国歌，可能这很幼稚吧，但这确实是我最喜欢唱的几首歌之一。

皇室家族的合照出现在屏幕上，然后出现克拉克森国王站在讲台前的画面，镜头切换到旁边，他的顾问们拿着关于基建和环境问题的进展报告坐在座位上，看来今晚会有好几件事公告。镜头的左手边是王后和麦克森王子，他们还是穿着优雅地坐在王座上，一副高高在上的样子。

"亚美，你看你的男朋友！"小梅的话让大家都笑了起来。

我用力审视麦克森，他应该算英俊，尽管，一点儿都不像艾斯本那种好看。他的头发是蜂蜜色的，双眼是棕色的，看起来很阳光，充满了夏天的气息，可能对一些人来说这是很具吸引力的。他的头发又短又齐，打理得很精神，身上一套灰色西装完美地贴合着身体。

他坐姿僵硬，无论是过于完美的发型，还是太过挺拔的西装，处处透露着他的拘谨。整个人看起来就像一幅油画，不像个真人。我甚至为最终要嫁给他的女孩子感到惋惜，那将会是多么无聊的生活啊。

我接着观察他的母亲，她看起来很淡定，也坐得很直，却没有冷漠感。我突然想到，她不像国王和麦克森王子一样在皇宫里长大，她本来是备受爱戴的伊利亚王国的平民女子，或许当年的她就像现在的我。

国王已经在讲话了，但我真的很想知道。

"妈？"我轻轻地说，尽量不影响爸爸。

"嗯？"

"王后……她本来是什么？我指她的等级。"

妈妈对我的好奇露出了笑容："第四等级。"

第四等级。所以，她成人之前可能是在工厂、商店或者在农场工作的。我对她之前的生活很好奇，她也出生在一个大家庭里吗，她长大的过程中应该不用担心挨饿吧？她被选中时，朋友们都妒忌吗？如果我也有朋友的话，她们会妒忌我吗？

这真是个可笑的想法，我又怎么可能被选中呢。

我转移注意力，集中精神听国王讲话。

"今天早上，新亚洲又发生了一次袭击，破坏了我们的基地，令我军人数暂时比敌军少了一些，但是，下个月新一轮的征兵让我们很有信心，士气会马上好转的，更不用说新鲜血液能提升我们的战斗力。"

我憎恨战争。不幸的是，我们是个新成立的国家，对谁都要提防，这片土地真是经不起再一轮的入侵了。

接着国王提到了最新一次扫荡反叛分子的行动，然后金融团队介绍了债务的最新情况，基建团队公布了重建高速公路的两年计划，这其中有一些公路在第四次世界大战后就没有修过。最后上台讲话的人是事务大臣。

"伊利亚王国的女士们、先生们，晚上好。你们应该都知道了，报名参加选妃的通知最近已经邮寄给所有人，我们也已经统计了第一轮报名的人数。我很高兴地宣布，已经有好几千位美丽的伊利亚女孩提交了申请表！"

背景中的麦克森王子在座位上挪了挪，他是紧张了吗？

"我代表皇室家族感谢你们的热情和爱国之心。顺利的话，新年伊始，我们备受爱戴的王子就会选定一位美丽动人、才华洋溢、聪明睿智的伊利亚女士，我们就可以庆贺他们的订婚之喜啦！"

坐在后排的顾问们齐声鼓掌，麦克森微笑着，却显得很不自然。掌声过后，事务大臣接着宣布：

"当然，我们会播出很多关于选妃的节目，让大家认识这些年轻的女士们，甚至会播放她们在皇宫里生活的特别节目。主持这一系列特别激动人心的节目的人选，当仁不让是加夫里尔·法德！"

然后是一阵零星的掌声，不过这次鼓掌的是我妈妈和小梅。加夫里尔·法德是一个传奇人物，过去大概有二十年的时间中，他为皇宫举行的感恩庆典游行、圣诞节演出和其他大大小小的盛典做实况报道，除了他，我没见过别的人能采访皇室成员和皇室的亲友。

"噢，亚美利加，你可以见到加夫里尔！"妈妈已经兴奋得哼起歌来了。

"他上来了！"小梅兴奋地挥舞着双臂。

果然是加夫里尔，穿着一身挺拔的蓝西服，悠闲地走进了录影棚。他大概快五十岁了，但看起来一直那么精神。他走过舞台，灯光在他翻领的别针上反射出一抹金光，就像我弹琴时的强音节一样耀眼。

"晚上好，伊利亚王国！"他是唱出来的，"我必须得说，很荣幸能够参与选妃盛事。我居然有幸能够认识三十五位美丽的姑娘！哪个傻子会不想要我这份工作呢？"他对镜头前的观众眨眨眼，"但在见到这些可爱的姑娘们之前，我想邀请男主角，我们的麦克森王子，上来说几句话。"

此时，麦克森走过铺了地毯的舞台，来到给他和加夫里尔准备的椅子前。他拉了拉领带，整理了一下西装，就像需要超级体面似的。接着，他跟加夫里尔握了下手，面对着他坐到椅子上，拿起了话筒。这椅子挺高的，麦克森把脚踏在椅子中间的一根腿上，这个姿势看起来舒服多了。

"很高兴再见到你，殿下。"

"谢谢你，加夫里尔，我也很高兴。"麦克森的声音和他整个人的感觉一样沉稳，全身散发着一种很拘谨的气场。光是想想和他待在同一个房间里就让我不禁皱眉。

"一个月之内，将会有三十五位女士进驻到你的家里，对此你有什么感觉？"

麦克森笑："说真的，我有点儿头痛。有这么多客人在的话，肯定会挺吵闹的，不过，我还是蛮期待的。"

"那你有向敬爱的父亲取经吗？当年他是怎样获取美人芳心的呢？"

麦克森和加夫里尔同时往国王和王后的方向看过去，镜头拍到他们正拉着手，微笑着，看起来是那么相亲相爱。不过话又说回来，我们普通百姓又能知道多少呢。

"我还真没有问过。你也知道，新亚洲的战情每况愈下，所以我和父亲一直在忙战备方面的工作，还没时间谈论姑娘们的事情。"

妈妈和小梅都笑了，可能是有点儿好笑吧。

"没有多少时间了，我想问最后一个问题。您头脑中最理想的女孩子是怎样的？"

麦克森露出有点儿吃惊的表情，虽然不是很明显，但他好像有点儿脸红了。

"说真的，我不知道。我想这就是选妃的美妙之处吧，每个入选的女士都是独一无二的，无论是外表、喜好，还是性格，都不会一样。通过认识她们、跟她们接触的过程，我希望能从中找到答案，找到适合我自己的伴侣。"麦克森微笑。

"谢谢你，殿下，说得真好。我也在此代表伊利亚国民祝你一切顺利。"加夫里尔跟王子又握了一下手以示告别。

"谢谢你。"麦克森回应。镜头没有马上从他身上移开，所以可以看到他望着父母，眼中寻求对刚才回答的肯定。镜头已经切换回加夫里尔脸上，所以没法儿知道国王和王后有什么反应了。

"今晚的节目只能告一段落了，谢谢您观看《伊利亚首都报道》，我们下周再见！"

就这样，结束的音乐响起，片尾字幕开始滚动。

"亚美利加和麦克森一起坐在树下。"小梅哼起了小曲，虽然我拿起枕头打她，却没办法不为这个画面笑出来。麦克森是那么木讷和安静，真难想象跟这么一个懦夫在一起谁能快乐。

接下来的一个晚上，我都在努力无视小梅的调侃，最终只好躲回自己的房间。单单想一下要和麦克森相处就让我浑身不舒服。小梅的调侃在我的脑海中挥之不去，害我难以入眠。

有种声音把我吵醒了，可是听不出来是什么东西，我尽量不动，只用眼睛去扫视房间内是不是有人。

嗒、嗒、嗒。

我慢慢地转头看向窗口，原来是艾斯本在外面，正咧着嘴冲我笑。我下床，轻手轻脚地走到房门口，把门关上，并上锁，然后又回到床边，打开窗锁，小心地开窗。

艾斯本爬进来走到我的床上时，我感到一股热气扑面而来，但这不是夏天的热空气。

"你在这儿干什么呢？"我压低声音，在黑暗中不禁微笑。

"我必须见你一面。"他双臂环抱着我，气息吹到我的脸上，拉着我躺下来。我俩并排地躺在床上。

"我有好多事想和你说啊，艾斯本。"

"嘘，先别说话。如果有人听见，就不得了了，让我看看你就好。"

我只好乖乖听话，安静地躺在那儿，艾斯本深深地看着我的眼睛，看够了之后，就把鼻子贴在我的脖子上，双手放到我腰间，不停地上下游走。我感到他的呼吸变得粗重起来，吸引着我跟他走。

他藏在我脖子间的双唇开始吻我的肌肤，害得我也呼吸变重，完全不受控制。艾斯本的唇从我的下巴一路往上吻到我的唇，有效地堵住了我的叹息。我紧紧地抱着他，急促的爱抚在湿热的夏夜里让我们大汗淋漓。

这是偷来的美妙时刻。

艾斯本的双唇终于慢了下来，而我则完全没有停下来的意思。但我知道我们需要保持清醒，再进一步，又留下证据的话，我们都得去坐牢。

这是大家很早结婚的另一个原因：等待实在是太煎熬了。

"我该走了。"他轻轻地说。

"但我想让你留在这儿。"我的唇就在他的耳根，再次闻到他身上肥皂的香味。

"亚美利加　辛格，终有一天，你会在我的臂弯里入睡，然后在我的亲吻中醒来。"想到这个画面，我咬着嘴唇。"但现在我要走了，不能得寸进尺。"

我叹口气，放松了怀抱。他是对的。

"我爱你，亚美利加。"

"我爱你，艾斯本。"

这些秘密的时光会支撑我挺过所有困难的：妈妈因为我没被选中失望时；为帮艾斯本存钱而努力工作时；还有，当他向我家提亲遭遇反对时；甚至结婚后我们共同面对一切争执时。只要有艾斯本在，那些都不是问题。

第五章

一个星期后，我特意比艾斯本早到了树屋。

要静悄悄地把东西拿到树屋还真有难度，但我成功了。当他爬上树屋的同时，我最后一次调整了一下碟子。

"哗！"

他看到我就笑了。我点亮特意买的新蜡烛。他走到我面前吻了我一下，片刻之后，我开始跟他诉说过去一周都发生了些什么。

"我都没机会跟你讲交申请表那天的事。"我很兴奋地想分享这个新闻。

"情况如何？我妈说当时人可多了。"

"艾斯本，那简直太疯狂了，你要是看到她们都穿了什么就知道了！我想你肯定知道，整件事并不像他们说的是随机抽取。所以我的想法是对的，卡罗莱纳有那么多比我有意思的姑娘，折腾这么一通也不会有结果。"

"无论如何，我感谢你去交申请了，这对我来说意义重大。"

他的双眼还是紧紧地盯着我，根本没有四下看看。一如往常，他总是一副看不够我的样子。

"嗯，最棒的是，我妈妈不知道我已经答应你去交表，她还贿赂了我。"我笑得合不拢嘴。本周开始，很多家庭都开始给自己的女儿开庆祝派对了，好像她们已经被选上了似的。我已经去了至少七个派对上唱歌了。每晚都赶两场表演，就是为了多挣一份私房钱。妈妈信守诺言，现在我手上有自己的钱，感觉自由了。

"贿赂？拿什么贿赂？"他也满脸兴奋。

"当然是钱啊！看看，我给你准备的盛宴！"我把他推开一些，拿起了碟子。我特意多做了些晚餐的食物，就是为了留一些给他，而且过去几天我也烤了些糕点。反正本来小梅和我就对甜食上瘾，我选择这样子花自己的钱，她可是高兴极了。

"这些都是什么？"

"食物啊，我亲手做的。"我为自己的努力感到光荣，今晚，艾斯本终于可以吃饱肚子了。但看着一碟又一碟的食物时，他的笑容就不见了。

"艾斯本，有什么问题吗？"

"这不对。"他摇着头，不再看这些食物。

"什么意思？"

"亚美利加，我应该是那个为你提供生活保证的人，而不是反过来，来这里享受你为我做的一切，这太丢人了。"

"我又不是第一次这样做……"

"那些是你吃剩的，你以为我真是不懂吗？拿你吃剩的东西我不会难受，但要你专门这样做……我才是应该……"

"艾斯本，你也总是给我啊，你也支持我的，那些钱……"

"那些一分钱？你觉得现在提这事儿是个好主意？你知道我对只能给你一分钱有多恼火吗？我那么喜欢听你唱歌，可是我又不能像别人一样付你应得的报酬！"

"你根本就不应该付我钱！那是一份礼物，我有的所有东西都是你的！"我知道我们应该压低声音，但这一刻，我顾不了那么多了。

"我不是你的施舍对象，亚美利加。我是个男人，我理应照顾你。"

艾斯本抓着自己的头发，呼吸也急促起来。他一向如此，总是想凭借争吵来把事情想清楚，但这次他的眼神有点不一样，不再是慢慢变得认真专注，而是一点一点变得更迷茫。看到他如此失落，我的怒气马上就消失了，反而感到内疚。我原意是让他享受这一切，而不是羞辱他。

"我爱你。"我轻诉。

他摇了摇头。

"我也爱你，亚美利加。"但他还是不肯直视我。我拿起一块面包，放到他手里，他太饿了，还是咬了一口。

"我没有要伤害你的意思。我以为你会高兴。"

"不是，亚美，我很喜欢，甚至无法相信你为了我做了这么多，只不过……你不知道，不能回报你让我有多烦恼，你值得有人对你更好。"他边说边吃起来，我的心情好过了一点。

"你不能再这么想了，只有我们两个人的时候，我不是第五等级，你也不是第六等级，我们只是艾斯本和亚美利加。全世界都没有我想要的东西，我只想要你。"

"但我没办法不这么想。"他看着我，"我就是这么受教育的，从小，他们就教我'第六等级的存在就是为了服务别人'、'第六等级不能被看见'。这辈子，他们只教我如何变成隐形人。"他的双手紧紧地握着我的手，"如果我们在一起的话，亚美，你也会变成隐形人，而我不希望你变成那样。"

"艾斯本，我们讨论过这件事，我知道到时候情况会不一样，我有心理准备。我不知道怎么说才能让你明白。"我把手放在他的心口上，"在你准备好求婚之时，我也会准备好答应你的。"

把话说得那么清楚，把我对他的深情毫无保留地表达出来，让我很不安。但如果我的示弱能让他勇敢，我愿意承受。他看着我的眼睛，如果他是在寻找任何一丝犹疑，那注定是在浪费时间。艾斯本是我唯一确定想要的人。

"不。"

"什么？"

"不。"这个字就如一巴掌打在我脸上。

"艾斯本？"

"我不知道这一路来，我是怎样骗自己，这一切问题会解决的。"他抓了抓自己的头发，好像要把所有关于我的想法从脑海中赶出来。

"但你刚刚说了你爱我。"

"我是爱你，亚美。这就是重点，我不能让你变得和我一样，我不忍心要你挨饿受冻、担惊受怕。我不能把你变成第六等级。"

我觉得自己要哭了。他不是这个意思，不可能是。但就在我要他把话收回去时，艾斯本已经转身要爬出树屋了。

"你……你要去哪儿？"

"我要走了。回家。很抱歉这样对你，亚美利加，但是，我们结束了。"

"什么？"

"结束了。我不会再来这里了，不会再这样了。"

我哭了起来："艾斯本，求求你，我们谈谈吧，你只是一时不开心。"

"我比你想象的要不开心得多，但不是因为你。我只是真的不能再这样了，亚美，我不能。"

"艾斯本，求你了……"

他把我拉近，紧紧地靠着他，亲吻了我，最后一次用力地吻我，然后转身消失在夜色中。而因为宵禁的规定，我们不得不躲起来，现在我甚至不能大声呼唤他的名字。我无法跟他再说一次，我爱他。

♔

接下来的几天，家人都能看出来我有点不对劲儿，但他们大概都以为我在为选妃而紧张吧。我想哭一千次一万次，但都生生忍住了，坚持到周五，希望《首都报道》公布入选名单后，一切就能恢复正常。

我一直在想象，当他们宣布西莉亚或金宝的名字时，妈妈肯定会失望，但至少不是陌生人选上了，又不至于失望到底。我们两家关系这么好，爸爸和小梅马上就会为他们感到高兴。我知道艾斯本一定在想我，就像我想他那样。我敢打赌，节目还没播完他就会跑来找我，求我原谅他，并且求婚。虽说他的妹妹们能不能成为王妃现在下结论还太早，但他一定会趁着喜庆的气氛过来和好，很多事情也就不再成问题了。

在我的想象中，一切都那么完美。在我的想象中，所有人都很开心……

《报道》开播前十分钟，我们全家都已经各就各位，相信今天所有人都不想漏看一秒吧。

"我还记得安伯莉王后被选上的时候！噢，从一开始我就知道她一定会被选中的。"妈妈正在做爆米花，她简直把《报道》当成电影看了。

"妈妈，你申请过参加选妃吗？"杰拉德问。

"没有啊，亲爱的。妈妈当年还不够年龄，小了两岁。但幸运的我，嫁给了你爸爸。"她笑着跟他眨眨眼。

哇呜，她今天的心情肯定不错。我都不记得她上一次表达对爸爸的爱是什么时候了。

"安伯莉王后是最棒的王后，又漂亮又聪明，每次我在电视上看到她，我都好想变成她那样啊。"小梅发出向往的感叹。

"她是个好王后。"我悄声附和。

终于熬到了八点，电视屏幕上亮起了国徽，同时响起了国歌。我真的在颤抖吗？我已经准备好了，希望这件事尽快过去。

国王上来简短介绍了最新的战事，其他报道也很短，所有人的情绪都很高涨，看来，这件事对他们来讲也很有意思。

最后，事务大臣邀请加夫里尔上台。他直接走到皇室成员面前。

"晚上好，陛下。"他跟国王说。

"加夫里尔，见到你总是很高兴。"国王有点自鸣得意的样子。

"期待名单宣布吗？"

"噢，当然。昨天他们抽签的时候，我在场待了一阵子，抽中的姑娘都很可人啊。"

"所以，您已经知道是谁了？"加夫里尔惊叹。

"只是几位，就几位。"

"他有跟你分享这些信息吗，殿下？"加夫里尔转向麦克森。

"完全没有，我只能等着跟大家一起听结果公布了。"麦克森回答，很明显在掩饰自己的紧张。

然后我发觉自己的手心在出汗。

"王后陛下，"加夫里尔走到王后面前，"您对选上的女士们有何建议吗？"

她一如既往地优雅一笑。我不知道她那届选妃中其他候选人是怎样的，但实在无法想象有人能和她一样优雅、美丽。

"请好好享受作为一个普通女孩的最后一晚。明天起，你的生活将会发生天翻地覆的改变。还有，虽然是个老套的建议，但真的很有用：请做你自己。"

"至理名言啊，亲爱的王后。好的，现在，让我们揭晓入选的三十五位女士的名单。女士们，先生们，请跟我一起祝贺这些伊利亚王国的女儿！"

屏幕切换成伊利亚国徽，右上方一小块屏幕可以看见麦克森的脸，方便大家看到公布每个候选人时他是怎样的表情。第一印象是难免的，等会儿他就会对所有入选的姑娘有初步判断了。

加夫里尔手上拿着一叠提示卡，已经准备好宣布入选人的名字了，根据王后的说法，她们的世界马上就会彻底地改变了。

"汉斯波尔省的爱莲娜·斯道女士，第三等级。"屏幕上出现了一个皮肤吹弹可破的娇小姑娘的照片，看起来很淑女，麦克森精神一振。

"韦弗利省的杜耳迪·科普女士，第四等级。"屏幕上换成脸上有点儿雀斑的女孩的照片，这位看起来年纪稍为大一点点，比较成熟。此时，麦克森跟国王悄悄耳语。

"帕洛马省的菲奥纳·卡斯特利女士，第三等级。"一位有着电眼、深褐色头发的美女，可能和我同龄，不过她看起来比我……老道多了。

我转向坐在沙发上的妈妈和小梅："这位看起来是不是很……"

"卡罗莱纳省的亚美利加·辛格女士，第五等级。"

我立马转头看屏幕，我的照片就在那儿，就在我刚刚知道艾斯本存钱要娶我那一刻拍的。当时的我是那么的光彩照人，充满了希望，那么美。我那是一副沉浸在恋爱中的表情，而有傻子居然以为那是对麦克森王子的爱。

妈妈对着我的耳朵尖叫起来，小梅人都跳起来了，把爆米花洒得到处都是。杰拉德也兴奋得跳起了舞。而爸爸……很难说，但我想他正躲在书后微笑。

我没能看到麦克森的表情。

电话响了起来。

连着响了好几天。

THE
SELECTION
第六章

接下来的一周，各路官员涌进我家，为我参加选妃活动而忙碌地准备着。其中有一个特别讨厌的女人，她表现得就像我在申请表上写的情况都是编出来的一样。然后，有一位皇家警卫来跟本地士兵一起制定安全措施，彻底检查了我家的每个角落。看来，我不用等到住进皇宫，就要开始担心叛乱分子的攻击了，真是太棒了。

　　我们接到一位名叫西尔维亚的女人的两次电话，问我们需要些什么。她的声音听起来是自信满满又公事公办的感觉。我最喜欢的访客，是一个蓄着山羊胡须的瘦削男子，他是来给我量身的，准备定做新衣服。整天要穿得和王后一样整洁而优雅，过着拘谨的生活，我不知道自己忍不忍得了，但我还是期待这个改变。

　　最后一波访客是周三下午来的，正好是我要出发前的两天。这个人负责跟我过一遍所有的皇室规则，他特别瘦，一头油亮的黑发整齐地往后梳，不断地出汗。他刚进门就问我，有没有私密的空间能说话，当时我就觉得不太对劲儿。

"嗯，如果你觉得可以的话，在厨房里谈就可以了。"妈妈提议道。

他拿着手帕擦了擦脸，看向小梅："其实什么地方都可以，我只是觉得你最好让小女儿回避一下。"

他要说什么小梅是不能听的呢？

"妈妈？"她像错失了好事一般难过。

"小梅，宝贝儿，你去画画吧，这一周你都没怎么工作了。"

"但是……"

"我陪你出去，小梅。"看着她眼中泛起了泪光，我提议。当我们走远了些，没人听得见我们谈话时，我拥抱了她一下。

"别担心，"我轻声说，"今晚我会都告诉你的，我保证。"

她并没有像平常一样，听见好事儿就忍不住又蹦又跳，只是消沉地点了点头，就去爸爸工作室中属于她的小角落了。

妈妈给纸片男沏了杯茶，我们就坐在厨房的饭桌旁聊了起来。他拿着一叠资料，把笔放在写着我名字的文件夹旁。整理好材料后，他开口说话了。

"抱歉需要这么神秘，但有些情况我必须得说，这些确实不适合小孩子听。"

我和妈妈交换了一个眼神。

"辛格小姐，接下来的话你可能会觉得很难接受，但是，自上周五之后，你已经被视为伊利亚王国的资产了，从现在起，你必须照顾好你的身体。我们先过一遍这些材料，其中有几张需要你签名，如果你不能服从这些规定，会马上被取消选妃资格。明白了吗？"

"明白。"我小心地回答。

"很好，那我们从容易的部分开始吧。这些是维他命，因为你是第五等级，我只能假设你不一定有充足的营养补给。每天必须吃一颗维他命，这几天你要自己记得，不过到了皇宫，会有人帮你。"他在桌上推给我一个大瓶子，还有一张拿到维他命的声明要我签字。

我强忍住笑，谁会吃药也要人帮忙啊？

"我这儿有你的体检报告，没什么需要担心的地方，你很健康，不过，医生说你睡眠不太好？"

"嗯，我是……最近太兴奋，有点儿难以入睡。"这差一点儿就是实话了，白天的确是为一波又一波的选妃准备工作忙碌，但到了晚上，躺在床上，我会想起艾斯本。夜深人静时，我无法阻止他进入我的内心，也很难让他离开。

"我知道了，好吧，我给你留一些助眠药，有需要就吃，我们都希望你休息好。"

"不，我不需……"

"好的。"妈妈打断了我，"抱歉，宝贝，不过你看起来真的太累了。请给她拿助眠药吧。"

"好的，太太。"纸片男在我的文档里写了点什么，"接下来的话题很私密，但我还是需要和每一个入选者说一下，所以，请不要害羞。"他顿了顿，"我需要确认，你是否能保证自己还是处女。"

妈妈的眼珠子差点儿就掉出来了。所以，这就是要让小梅离开的原因了。

"你是认真的？"我不敢相信他们居然派人来问这个，就算真要问，派个女的来不行吗……

"恐怕是。如吴你不是处女的话，我们现在就需要知道。"

呃，还是在我妈妈在场的情况下。"先生，我知道法律的规定，我又不是笨蛋，当然是处女了。"

"请好好想想，如果被发现撒谎的话……"

"老天爷啊，亚美利加还从来没有交过男朋友！"妈妈插嘴了。

"是真的。"我抓住这句话，希望赶快结束这个话题。

"很好，那现在只需在这张声明上签字就可以了。"

我翻了下白眼，还是乖乖地签了。想到伊利亚差点儿变成废墟，我很庆幸我国能幸存下来，但这些规定真的越来越让人感到窒息，就像被一条无形的锁链牢牢锁住。限制你爱什么人的法律，还有这些声明贞洁的表格，真是让人气愤。

"我还需要跟你过一遍所有的规定，简单清晰，你应该不会觉得难以服从。有任何疑问，随时说。"

他从手里的材料上抬起眼来，跟我对看了一眼。

"我会的。"我含糊地回答。

"你不能随意离开皇宫，只在王子遣散你的情况下才可以走，甚至国王和王后也不能强迫你离开。他们可以跟王子表达他们的意见，但最终决定每个人去留的人是王子。"

"选妃没有具体的时间限制，有可能几天就结束，也有可能拖好几年。"

"几年？"我惊恐地问，想想要离开那么久，我就焦躁不安。

"不用担心，王子不可能让选妃拖得太久的，这是让他表现决断力的机会，拖得太久对他的形象不利。但万一王子真要那么做，按规定你需要留到他能做决定的那一刻。"

我肯定已经满脸惊恐了，因为妈妈伸手过来拍拍我的手背，以示安慰。纸片男却是不为所动。

"你不能安排跟王子相处的时间，如果他想和你单独相处，他会主动找你。如果是在社交场合，他又在场的话，你可以主动。但在其他情况下，没有受到邀请，你不能去找他。"

"同时，虽然没有人会期待你跟其他三十四位候选人做朋友，但是，你也不能攻击她们，或破坏她们的机会。如果有人发现你对其他候选人动手，对她们施压，偷她们的东西，又或者是有任何影响她们和王子之间关系的行为，王子可以当场决定是否遣散你。"

"你的浪漫关系只限于和麦克森王子之间，如果你被发现和家乡的任何人互通情书，又或是和皇宫中任何人发生感情的话，那么，你犯的是叛国罪，可处以死刑。"

妈妈听见这条也翻了下白眼，然而，这才是真正让我担心的。

"如果你触犯任何伊利亚国的法律，都会受到相应的制裁，王妃候选人的身份并不能让你凌驾于法律之上。"

"任何不是皇宫专门为你准备的衣服或食物，都不可以穿戴或食用，这是我们会严格执行的安全规则。"

"每周五你都需要出席《首都报道》的播出。某些场合之下，当然会事先提示你，摄制人员或摄影师会在皇宫中工作，你需要礼貌对待他们，让他们看到你和王子之间的生活情况。"

"你在皇宫生活的每一周，你的家庭都将收到补助，我走之前会给你第一张支票。同时，如果你不能继续留在皇宫，也会有人来帮助你适应选妃后的生活。在你出发之前，会有人来帮助你做好准备工作；在离开皇宫之时，他们也会帮你寻找新的居住地方还有工作。"

"如果你进入了最后十名候选人名单，你将成为精英等级，到时候，你会被要求去学习一个王妃需要承担的责任，以及如何像王妃一样生活。但是，在达到这个等级之前，你不能主动去了解有关细节。"

"由这一刻起，你的等级是第三。"

"第三等级？"妈妈和我都惊呼道。

"是的，在选妃之后，姑娘们很难回到原来的生活。第二和第三等级的人还可以，但第四及以下的人就很难适应回去了。你现在已经是第三等级了，不过你的家人还是第五。如果你胜出的话，你全家都会成为皇室成员，第一等级。"

"第一等级。"妈妈轻轻地重复道。

"如果你留到最后，你将跟麦克森王子结婚，受封成为伊利亚国的王妃，承担所有相应的责任，享有应有的权利。你都明白吗？"

"明白。"这部分虽然听起来很宏大，却是最容易理解的。

"很好，那请在这张声明上签字，确认你已了解所有法定规则。辛格太太，也请你在这表上签名，证明你已收到支票。"

我没看到支票的金额，但见她双眼泛着泪光。我多么不想离开，但我明白，就算是去一天，第二天就被遣回，这张支票也够我们舒服地过上一年了。而且，当我回来时，所有人都会请我去唱歌，一定不会再缺工作了。但作为第三等级，我还能以唱歌作为职业吗？

如果要我选一个可以从事的工作，我想我会选择教书，或许我可以教其他人学音乐。

纸片男收拾好所有资料，起身告辞，并谢谢我们招待他的茶和时间。我走之前，还得再见一位官员，就是我的协助人；这个人会领我离开家，去欢送现场，然后到机场。在那之后……我就得靠自己了。

客人问我能不能送他去门口，妈妈同意了，因为她要准备晚餐了。我虽然不想和他独处，但好在这段路也没有多长。

"还有一件事，"纸片男的手都已经放在门把手上了，才说："这不算是规定，但忽视它的话很不明智。当你被邀请跟麦克森王子相处时，不要拒绝他，无论是什么邀请，共享晚餐、出游、接吻，甚至多于接吻，无论是什么，都不要拒绝。"

"你说什么？"这个强迫我签字证明我贞洁的男人，现在又建议我对麦克森付出一切？

"我知道这听起来很……不恰当。但是，无论在任何情况下拒绝王子，对你来说都没有好处。晚安，辛格小姐。"

我感到恶心，超级反胃。这个，伊利亚的法律，可是明文规定大家需要等到婚后的。这样可以有效地阻止疾病的传播，还巩固了等级制度。非婚生的孩子会被赶到街上成为第八等级，因为怀孕或被揭发的人，是要坐牢的。就算只是有人怀疑你有问题，可能都要去牢里待上几天。这条规定强迫我不能跟我爱的人更进一步，的确让我烦恼过，但现在艾斯本跟我都分手了，我庆幸自己被迫保持住了贞洁。

　　我压抑不住怒火。刚才不是强迫我签字了吗，如果我犯法的话还是会受到刑罚？他不是说，我不能凌驾于法律之上吗？很明显，王子是凌驾于法律之上的。这么一来，我觉得很肮脏，比第八等级还不如。

　　“亚美利加，宝贝儿，是找你的。”妈妈叫我。我听到门铃响了，不过一点儿也不着急去应门。如果这是又一个过来要签名照的，我不认为现在我应付得了。

　　走到走廊的尽头，刚转弯，我就看到艾斯本站在那儿，手中拿着一束野花。

　　“嗨，亚美利加。”他的声音听起来是那么克制，一副固作镇定的样子。

　　“嗨，艾斯本。”我听起来那么虚弱。

　　“这是金宝和西莉亚送给你的，她们祝你好运。”他走近一步，把花递给我。这些花是他妹妹送的，不是他。

　　“真是太贴心了！”妈妈惊叹，我差点儿就忘了她也在。

　　“艾斯本，很高兴你来了。”我尽力学他那样漠然地说，“我收拾得一团糟，你能帮忙吗？”

　　因为我妈妈在场，他必须得答应帮忙，而且第六等级通常是不能拒绝工作的。这一点我们都很像。

　　他用鼻子呼气，点了点头。

　　艾斯本跟在我身后走进屋里，我在想，多少次我梦想这个场景：

艾斯本能走进我的家，走进我的房间。现在，在这种情况之下实现了，事情已经不能再坏了吧？

一打开我的房间门，艾斯本就笑了。

"你是让一只狗来帮你收拾的吗？"

"住嘴！我只不过是找不到想找的东西罢了。"我还是忍不住笑了。

他马上开始工作，把东西放好，叠好衣服。我当然也有帮忙。

"你不带任何衣服吗？"他轻声问。

"不用，明天起他们会给我准备衣服。"

"噢，哇！"

"你妹妹们很失望吧？"

"事实上，没有。"他无法置信地摇了摇头，"看到你照片的那一刻，我全家人都欢呼了，她们都很喜欢你，尤其是我妈妈。"

"我也很喜欢你妈妈，她一直都对我那么好。"

我们就这么沉默了几分钟。房间慢慢收拾出来了。

"你的照片……"他开口了，"非常漂亮。"

由他来跟我说我有多漂亮，真是太不公平了，尤其是在跟我分手之后。

"那是因为你。"我轻声说。

"什么？"

"那是……我以为你马上要向我求婚了。"我哽咽。

艾斯本又沉默了片刻，思考着该说些什么。

"我的确打算过，但是，现在已经不重要了。"

"重要，你为什么不告诉我？"

他摸了摸脖子，犹豫着。

"我在等合适的时机。"

"等什么？"有什么事情值得这样等？

"等新一轮的征兵。"

那的确是件正经事。很多人都很难说清，希不希望被征上。因为在伊利亚，满十九岁的男孩都符合征兵资格，每两年，所有生日在征兵日前后六个月之内的男生，都会被随机抽取，然后从年满十九岁那天开始服役，直到二十三岁。征兵的日子快要来了。

我们当然谈论过这件事，但没有很认真。我想，当时我们希望能忽略掉征兵，就好像这么一来它也会忽略掉我们。

成为士兵是有好处的，你马上就会变成第二等级，政府不但训练你，还养你一辈子。他们当然会把你送离出生地，因为他们认为，当兵的会对认识的人民心慈手软。所以士兵很可能会被派去守皇宫，或者去别的省当警察，也有可能被派进军队送去战场。被派到前线的人很少有能活着回家的。

征兵前还没成家的人，一般都会等到征兵过后。最好的情况是需要和妻子分开几年；最坏的情况是，他的妻子会成为一个年轻寡妇。

"我只是……不想那样子对你。"他轻声说。

"我明白。"

他站直了腰，想换个话题："那你要带什么去皇宫？"

"带件可以穿回来的衣服，哪天他们要踢我走就有用了。再带些照片、书。他们告诉我不用带任何乐器，已经都准备好了，所以那个包里就是所有的东西了。"

现在房间收拾好了，那个背包看起来是那么大。书桌上放着他带来的花，与其他东西相比，显得特别耀眼。或许，是因为所有东西都变苍白了吧……现在一切都结束了。

"没多少东西。"他评论道。

"我一直都不需要很多东西来令自己开心，我以为你知道。"

他闭上双眼："别这样，亚美利加，我这么做是正确的。"

"正确？艾斯本，你让我相信我们可以的，让我爱上了你，然后，你却说服我参加这个该死的比赛。你知道吗，他们简直是把我送给麦克森当玩物？"

他突然转头看着我："什么？"

"他们不许我拒绝他，不能拒绝他的**任何要求**。"

艾斯本看起来又愤怒又反感，双手握成了拳头："就算……他不想娶你……他还是可以……？"

"是的。"

"对不起，我不知道会这样。"他深呼吸了几下，"但如果他真的选中你……那就没事儿了，你应该得到幸福。"

真是够了，我给了他一巴掌。"你个笨蛋！"我压低声音向他吼，"我恨他！我爱的是你！我只是想要你，从来都只想要你一个！"

他双眼红了，但我已经顾不得那么多，他伤我太深，现在也该轮到他了。

"我该走了。"他说着，往房间门口走去。

"等等，我还没给你钱。"

"亚美利加，你不用给我钱。"他又作势要走。

"艾斯本·莱杰，你给我站住！"我声音中的怒气让他停下了，他终于意识到我是认真的。

"这倒是很好的练习，很快你就是第一等级了。"如果没有看到他的眼神，我会以为他在开玩笑，而不是讽刺。

我摇摇头，走到书桌前拿出我存起来的打工钱，把所有的钱都放在他手上。

"亚美利加，我不能接受这些。"

"你必须拿着，我已经不需要这些了，但你需要。如果你曾经爱过我，你就拿着。难道你的自尊害得我们还不够惨吗？"我能感到他有点泄气，心里不再挣扎了。

"好吧。"

"还有这些。"我在床缝里找出那个装满一分钱的小瓶子，把硬币倒在他掌心，却有一个粘在瓶底，摇不出来，"这些都是你的钱，拿去用吧。"

现在，我再也没有属于他的东西了。当他没有办法，要花掉这些一分钱之后，他也不会再有属于我的东西。心痛得越来越厉害，泪眼变得模糊，我必须大口大口呼吸才可以忍着不哭出声。

"对不起，亚美，祝你好运。"他把钱和一分钱硬币塞进口袋，转身跑了出去。

我没想到自己会是这样哭，不是喘不过气来的抽泣，而是缓慢地流着眼泪。

我把小瓶子放在书架上，又看到瓶底的那一分钱。我把手指伸进瓶内把它弄起来。硬币在玻璃瓶中碰撞，发出清脆而空洞的声音，跟我心上的空洞共鸣着。不知道是好还是坏，但我知道自己还没有解脱，没这么快，或许，永远也解脱不了。我打开背包，把瓶子放进去，把这些都封在里面。

　　小梅偷偷溜了进来，然后我吃了一颗助眠药，抱着她入睡，终于感到有一些麻木了。

第七章

第二天早上，我穿上入选者的统一制服：黑长裤，白衬衫，还把代表我们省的百合花别在头发上。鞋子随自己挑，我穿上了破旧的红色平底鞋，我想，应该从一开始就表明，我真不是做王妃的料。

　　我们马上要去市中心广场了，每个入选者都会在家乡受到热烈的欢送，但我一点儿都不期待出席欢送盛会。到时候有那么多双眼睛都盯着我，而我只能站在那里，什么都不能做。而且去广场只有短短两英里的路，出于安全原因还要坐车。

　　一天的刚开始就这么不舒服。肯娜和詹姆士来送别，他们很有心，挺着大肚子来见我真是不容易。科塔也来了，不过他的出现让气氛更紧张，而不是轻松。从门口走到为我们准备的车子只有几步之遥，科塔是走得最慢的，他让在场的几个摄影师和来祝福的人们好好地看清楚了他。爸爸只能摇头轻叹。

　　小梅是我唯一的安慰，她握着我的手，把她的热情从手心传达给我。到达人潮汹涌的广场上时，我们还拖着手。人多得就像整个卡罗莱纳省的人都来欢送我了，或许他们只是看热闹吧。

　　站在舞台上，我能清晰地看到等级之间的分别。玛格丽特·斯丁是第三等级的，她和父母看我的眼神像要把我活吞了。塔尼尔·迪格尔是第七等级，她不停给我送着飞吻。上层等级的人们看我的眼神，就像我偷了他们的东西，第四等级和以下的人在为我喝彩，因为我象征了平步青云的普通女孩。我此刻才明白，自己对这些人有什么样的意义，对他们每个人来说，我代表着不同的东西。

　　我抬头挺胸，努力看着每一张脸，我一定要表现到最好，因为我站在下层人民能达到的最高平台了，代表着我们最荣耀的一面。我突然觉得有了使命感，我，亚美利加·辛格，是下层人民的代表。

　　市长开始眉飞色舞地讲话。

　　"卡罗莱纳省为玛格达和夏罗姆·辛格美丽的女儿，亚美利加·辛格女士喝彩！"

　　人群为我鼓掌、喝彩，有些人抛来了鲜花。

　　我对他们的喝彩专注了一小会儿，报以微笑，挥手，然后再次扫视人群，不过这次是为了别的。

　　如果可以的话，我想再看他一眼。我不知道他会不会来，昨天他说我很漂亮，但整个人散发出的却是防卫的气息，比我们在树屋时要冷漠多了。我知道，我们是真的完了。不过，我又怎能爱一个人两年之久，然后一夜之间说不爱就不爱呢。

　　好几拨人走过后，我才看到他，但瞬间我就后悔了。艾斯本站在布伦娜·巴特勒身后，自然地扶着她的腰，微笑着。那微笑代表我的心碎。

也许有些人只隔一夜说不爱就不爱了。

布伦娜和我年纪相仿，是第六等级的。我想，她应该算比较漂亮的吧，但是跟我一点儿都不像。看来她会取代我，和他生活在一起，用当初他为娶我而存起来的钱，办他们的婚礼。而且，征兵的事情也不再烦扰他。她向他笑了笑，走回家人身边。

他是一直都喜欢她吗？她才是他每天会见到的那个女孩？而我只是每周喂他一次，让他沐浴于香吻之中的一位？我忽然觉得，每次我们聊天时，他没有提到的生活可能不单纯是无聊的工作时间。

我好生气，生气到哭不出来。

不过，这儿有那么多希望我注意他们的粉丝，所以，在艾斯本发现我看见他之前，我就转回到仰慕我的人群身上。我再次挤出笑容，甚至比之前更灿烂，向经过的人挥手致谢。艾斯本不能再享受伤透我心的乐趣，是他把我推上这个舞台的，我必须好好利用这个机会。

"女士们，先生们，请跟我一起欢送亚美利加·辛格，我们最喜欢的伊利亚女儿！"市长宣布。在我身后，一个小乐队奏起国歌。

更多的欢呼和鲜花。市长突然凑到我耳边。

"亲爱的，你有什么想跟大家说吗？"

我不知道怎么拒绝才能不显得那么没有礼貌："谢谢你，但我太感动了，我想我无法用语言来表达。"

他握住我的双手："亲爱的姑娘，这是一定的。你不用担心，我会安排好所有的事情。皇宫里的人会给你做这种培训的，未来你用得着。"

市长跟欢送的人群赞美我，暗示作为一个第五等级，我已经是非常聪明和漂亮的了。他看起来不算个坏人，不过这些上层阶级中的好人，有时候还是高高在上。

我又环视了一下人群，还是和艾斯本四目相对了，他的表情有点痛苦，跟几分钟之前面对布伦娜的表情有天壤之别。这又是什么把戏？我不再看他。

市长讲完话，我还是微笑着，所有人都为我欢呼，就好像他刚才的演讲多么振奋人心似的。

马上就是说再见的时刻了。我的助手密特斯跟我说，让我轻声简短地跟家人告别，然后她会随我上车，送我去机场。

科塔拥抱了我一下，跟我说他为我感到骄傲，然后特别在意地，让我跟麦克森王子提他的作品，我只能尽量优雅地挣脱他的拥抱。

肯娜在哭泣。

"我已经不能常见到你，现在你走了，我可怎么办？"她哭着说。

"别担心，我很快就会回家的。"

"噢，但愿！你是伊利亚最漂亮的女孩，他会爱上你的！"

为什么所有人都觉得只有美貌最重要？或许就是这样吧，麦克森王子不需要一个能交谈的妻子，只需要一个美丽的女人。这样的未来让我不禁打了个冷战，幸好有那么多比我好看的女孩入选。

大着肚子的肯娜很难抱过来，但我们还是尽力拥抱，和我并不熟悉的詹姆士也拥抱了我。然后轮到杰拉德。

"你要乖，知道吗？试试弹钢琴，我想你可以的。我回家的时候，你可是要弹给我听哦。"

杰拉德点了点头，突然很伤感的样子，一只小胳膊环抱着我。

"我爱你，亚美利加。"

"我也爱你。不要难过，我很快就回家了。"

他又点了点头，但还是噘着嘴不开心。没想到他对我的离去会这么难以忍受，完全是小梅的反面，她可是开心得又蹦又跳，一直咯咯地笑。

"噢，亚美利加，你要成为王妃了！我就知道！"

"天哪，你轻点儿！我情愿变成第八等级，整天跟你在一起。你要乖乖的，努力工作哦。"

她点着头，还在兴奋地蹦跳。然后轮到爸爸时，他已经眼含热泪了。

"爸爸！别哭啊。"我钻入他的怀抱。

"听我说，小宝贝儿。无论是赢是输，你都是我的小公主。"

"噢，爸爸。"我终于哭了出来，就这么一句话，把我心里所有的恐惧、伤感、担忧和焦虑都释放了出来。这句话让我明白，这些事情都不重要。

就算我回来时被利用过，被嫌弃，他还是会为我感到自豪的。

被那么深深地宠爱着，我无法承受。我知道，到了皇宫后，会有很多警卫保护我，但不会比在爸爸的怀中更安全。最后我去拥抱妈妈。

"听他们的话，让你做什么你就做，别不开心了，高兴起来吧。守规则，常微笑。记得多写信给我们。噢！我一直都知道你是最特别的孩子。"

我知道她说这些是好意，可这不是我想听到的。我更希望她说，我对她来说本来就是个很特别的孩子，就像爸爸觉得我很特别一样。但我也知道，她永远都不会放松对我的要求，希望我得到更多，回报她更多。或许，所有的母亲都这样吧。

"亚美利加女士，你准备好了吗？"密特斯问我。我背对着人群，匆匆擦了擦眼泪。

"嗯，准备好了。"

我的背包已经在这辆擦得锃亮的白色汽车里放好。这就是离别了，我向退场的台阶走去。

"亚美！"

我转身，我知道这声音的主人是谁，无论在哪。

"亚美利加！"

我寻找着，看到艾斯本用力推开人群向我走来，大家都在抱怨他过激的举动。

我们的眼神对上了。

他停下，看着我。我无法看明白他的表情，那是担心？后悔？无论是什么，都太迟了。我摇了摇头，决定不再陷入艾斯本的圈套。

"这边请，亚美利加女士。"密特斯站在台阶下面等着我。我顿了一下，去习惯对我的新称呼。

"再见，宝贝！"妈妈又喊了一声。

然后，我被带离这里。

第八章

我是第一个抵达机场的，心里慌乱得很。欢送的人潮带给我的兴奋已经荡然无存，剩下的只有对飞行的恐惧。我会跟另外三个入选的姑娘坐同一个航班飞去杉矶城，所以我要尽力控制自己的紧张情绪，不在她们面前表现出恐慌。

　　我已经把所有入选人的名字、样貌和等级都记牢了。一开始，背这些信息只是为了分散精力，让情绪稳定下来，我同样还逼自己去回忆点滴的琐事。起初，我有心找一位友善的面孔，一起消磨待在这里的时间，毕竟我从来都没有过真正的朋友。我从小就只跟肯娜和科塔一起玩，因为我是在家接受教育，妈妈不单是我的老师，还是我的工作搭档。当姐姐和哥哥长大搬走后，我的重心就转向了小梅和杰拉德，还有艾斯本……

　　但是，艾斯本和我之间从来就不是友情，在我注意到他的那一刻起，我就爱上了他。

　　现在，他却牵起了别人的手。

感谢老天爷，至少现在我能独处一阵。就算别的姑娘在场，我也不确定自己能否忍住泪水。好痛，真的太痛了，而我，却什么都做不了。

怎么会落到如此境地？一个月之前，我的生活尽在掌握，但现在，连最后一点熟悉都已荡然无存。新的家、新的等级、新的生活，全拜一张儿戏一般的申请表所赐。我好想就坐在原地好好地哭一场，哀悼所有离我而去的东西。

我很好奇，别的入选人今天是不是也很伤心。感觉上，全世界只有我一个人没在庆祝，但我需要假装出喜庆的样子，因为所有人都在看着我。

我打起精神迎接即将面对的一切，强迫自己坚强起来。既然已经放下那么多了，决心放下他，也不是不可以。皇宫会变成我的疗伤之地，再也不要想起、提起他的名字，他不能跟我走未来的路，接下来是我一个人的冒险之旅。

再也不要了。

再见，艾斯本。

✦

大概半小时后，两个跟我穿着一样的姑娘进来了，也是白衬衫、黑长裤的打扮，助手们拿着她们的行李。她们都在微笑，看来我的确是唯一一个情绪低落的候选人。

是时候兑现我的承诺了。挂上一个微笑，我起身跟她们握手。

"嗨！"我轻快地说，"我是亚美利加。"

"我认得你！"右手边的姑娘说，她是有着棕色眼睛的金发女孩，我马上就认出她是肯特省的玛莉·谭斯，第四等级。她没有握我伸出来的手，而是直接给了我一个拥抱。

"噢！"我惊呼出声，没料到她这么热情。虽然在照片中就看得出玛莉很友善和真诚，但是过去一周中，妈妈一直教育我要把这些姑娘看成敌人，所以她那种负面的想法还是影响了我。当我准备好，为了一个我根本不想要的男人，去面对一群想置我于死地的姑娘时，得到的，却是一个拥抱。

"我是玛莉，这是阿什利。"另一个是艾伦斯省的阿什利·布鲁耶特，第三等级。她也有着一头金发，比玛莉的金发颜色更淡，晶莹碧蓝的双眼，在这张平静的脸上显得尤其精致。站在玛莉身边，她看起来特别脆弱。

她们都是北方来的，所以才会一起到达吧。阿什利礼貌地跟我挥了下手，笑了笑，就算打过招呼了。我看不出来她是害羞还是已经有所防备。或许生来就是第三等级的她，就是这么打招呼的吧。

"我爱死你的发色了！"玛莉突然感叹，"真希望我天生红发，这个颜色让你看起来太有活力了。听说红头发的人脾气都不太好，是这样的吗？"

虽然情绪已经低落了一天，但玛莉活泼的性格还是让我心情好转了不少："不是这样的吧，有时候我是有点儿暴脾气，但我妹妹也是红发，她就总是很温和。"

顺着这个话题，我们很轻松地聊了起来，聊什么事情让我们生气，什么事情总能让我们高兴。玛莉喜欢电影，我也喜欢，不过我没什么机会去看。我们又谈到喜欢的男明星，讨论他们有多么迷人，不过这个话题挺怪的，因为我们都是去应征麦克森的女朋友。阿什利听着我们的对话，偶尔会笑出声，不过也就如此了。如果直接问她问题，她便简短地回答，然后又挂上一个防备的笑容。

玛莉和我挺合得来，点燃了我在这件事情中交到朋友的希望。一晃眼，我们已经聊了半个小时了，如果不是听见高跟鞋走近的声音，我们还未必停得下来。我们同时转头去看，玛莉都快惊呆了。

向我们走来的是一个戴着墨镜的棕发女郎，头上别着一朵染成鲜红色的雏菊，显然是用来衬托嘴上的唇膏。她扭着屁股，三寸高的鞋跟让她每一步都显得特别自信。不像玛莉和阿什利，她没有露出半点微笑。

可能是因为她不开心。不对，她只是太专注了，她的出场方式就是要吓唬我们。这对阿什利这种淑女是起作用的，新人走近时，我听见她呢喃了一句"噢，不要"。

我认出来了，这位是克莱蒙特省的塞莱斯特·纽萨姆，第二等级。她这招儿是建立在我们要争同一个人的假设上，所以，对我没用。如果你压根儿不想要一样东西，你不会被刺激到。

塞莱斯特终于走到我们面前，玛莉在弱势的情况下尽量保持风度，不自然地打了个招呼。塞莱斯特只是把她从头到脚看了一遍，叹了口气。

"我们什么时候能走？"她问。

"我们不知道。"我毫无惧色地回答，"大家是在等你。"

她当然不会喜欢我的态度，所以也从上到下把我打量了一个够，露出不屑的表情。

"对不住,太多人来欢送,我也没办法。"她露出了笑容,明显觉得自己受爱戴是理所当然的。

这么说,我是马上就要被这种女人包围了吗?真是好极了。

就在此时,有个男人在我们左手边的门后出现了。

"我听说四位候选人已经到齐了?"

"我们都在了。"塞莱斯特嗲声回答。你能看到这个男人流露出快要融化了的眼神。哦,这就是她的招数啊。

机长停顿了一下,然后反应了过来:"好的,女士们,请你们跟我上飞机,出发,去你们的新家。"

飞行的过程其实只有起飞和降落时比较恐怖,中间也就是短短的几个小时。机上提供了电影和食物,但我只想看窗外。从空中看着这个国家,我由衷感叹国土的辽阔。

塞莱斯特全程都在睡觉,真是太仁慈了。阿什利已经开始给人写信了,带信纸真是很明智啊。这部分的旅程虽然没有王子,但我敢说小梅肯定也会感兴趣的。

"她真是好优雅哦。"玛莉悄悄地跟我说,往阿什利的方向示意了下。我们坐在小飞机前排的豪华座椅上,隔着走道,"从认识的那一刻起,她就一直那么端庄,必定是个厉害的对手。"她叹了口气。

"你不能这么想。"我回应她,"没错,你的确想要留到最后,但不是通过打败别人,而是做回最真实的自己。谁说得准呢,或许麦克森喜欢轻松一点的呢。"

玛莉想了想："你说得有道理。不喜欢她也太难了，她是这么美丽和善良。"我认同地点了点头，然后玛莉声音压低了说，"另一方面，塞莱斯特就……"

我睁大眼睛，摇头道："我明白。才过去一小时，我已经盼着她快点被遣返回家了。"

玛莉用手捂着嘴，努力不笑出声来："我不想说任何人的坏话，不过，她真是太咄咄逼人了，何况现在麦克森还没有出现呢。她让我有点儿紧张。"

"不用紧张。"我安慰她，"像她这种女孩，她们会自己把自己逐出比赛的。"

玛莉叹气："但愿是这样，有时候我真希望……"

"希望什么？"

"嗯，有时候我真希望有人，像第二等级对待我们那样来对待他们，不知道那时候他们又是什么感觉。"

我点点头。虽然我从来没想象过第四等级的生活是怎样的，但看来我们是挺像的。如果不是第二和第三等级，人们的差别只是糟糕程度不一样而已。

"谢谢你跟我说话。"她说，"我本来很担心所有人都只会各管各的，但你和阿什利都很友善。或许这选妃的过程会变得有意思一点。"她的声音充满着希望。

我倒没有这种期待，但还是微笑回礼。我没有回避玛莉或对阿什利无礼的理由，不过，其他女孩可能不会这么放松随和。

我们到达后，从飞机上下来走到航站楼，一路都有警卫站岗，气氛有点凝重。不过，大门打开那一刻，扑面而来的是震耳欲聋的尖叫声。

航站楼内全是欢呼的人。我们走上为我们铺好的金色地毯，两边还配有同色系的隔离绳索，每隔一小段就站着一名警卫，他们都很紧张的样子，感觉有任何风吹草动都会马上出击。难道他们没有更重要的事情可以做吗？

幸好塞莱斯特走在最前面，她已经在向人群挥手了。我马上明白，这才是正确的做法，而不是畏畏缩缩地躲在后头。摄影机已经在捕捉我们的一举一动，我不知道该不该庆幸自己没有走在前头。

人们都很高兴的样子，这些就是离我们的新家最近的人民了，他们如此期待我们这些新来乍到的姑娘们，因为我们之中会有一个成为他们的王妃。

航站楼里每个方向都有人呼唤我的名字，几秒之内我的头已经转换了好多次方向，还有很多人拿着写了我名字的牌子。我很惊讶，这儿居然有人希望胜出的是我，这些都不是我所属的等级，也不是我家乡的人。想到会让他们失望，我心里还是有点内疚。

我低下头，看到一个小女孩紧靠在栏杆上，年龄肯定不超过十二岁，手上拿着一张"红发胜利！"的牌子，旁边还画着一个小王冠和很多星星。我知道自己是唯一一个入选的红发女孩，也留意到她的发色和我的非常相像。

小女孩想要一张签名照，而她身边有人想要合影，还有人想要握手。所以，这段路我是在不停地握手，转身和另一个人握手，然后再转回身跟另一个人说话中走过的。

因此我是最后一个离开的，让其他女孩等了至少有二十分钟。真心地说，如果不是后面一波入选人马上要到了，我还不想这么快离开，但我还是不想那么无礼。

上车时我看到塞莱斯特翻着白眼，但我根本不在意。没多久之前我还那么害怕的事情，一会儿的工夫我就适应了，对此我有点惊讶。我已经熬过了送别、认识第一波候选人、飞行，以及和粉丝们互动，其间并没有做出任何失礼的举动。

想到刚才在航站楼里对着我拍摄的摄影机，想到家人会在电视上看到我出场亮相，我希望没有让他们失望。

第九章

本以为在机场的欢迎派对已经够盛大的了，没想到通往皇宫的大道上竟然还挤满了向车队大声祝福的人潮。可惜的是，我们不能摇下车窗跟大家挥手致谢。坐在前座的警卫说，要把自己想成已经是皇室的外围成员。虽然有很多人爱戴我们，但同样的，也有人希望通过伤害我们来伤害王子，继而撼动这个君主政体。

我被安排坐在塞莱斯特旁边，阿什利和玛莉坐在我们对面。这辆车的后座是两排面对面的座位，窗户都是暗色玻璃。玛莉往窗外看时脸上都放光了，因为她的名字出现在好多牌子上，她的粉丝多到一眼望不过来。

阿什利的名字也零星地出现在这群粉丝中，数量大概跟塞莱斯特的差不多，都比我的多多了。阿什利很得体，泰然面对自己粉丝并不是很多这件事。反观塞莱斯特，她却有点恼羞成怒。

"你说她究竟使了什么计？"塞莱斯特趁玛莉和阿什利聊家乡的同时，轻轻跟我耳语。

"什么意思？"我也小声回应。

"这么受欢迎啊。你觉得她有没有收买什么人？"她冰冷的眼神聚焦在玛莉脸上，好像在脑中拼命计算玛莉的身价。

"她是第四等级的，根本不可能有能力去收买什么人。"我表示怀疑。

塞来斯特咂咂嘴，把眼神转向窗外说道："拜托，一个女孩总能找到方法来换取她想要的东西。"

我反应了好几秒才明白她在暗示什么，这让我觉得很不舒服。倒不是因为像玛莉这么天真无邪的姑娘不可能为了上位去跟人睡觉——而且这也是犯法的——是因为这一刻我终于明白，在皇宫的生活可能比我想象的要凶险得多。

去皇宫的路上我看不太清窗外的情况，但那些淡黄色的灰泥高墙真是不可能看不到。我们到达时，皇宫大门马上就打开了，大门两侧的高墙上都有警卫站岗。进入大门后，一条长长的碎石甬路往里延伸着，先是经过一个喷泉，接着就到了皇宫的前门，有一些工作人员在那儿等着迎接我们。

匆匆打了个招呼，就有两个女人左右夹着我的双臂，把我领进屋子里。

"抱歉，我们要赶一下了，小姐，你的小组已经延误了。"其中一个人说。

"噢，那应该是我造成的，在机场的时候我实在说得太多了。"

"跟群众说话？"另一个惊讶地问。

她们互相看了一眼，那表情我看不明白是什么意思。然后，每经过一个地方她们都给我们做简单的介绍：餐厅在右手边，主屋在左手边。瞥见玻璃门外那一眼望不到边的大花园时，我真希望可以停在那儿。但我还没想明白究竟要去哪儿，就已经被她们领进一间有很多人忙前忙后的房间中。

一群人出去了。我看到房间内有几排镜子，好些人正为坐在镜前的女孩们做头发做指甲。

衣架上挂满了衣服，不断有人高声呼喊："我找到染发剂了！""这会让她显胖耶。"

"他们来了！"一个女人往我们这边走过来，明显是这儿的主事人，"我是西尔维亚，打过电话给您的。"她这样说完就充当自我介绍了，然后马上投入工作，"第一件事，我们要拍一张'改造前'的照片。来这边吧。"她不容置疑地说道，指着角落中一幅背景幕布前的椅子，"女士们，不用在意这些摄影机。我们要做一期关于重新造型的节目，每个生活在伊利亚的女孩子都想看看由我们改造后的你。"

一队拿着摄像机的人理所当然地在房间里走来走去，时而对焦女孩们的鞋子，时而采访她们。照片拍好后，西尔维亚大声下令：

"带塞来斯特女士去四号工作台，阿什利女士去五号……看来十号那边刚刚完了，那带玛莉女士过去吧。亚美利加女士去六号。"

"事情是这样的，"一个略矮的黑发男人一边拉着我坐上写着六号的椅子一边说，"我们需要讨论一下你的形象问题。"一副公事公办的样子。

"我的形象？"我不就是我自己吗？难道不是因为这形象才让

我到这儿来的吗？

　　"我们把你塑造成什么形象好呢？你这头红发倒是很容易塑造成性感女郎。不过，如果你不想突出性感，我们也可以往别的方向打造。"他还是一副公事公干的语气。

　　"我不会为了迎合一个我根本不认识的男人改变自己。"我在心里又加上一句：况且我也不喜欢这个男人。

　　"噢，天哪。我们是不是遇上一个有个性的了？"他惊呼道，我想他把我看成小孩子了。

　　"难道我们不都是有个性的吗？"

　　这个人对我笑了："好吧，这样的话，我们就不改变你的形象了，只会提升一下。我需要给你打磨一下，不过，你对所有虚假的东西的反感，很可能是你最大的优势呢。宝贝儿，你要保持哦。"他轻轻拍了一下我的背就走开了，去叫了一群女人过来工作。

　　没想到他口中的"打磨"是说真的，这些女人居然给我擦洗身体，就像我根本不可能把自己洗干净似的。然后，每寸皮肤都涂上了各种润肤露和精油，让我散发着香草味。给我擦精油的女孩说这是麦克森最喜欢的味道之一。

　　在她们七手八脚地把我的皮肤弄得又柔软又光滑之后，注意力开始转向我的指甲。我看着指甲被修得整整齐齐，就连指甲边上的小硬皮都被神奇地磨去了。我跟她们说我不希望涂指甲油，她们一脸的失望，所以我只好说可以涂脚趾甲。其中一个女孩挑了一个好看的中性色来涂，所以还不错。

　　给我做指甲的团队把我交给了另一个女孩，我坐在椅子上静候下一轮美容。一队摄影记者经过这儿，把镜头转到了我的指甲上。

"别动，"这个女人带着命令的语气，眯着眼看我的双手，"你指甲上有涂什么吗？"

"没有啊。"她叹了口气，拍了她要的镜头就走了。

我长长地吐了一口气，眼角瞄到右手边有些奇怪的动静。往那边一看，有个女孩被套上了一件大袍子，目光呆滞地晃着双腿。

我问她："你还好吗？"

我的声音吓得她回过神来，她叹了口气："他们想把我的头发染成金色，说金色跟我的肤色比较配。我想我是有点儿紧张。"

她对我勉强一笑，我也微笑示好。

"你是苏西，对吧？"

"是啊。"这次她笑得真诚了些，"你是亚美利加？"我点头，"听说你是和那个塞来斯特一起来的，她可真是讨厌！"

我翻了下白眼。从我们到这儿开始，每隔几分钟就会听见塞来斯特大声责骂可怜的女佣，让她们拿东西，或只是让她们滚开。

"你想象不到呢。"我嘀咕了一句，然后我们都笑出来了，"听好了，我觉得你的头发已经很漂亮了。"真的是这样，她的发色不深不浅，光泽非常饱满。

"谢谢。"

"如果你不希望染色，就没必要那么做。"

苏西微笑着，但我看得出来，她不是很确定我是好意，还是想给她使绊儿。在她开口说话之前，大队人马又冲过来开工，他们大声的讨论让我们无法继续聊下去。

他们给我洗头、上护发素、补水、梳理。我进来时所有发丝都是同一长度的——给我剪头发的人是我妈妈，她能做的就是简单地剪齐——但这些人弄好之后，我的头发短了几寸，而且有了层次。这我很喜欢，层次让我的头发在光线下有好看的效果。

有些女孩做了他们所说的挑染，其他女孩，比如苏西，就把头发的颜色完全改变了。我的美发人员和我都认为我在这方面完全没有必要做任何改变。

一个非常好看的女孩为我化妆。我跟她提了希望只上淡妆的要求，所以结果还好。很多女孩上了妆后不是显得成熟一点，就是年轻一点，又或精致了一点。而我上完妆后，还是像我自己。当然，塞来斯特也像她自己，因为她坚持要自己给自己化妆。

这整个的改造过程，我是穿着一件浴袍完成的。最后，我被领到一排一排的衣服前。写着我名字的牌子吊在一个挂有七条裙子的衣架上，看来我们以后没什么机会穿裤装了。

最后我选了一条奶白色的一字肩裙，腰身贴服，刚好及膝。帮我穿衣服的女孩把这条裙子叫作日常小礼服，她跟我说，晚上穿的礼服都已经放在我房间里了，而眼前写着我名字的小礼服稍后也会拿到我房间。她把一个刻有我名字的银色别针别在了我的胸口，最后又为我穿上一双中跟鞋，让我回到一开始拍照的角落，去拍"改造后"的照片。

在那儿我被安排到四个靠墙的工作台，每个工作台都有各自的背景幕布和摄影机。

我听从指挥坐下来等候。一个女人手上拿着一个资料夹走过来，让我稍等，她在文件中找有关我的资料。

"这是要拍什么呢？"我问。

"重新造型特别节目。今晚我们会播出你们到达的情况，重新造型会在周三播，然后周五会对你们做第一次采访。人民都看过你们的照片了，也了解过你们写在申请表上的信息。"她找到我的资料页，抽出来放到最上面，然后双手交叉，接着说："想要让人民真心喜欢你，在他们真正了解你前是不可能的。我们今天只是要做一个简短的采访，在后续的报道中，你尽力表现就可以了。而且，在皇宫中见到我们你不用觉得不好意思，我们虽然不会每天都在，但经常碰面是难免的。"

"好的。"我顺从地说。我真的不想对着摄影机说话，这一切怎么都这么让人反感。

"好的，亚美利加·辛格，是吗？"摄影机上的红点亮起来后她用采访的语气问道。

"是的。"我尽力让声音显得不那么紧张。

"我不得不坦白地说，你看起来好像没怎么改变。你能告诉我们今天重新造型的经过吗？"

我想了想："他们给我的头发剪了层次，我很喜欢。"

我用手指梳了梳头发，感觉到每根发丝在经过专业护理后那种顺滑的触感："他们为我涂满了香草味儿的润肤露，我现在闻起来就像一份甜品一样。"我闻了闻自己的手臂。

她笑了："真可爱。这件小礼服也很适合你。"

"谢谢，"我低头看着身上的新礼服，"我一般不怎么穿礼服，这可真是需要时间来适应了。"

"对了，"采访人员反应过来，"你是入选的三个第五等级女孩之一，这次体验到目前为止感觉如何？"

我努力思索，想找出能形容今天所有感受的话语。从广场的失望，到飞行的兴奋，还有玛莉给我的安慰。

"很意外。"我说。

"我相信未来的日子里会有更多的意外。"她评价道。

"我希望那至少能比今天平静一些。"我叹口气。

"到目前为止，你怎么看你的竞争对手们呢？"

我咽了一口唾沫："女孩们都非常棒。"除了某位大小姐以外。

"嗯啊。"她意味深长地回答，好像看穿了我的心事，"那你满意你的重新造型吗？有别人的新造型让你觉得有压力的吗？"

我想过这个问题，如果说没有就太狂妄了，但说有的话，又显得太渴望王位："我觉得工作人员把每个女孩的魅力都尽显出来了。"

她笑了笑，说："好的，我想这些就足够了。"

"就这些了？"

"我们要把三十五位入选人塞进一个半小时里，所以这些足够了。"

"好的。"没有那么困难嘛。

"谢谢你的时间，请去那边的沙发坐，会有人指引你的。"

我起身走到角落里的圆形沙发坐下来，同坐在那儿的是两位我还没见过面的入选人，她们在轻声说话。我正环视这个大房间，有人进来宣布，最后一批姑娘马上就要到了，然后几个梳妆台前又开始了新一轮的忙乱。我看得入神，根本没留意到玛莉已经坐到我身旁来了。

"玛莉！你的头发！"

"是啊，他们给我接了点头发，你觉得麦克森会喜欢吗？"她的表情是真正的担忧。

"一定会喜欢！什么男人会不喜欢金发美女？"我带着一丝戏谑的腔调说。

"亚美利加，你人真好。难怪在机场的那些民众都很喜欢你。"

"噢，我只是想友善一些。你也跟人民互动了啊？"我回应。

"是，不过真的没有你一半多。"

被人这样赞扬，我有点不好意思地低了低头，然后抬头转向旁边坐着的两个女孩。虽然没人给我介绍，但我知道她们是艾美加·布拉斯和萨曼莎·洛厄尔。她们看我的表情怪怪的，我还没有反应过来，早先招呼过我们的西尔维亚已经走到我们面前。

"好吧，姑娘们，准备好了吗？"她看了看表，满怀期待地看着我们，"我要带你们看一遍皇宫，然后再去为你们安排好的房间。"

西尔维亚拍了拍手，我们四个都起身跟着她走。她介绍说，我们身处的屋子是女士空间，通常只有王后和她的侍女，还有小部分女性皇室成员能在这儿休闲娱乐。

"好好习惯这个地方，你们会在这儿度过不少时光。往里走，会经过大厅，派对或晚宴通常会在里面举行。如果入选人更多的话，就得在大厅进餐了，不过常规的餐厅足够容纳你们，所以请移步进来。"

我们被领到皇室平时用餐的房间。皇室用单独的一张桌子，而我们被安排到两边的长桌子上，合起来就很像一个僵硬的 U 形。我们每个人的座位都放上了好看的名牌。我会坐在阿什利和丁妮·李之间，克瑞斯·安柏对面。刚才我还看到丁妮在女士空间里面呢。

我们离开餐厅，往楼梯下面走去，然后来到每周直播《伊利亚首都报道》的房间。下来之前，西尔维亚指着走廊另一端的一扇门说，那是国王和麦克森的工作间，是禁止我们踏足的区域。

"不许踏足的还有第三层全层。皇室成员的私人空间都在楼上，任何侵犯他们空间的行为都不能容忍。你们的房间全部在二楼，占用着大部分的客房。不过不用担心，我们还给其他来访人留有房间。"

"这些门是通往后花园的。你们好，赫克托、马克森。"守在门前的侍卫向她点了点头，我花了点儿时间才搞明白，右手边的大拱门是通向大厅的侧门，即是说，女士空间也就在前面的转角了。能自己搞明白方向让我觉得挺自豪的，因为皇宫简直就是个豪华的迷宫。

"任何情况下，你们都不能去外面。"西尔维亚接着说，"我们会在白天安排时间让你们去花园，但绝对不能擅自行动。这个安排完全是出于安全考虑，虽然我们尽力防范，但反叛分子还是潜进来过。"

真是让人不寒而栗。

走过一个转角，我们在宽大的楼梯间上走上二层。脚下的地毯是那么的柔软奢华，每走一步我都觉得脚陷了进去。阳光透过偌大的窗照进来，室内充满了阳光的味道和花香。另一边的墙上挂着很多油画，画的是本国前几届国王和几位美国、加拿大前任的领导人。当然，我只是猜测，因为他们都没戴王冠。

"你们的行李已经放到你们各自的房间了，如果觉得房间的装饰风格不适合你，告诉你的侍女就是了。每人会有三个侍女，已经在房间里等你们了。她们会帮你收拾，协助你为晚餐换装。"

"晚餐之前，你们要到女士空间一起收看《伊利亚首都报道》特别节目。下个星期，你们就能在节目上看到自己了！今晚你们会看到你们离家和到达皇宫时拍摄的片段，他们说一定会是特别有意思的播出。你们要知道，今天麦克森王子还没有看任何关于你们的信息，他今晚会和全国人民一起收看节目。然后，明天，你们就能和他正式见面了。"

"入选的姑娘们会一起用晚餐，到时候你们可以互相认识。然后，明天，比赛正式开始！"

我咽了下口水。太多规则、太多体系、太多人了，我只想和一把小提琴独处。

我们走在二楼的走廊上，一个个地把入选人送到各自的房间。我的房间隐藏在一个小走廊上，旁边是巴列艾、丁妮和珍娜。我庆幸自己的房间不像玛莉的房间那样，在人来人往的中心区，或许这么一来，我还是会有一点隐私吧。

西尔维亚离开后，我打开自己的房门，迎接我的是三个惊喜得叫出声的姑娘。其中一个在角落里做针线活儿，另外两个在打扫本就很完美的房间。她们马上跑到我面前做自我介绍，分别是露西、安妮和玛丽，可是我马上就分不清哪个是哪个了。费了半天劲我才把她们劝走，她们这么热情地帮忙，我实在不想太冷漠，但我也想要自己的空间。

"我只是想小睡一会儿。我想你们做了一天的准备，也累了。现在最好是让我休息一下，你们也休息一下，下楼前你们来叫醒我就是了。"

然后又是一连串的感谢和鞠躬，我一个人劝不住三个人，所以根本没用。我躺上厇，努力想要伸展开来，可是我身上的每一寸肌肉都是紧绷的，它们不让我在这个明显不适合我的地方放松下来。

角落里有一把小提琴，还有一把吉他和一架很漂亮的钢琴，可我还是没有心情去碰它们。我的背包静静地放在床边，但我嫌收拾太累，不想碰。我知道衣柜、抽屉和浴室里都为我准备了特别的用品，也不想去翻看。

我躺在床上，一动也不动。然后，感觉才过了几分钟，我的侍女就来敲门了。我让她们进来，然后，不过是麻木地让她们给我换衣服。能帮到我，她们非常兴奋，所以我没办法再叫她们离开。

她们给我梳了头，用精美的发夹别住了一部分头发，又为我补了妆。我身上的礼服以及衣柜里所有的衣服，都是她们亲手缝制的。今晚我穿的是一条及地的深绿色长礼服，但我不想再穿细跟的高跟鞋，实在怕摔跤。刚到六点，西尔维亚就来敲我的门，把我和三个邻居一起带下去。我们在门厅等齐了所有人，才一起前往女士空间。玛莉看到我，便和我一起走。

三十五双鞋跟着地的声音很像一首优雅的行军曲，其中夹杂有几声低语，但大部分人都还是沉默着。我留意到餐厅的门是关着的，难道皇室成员现在在里面？正在单独享受三个人的最后晚餐？

作为他们的客人，我们还没见到任何一位，这很奇怪。

女士空间和下午的状态完全不一样了，所有梳妆台都移走了，现在换成一些椅子和桌子，还有几张看起来很舒服的沙发。玛莉看了看我，头冲其中一张沙发歪了歪，我们便一起坐到那张沙发上了。

我们全部坐下之后，有人开了电视，可以一起看《报道》了。一上来还是老一套，报道各种项目的进程、战争的情况、东岸的反叛分子又一次的突袭，然后剩下半小时，由加夫里尔对我们今天行程的记录做出点评。

"这是塞莱斯特·纽萨姆女士跟克莱蒙特的拥护者告别的情况。这位可爱的女士花了整整半小时才从人群中挤出来。"

塞莱斯特看到画面中的自己，一脸沾沾自喜。坐在她身边的是巴列艾·普拉特，一头及腰的直长发是淡得苍白的金色。我实在没有委婉的词来形容了：她的胸脯真是太大了，简直要从抹胸礼服里跳出来，让人无法不注目啊。

巴列艾很漂亮，是典型的美人，和塞莱斯特的风格有点儿像。她们两个坐在一起的画面让我脑海里突然浮现：**要让你的敌人们靠近彼此**。我相信，她们马上就会从人群中看到对方，把对方看成自己最大的竞争对手。

"中东部地区来的其他姑娘也很受欢迎，阿什利·布鲁耶特优雅的举止马上显露出淑女本色，在人群中，她美丽的脸上还是挂着谦逊的神情，这一点跟王后很像。"

"玛莉·谭斯今天的送别会激动人心，她随着乐队的伴奏为大家唱起了国歌。"屏幕上闪过玛莉和家乡人民告别的情景，她一脸笑容，和很多人拥抱，"今天我们采访了好几个民众，都说喜欢她。"

玛莉的手伸过来握了握我的。我知道，我应该为玛莉加油。

"和谭斯女士同行的是亚美利加·辛格，是入选人中三个第五等级之一。"他们把我拍得比我当时的自我感觉要好，我只记得当时不断地在人群中寻找某个人，满心忧伤。但现在播出的片段中，我显得成熟，关心群众。我和爸爸拥抱的镜头美好而感人。

但这些还比不上我在机场的片段。"但我们也知道，选妃是不限于等级的，看来是不可以小看亚美利加女士了。刚到达杉矶城，辛格女士就成为等候在机场的群众的心头好，她不断地停下来让大家拍照，又签了很多照片，甚至还和一些人聊了一会儿。亚美利加·辛格女士看来完全不怕这个场面，很多人觉得这点是下一位王妃必须有的素质。"

几乎所有姑娘都转身看我，从她们的眼神中，我看到跟艾美加和萨曼莎一样的眼神，我突然就明白那一刻的意思了。我是怎么想的根本没有关系，她们没人知道我根本不想做王妃，在她们眼中，我是一个威胁，她们个个都希望我早日滚蛋。

第十章

晚餐全程我都低着头，刚才在女士空间，因为有玛莉在身边，我还能勇敢一点，毕竟只有她觉得我的表现是出于善意。但在这儿，夹在散发着敌意的人们中间，我坚强不起来。我抬过一次头，看见的是克瑞斯·安柏恶狠狠地转着手中的叉子，而一向淑女的阿什利，则一直噘着嘴，不跟我说话。我只想逃回自己的房间。

我根本不明白这件事为什么重要，就算人民喜欢我又怎样？她们在这儿马上就把我比下去了，那些牌子和欢呼根本没有用。

这么一闹，我都不知道该觉得高兴还是烦恼了。

我把注意力全都集中到盘中的食物上。上一次吃牛排，还是好几年前的圣诞节了，而且，尽管妈妈已经尽量买好一些的牛肉，却跟现在盘中的牛排有着天壤之别，眼前这块又嫩又多汁，口味一流。害我都想问一下别人，觉不觉得这是她们吃过的最好吃的牛排。如果玛莉坐在我附近，我一定会问她。我小心翼翼地扫了一眼四周，看到玛莉正在跟身边的人小声说话。

她是怎么做到的？刚才的报道不是说她也很受欢迎吗？她是怎么让其他姑娘愿意跟她说话的？

甜品是香草冰激凌配水果，好吃得就像我从来没有吃过这种东西似的。如果这才叫食物，那么我一直以来放进嘴里的算是什么呢？我想到了小梅，还有她跟我一样嗜甜如命的偏好，她一定会爱上这道甜品的，而且，如果她在这儿一定会很出色。

在所有人都吃完之前，我们是不能离开座位的。晚餐过后，按严格要求我们必须回房休息。

"你们明天早上会见到麦克森王子，所以，你们肯定都想有个最好的状态。"西尔维亚指导着，"毕竟他会成为你们其中一个人未来的丈夫。"

几个姑娘幻想着自己在这个画面中，发出满足的感叹。

姑娘们往楼梯上走的脚步声比下来时轻了些，我等不及要脱下脚上的鞋，还有身上的礼服了。我从家里带了一身衣服来，心里纠结着要不要换上，让自己舒服一小会儿。

走上二层后，女孩们都各自回房。玛莉把我拉到一边。

"你还好吗？"她问我。

"还好，只是有几个女孩在饭桌上瞪我。"我尽量轻松地说。

"因为人们这么喜欢你，所以她们有点儿紧张。"她说，并没有把她们的行为当真。

"但也有很多人喜欢你啊，我看到有很多支持你的牌子，为什么她们就不会给你脸色看呢？"

"你从来没有和一群女生相处过吧？"她会意地笑了，感觉好像我该明白是怎么回事。

"没有，我主要跟姐姐和妹妹在一起。"我承认。

"在家受教育？"

"是的。"

"哦。我也是和几个第四等级的孩子在家上课，她们都是女孩，每个都有一套折磨人的办法。其实，方法就是要去了解这些人，搞明白什么事情会刺激到她们。好多女孩会跟我说些讽刺的、挖苦的话，都是这样的。我知道自己给人很热情的错觉，不过实际上我很害羞，所以，她们以为可以用语气来击夸我。"

我的眉头皱了起来，原来她们是故意的？

"对付你这种有点神秘又安静的人……"

"我不神秘啊。"我打断她。

"你有一点神秘。有时候，人们不知道该把沉默看作自信还是恐惧，他们用看一只小虫子的眼光看你，是想让你感到很糟糕。"

"哈。"这样说还挺合理的，然后我在想，如果我要打击别人的自信心，会用什么方法呢，"你会怎么做呢？我是说，如果你想让她们不好受的话？"

她笑了："无视她们。家里有一个女孩因为影响不了我，自己倒快气死了。所以，不用担心。只需不让她们看到她们可以影响你的心情。"

"事实上也没有。"

"我差点儿就信你了……可没这么容易。"她笑了笑，让人深感温暖的笑声很快就被安静走廊吸走了，"你能相信吗？明早我们就能见到他了。"她把话题转到更关心的事情上。

"不，说真的，我没法儿相信。"麦克森就像皇宫里的鬼魂一样，会被提起，但并不真的存在。

"好吧，明天好运。"看得出来她是真心祝福我。

"希望你更好运，玛莉。我相信麦克森王子一定会很高兴认识你的。"我再次握了握她的手。

她的微笑有点兴奋，又有点害怕。她转身回房间了。

回到自己房间门前，我看到巴列艾的门是开着的，还能听见她跟侍女在小声说话，但她看到我马上就用力甩上了门。

真是太客气了。

不出意料，我的侍女们都等着我回去，帮我梳洗。我的睡裙是一件薄薄的绿裙子，它已经躺在床上等我了。没人动过我的背包，她们太仁慈了。

她们的工作不仅目的明确，而且很有效率，明显是有一整套的梳洗流程，但她们并没有匆忙地完成任何一个部分。我想整个梳洗过程最后的结果应该是帮助我放松下来，可我还是想让她们快点离开。不过，在她们帮我洗手、解裙子、往睡裙上别银质名牌的时候，真的没办法催促她们。这漫长的过程让我坐立不安，何况她们还不时地问各种问题，而我唯有尽量有礼貌地回答。

"是的，我已经见过其他入选人。""她们都不怎么爱说话。""是的，晚餐很棒。""不，我们得明天才能见到王子。""是的，我很累了。"

"独处的时间最能让我放松。"我在最后一次回答中加上了这句，希望她们明白我的暗示。

她们看起来很失望，我只好补救。

"你们都很好，只是我想独处一下，今天见了太多人了。"

"但是，我们的职责就是侍候你，辛格小姐。"领头的女孩子说。我想，这个应该是安妮，她看起来就一副头头是道的样子，玛丽比较随和，而露西挺害羞的。

"真的很感谢你们，而且明天我肯定需要你们来帮我。但是今晚，我只需要放松下来。如果你们真的想帮我，那就请给我一点自己的时间。如果你们休息得好，我肯定明早你们就能更好地服侍我，对吧？"

她们互相看了看。"呃，应该是的。"安妮勉强同意了。

"按规定，我们其中一人需要留下来陪你，万一你半夜需要什么东西呢。"露西有点紧张，好像时不时会打个冷战，我想是因为她太害羞了吧。

"如果需要任何东西，我会按铃的，没关系。而且，如果有人看着我的话，我睡不着。"

她们又互相看了看，还在犹豫。唯一一个有用的方法，我其实并不想用。

"你们应该都要听我的命令，对吧？"

她们满怀希望地看着我。

"那我命令你们全部都去睡觉，请早上再过来帮我。"

安妮微笑了，我能看出来，她已经开始了解我的方式了。

"好的，辛格小姐。我们早上见。"她们行了屈膝礼，然后出去了。

安妮最后看我的那一眼，让我感觉自己跟她的期待很不同，不过，她也没有太不高兴。

她们一走，我就脱掉精致的拖鞋，赤脚踩在地板上，这感觉实在太棒、太自然了。接着我开始收拾自己的东西，这倒花不了多少时间。我把带来的衣物留在背包里，整个儿放进大衣柜，然后看了下挂在里面的几件礼服，大概够我穿一周吧。每个女孩的礼服应该都是一样多的，实在没必要为明天就离开的人多做几条，是吧？

我拿出仅有的几张家人的照片，塞到镜子的边框上，因为镜子很大，所以一点儿都不受影响。我还有一个装小东西的盒子，里面是我最爱的耳环、丝带，还有束发带。这些东西在皇宫里来说可能太平凡了，但我还是想带些自己的东西来陪我。至于带来的那几本书，我就放到阳台门旁边的书架上了。

从阳台门看出去，能看到花园，那是有着喷泉和长椅的迷宫，到处盛开着鲜花，每一处都修剪得那么完美。在精美的花园之外，是一小片空地，然后就是森林。森林看不到边界，我不知道皇宫的墙能不能把整个森林围起来，不明白为什么会有这个森林。最后，我手上拿着的那个东西不知道放在哪儿好。

这个有着一分钱的小瓶子，在我的手心中滚了几下，我静静地听着它发出清脆的咔嗒声。为什么带着它来了呢？我是要提醒自己有些东西得不到吗？

这份爱情，这份我秘密经营了两年的爱情，现在已经变得触不可及了，一想到这里，双眼又湿润了。加上今天紧张又兴奋，真是太疲惫了。我不知道该把瓶子放在哪里，最后决定暂时放在床头柜上。

　　我把灯光调暗，爬上铺着名贵毯子的床，目光还是离不开这个瓶子。我允许自己悲伤，允许自己想**他**。

　　我是怎样在这么短的时间内失去这么多的？离家、来陌生的地方生活、与爱人分离，这些事不是应该花上好几年的时间才对吗，怎么可能就一天呢？

　　不知道我离开那一刻，他究竟想跟我说什么。我只能推断他要说的话一定是不能当众说出来的，所以，是关于**她**的吗？

　　我看着小瓶子。

　　又或者，他是想说对不起？昨晚我那么严厉地骂他，或许是经过此事他觉得应该道歉吧。

　　还是他觉得已经时过境迁了？我亲眼看见的，清清楚楚，真是谢谢了。

　　或是他忘不了我？他还爱着我？

　　打住，不能让自己再空怀希望了。我现在需要的是恨他，只有恨才能支持我继续走下去，因为来这儿有一半的原因，是我觉得离他越远越好。

　　希望让人心痛，又带来了思乡之情。小梅有时候会偷溜上我的床，真希望她在这儿。然后，想到其他女孩那么盼望我尽快滚蛋，她们很可能会想尽方法让我不好受吧。还有，在这儿会时不时被摄像机捕捉到，上那个全国都看的节目，要说一点都不紧张，那是假的。再者，还有人会为了他们的政治立场来伤害我们。这一切的一切，对我忙了一天的脑袋来说都太难分析了。

　　视线渐渐模糊，我根本没发觉自己在流泪。我忽然觉得无法呼吸，全身发抖。我跳起来，跑去阳台，慌乱之间，门锁怎么也开不开，但最后还是打开了。我以为呼吸一下新鲜空气就好了，却无济于事，只觉得呼吸急促，全身发冷。

这儿根本不会有自由，阳台的铁栅把我牢牢地困在里面，而且包围着皇宫的围墙。那么高，还有警卫站岗。我想要走出这个地方，可是，没人会允许我这么做。绝望的感觉让我更觉脆弱，我看着远方的森林，除了树木，别的什么都看不见。

我转身冲出房间，尽管眼泪模糊了我的视线，但我还是摸对了方向。沿着自己记下的路走着，对沿途那些镶金的艺术品、饰品视若无睹，也没有留意警卫们的存在。虽然我还不清楚皇宫的格局，但我知道，只要走下楼梯，转对方向，就会看到通往花园的大玻璃门。我需要这个出口。

我跑下金碧辉煌的楼梯间，赤脚走在大理石上，发出啪啪的响声。一路走过来，我碰到几个警卫，不过没有一个人拦我，直到走近我想去的地方。

就像下午看见的那样，大玻璃门前有两名警卫，看到我要推门出去时，其中一个用手中的矛状武器拦住了我。

"抱歉，女士，你需要回你的房间。"他声音不大，却说得那么有权威，在宁静的走廊中有如雷鸣。

"不……不行。我要……出去。"我说得含糊不清，根本不能正常呼吸。

"女士，请你马上回到你的房间。"另一个警卫也向我走来。

"求你了。"我喘着气，觉得自己快晕倒了。

"抱歉……是亚美利加女士吧？"他看到我衣服上的名字别针，"你需要回自己的房间。"

"我……呼吸不了。"我结巴着，在他走近我把我往后推时，倒在了他的身上。他手上的东西掉在地上，我无力地挣扎，只觉得头晕。

"放开她！"一个陌生的声音突然出现了，很年轻，却很有威严。我歪着头循声看去。是麦克森王子，可能是我歪着头的角度不对，他看起来好奇怪，不过我认得出他的发型和僵硬的站姿。

"她晕倒了，殿下。她想要出去。"第一名警卫紧张地解释，要是伤害了我，他的麻烦就大了。现在，我是伊利亚王国的财产。

"把门打开。"

"但是……殿下……"

"打开门，快打开。快！"

"马上办，殿下。"第一名警卫马上从身上拿出一串钥匙。钥匙叮当作响，接着是清脆的开锁声。我的头歪着，王子担心地看着我。我慢慢地挣扎着站起身。门一打开，甜甜的新鲜空气冲击着全身的细胞，给了我足够的力量，我从警卫双臂上起身，像个醉汉似的冲入花园。

一路跌跌撞撞，但我不在乎自己是否优雅，一心只想着出去。温暖的空气抚慰着我每一个毛孔，脚下的青草又那么舒服，好像连自然界的生物在这儿也都变得奢华了。我想一路走到森林里，但脚下乏力，刚走到一排石凳前就瘫坐下来。深绿色的睡裙沾上了泥巴。我把双臂放在石凳上，让头靠在双臂上。

身体里连半点哭泣的气力都没剩下，所以眼泪只是静静地流了下来。我是怎么走到这儿的？我怎么会让这些事情发生？我在这儿会变成什么样？我能够找回一点儿过去的生活吗？不知道。而且，对所有的这一切，我都没有任何办法。

我完全沉浸在自己的思绪里，如果不是麦克森王子开口说话，我根本就不知道这里并非我一个人。

"你还好吗，亲爱的？"他问我。

"我不是你的亲爱的。"我抬头对他怒目而视，眼中和语气里的反感是那么明显。

"我做了什么冒犯你的事吗？我刚刚不是让你出来了吗？"他被我的反应搞糊涂了。他肯定以为我们全都喜欢他，都为他的存在感谢上天。

我毫不畏惧地瞪着他，却被满脸的泪痕削弱了气势。

"不好意思，亲爱的，你还要哭吗？"他问我，语气很不安。

"别这么叫我！我跟其他三十四个被你关在笼子里的陌生人是一样的，没跟你亲多少。"

他走近了一点，看起来并没有介意我的失言。他只是……在琢磨，脸上的表情很有意思。

对一个男孩子来说，他的步态的确优雅，而且他在我身边前后走动的样子也很自在。这种情况实在尴尬，他一身西装，而我几乎是半裸状态，气焰马上就弱了。如果说他的身份地位吓不倒我的话，那么他的举止吓住了我。他一定有很多应付不开心的人的经验。当他开口回应时，语气出奇的平静。

"这么说太不公平了。你们都是我的亲爱的，只不过我要去发现，谁即将成为我最亲爱的。"

"你不是真的用了'即将'这个词吧？"

他笑出声来："看来是的。原谅我吧，我所受的教育害的。"

"教育。"我喃喃自语，翻着白眼，"可笑极了。"

"不好意思，你说什么？"他问。

"我说很可笑！"我是喊出来的，重拾了一点勇气。

"什么可笑？"

"这个比赛！这件事！难道你没爱过任何人吗？这就是你愿意选一个妻子的方法？你真的这么肤浅吗？"我在地上换了个姿势，为了让我更容易面对他，他也在石凳上坐了下来，但是我太难受了，没有表示感谢。

"我知道我是显得肤浅，也知道这件事看起来像廉价娱乐。但在我的世界中，我总是被保护着，没有机会去认识很多女人。我认识的女孩全部都是外交官的女儿，而且就算我们能讲同一种语言，我们也很少有共同的话题。"

麦克森好像觉得这是个笑话，自己轻轻地笑了起来。我可不觉得好笑。他清了清嗓子。

"所以，在这种情况之下，我还没有爱上任何人的机会。你呢？"

"我有。"我实事求是地说。可是这句话一说出口，我就恨不得赶紧收回来，这是我的私事，跟他没有半毛钱关系。

"那么你是挺幸运的。"他语气中有点妒意。

难以想象，让伊利亚王子羡慕的事情，恰恰是我来此逃避的事情。

"我的父母也是通过这个方法认识并结婚的，他们相处得很好，我也希望能找到我的幸福。找一个伊利亚国民爱戴、可以陪伴我又能招待他国领导的妻子，她会和我的朋友友好相处，也会是我的倾诉对象。我准备好寻见这个妻子了。"

他的声音中有种东西让我震惊，里面没有丝毫的讽刺或挖苦。这件事对我来说只不过是一场秀，对他来说，却是唯一的找到幸福的机会，他可不能再往招第二轮佳丽。呃，或许他可以，不过也太尴尬了。他刚才说得那么绝对，满怀希望，让我对他的反感减少了一点儿，但也就是一点点而已。

"你真的觉得这儿是个笼子？"他的双眼透露出真诚的同情。

"是的，真的这么想。"我平静地说，马上补上，"殿下。"

"我不止一次这么觉得。但你也要承认，这是一个很漂亮的笼子。"

"对你来说而已。要往这个漂亮的笼子里放上三十四个男人，同时抢同一件东西，你再看看美不美。"

他扬起了一边的眉毛："真的已经为了我争起来了？你们应该都明白，是我来选人吧？"

"事实上，这很不公平。她们在争两件事，一是争你，二是争王冠。而且，她们都觉得自己很明白要说些什么，做些什么，来让你的选择变得简单。"

"噢，是的，这个男人和这个王冠，可怕的是，有些人根本分不清两者之别。"他摇了摇头。

"祝你好运了。"我冷冰冰地说。

我充满讽刺的话一说出来，我们都沉默了。我偷偷用眼角瞄他，等他开口说话。他眼神涣散地看着草地，神情凝重，然后，深吸了一口气，转身看我。

"那你要争哪一样呢？"

"事实上，我来这儿完全是个错误。"

"错误？"

"是的，大概是这样，说来话长了。而现在……我在这儿，我根本什么都不想争。我的计划是，在你踢我走之前好好享受这儿的美食。"

听到这个他大笑出声，夸张得弯下腰来拍大腿，这个状态和平常的稳重、僵硬形成了巨大的反差。

"你是什么？"他问。

"什么意思？"

"第二？第三等级？"

他是瞎子吗？"第五。"

"噢，对，那食物对你来说应该是留下来的动机。"他又笑了出来，"对不起，这么暗我看不清你的名牌。"

"我是亚美利加。"

"嗯，太好了。"麦克森看进夜色里，脸上浮起了微笑，好像这件事很有意思，"亚美利加，我的亲爱的，希望你在这个笼子里找到值得你争取的东西。经过今晚后，我很好奇你要是真心想争取一件东西时，会是怎样的表现。"

他从石凳上下来，跟我一起蹲在地上，离我很近，害我无法正常思考。我这是有点儿追星情结呢，还是没从刚才的哭泣中恢复？无论怎样，他拉着我的手时，我已震惊得说不出话了。

"如果你喜欢的话，我可以让警卫们知道你喜欢来花园，那么你晚上就可以出来，不会再受他们阻拦了。但我想，你身边最好带一个警卫。"

我的确很想要这种安排，任何一点自由都是非常美妙的，但他需要清楚我的感觉。

"我不……不觉得自己想从你那儿得到任何东西。"我把手从他双手中抽出来。

他有点吃惊，一副受伤的表情。"随便你吧。"我感到更后悔了，我是不喜欢他，但也并不想伤害他，"你一会儿就回里面了？"

"是的。"我吸口气，看着地面。

"那么我就不打扰你了，在门口旁边会有一个警卫等着你。"

"谢谢你，嗯，殿下。"我摇了摇头。在这次对话中，我究竟用错了多少次称呼？

"亲爱的亚美利加，你可以帮我一个忙吗？"他又握住我的手，很坚持的样子。

我斜着看他一眼，不知道怎么回答好："或许吧。"

他的笑容回来了："不要和其他人提今晚的事。按规定，明天之前我不应该见你们，所以我也不想让任何人不开心。虽然，你向我大吼大叫也不算是什么浪漫约会吧，对不对？"

轮到我笑了。"当然不是！"我深吸了一口气，"我不会说的。"

"谢谢你。"他举起我被握着的手，轻轻亲了下手背，然后起身，温柔地把我的手放在我的大腿上，"晚安。"

我看着手上有余温的那一块，一时不知作何反应。然后，我转身看着麦克森离去的背影。他终于给了我想了一整天的私人空间。

第十一章

早上，侍女们开门进来，清理浴室及浴缸，这些动静都没有吵醒我。最后是安妮打开华丽厚重的窗帘，阳光照在脸上，我才醒过来。她小声地哼着一首曲子，看起来很享受现在的工作。

　　我躺在那里一动也不想动。昨天晚上发生了那么多的事，我花了很长时间才让自己平静下来，但在想明白花园里的对话对我有什么影响后，就再也放松不下来了。如果有机会的话，我一定要向麦克森道歉，不过，估计要发生奇迹才行吧。

　　"小姐？你醒了吗？"

　　"没，没，没呢。"我把脸捂在枕头里哼唧，睡眠时间明显不够，而且，这张床还这么舒服。不过看到安妮、玛丽和露西都抿着嘴笑，我也就不好意思再赖床了。

　　在这个皇宫里，她们三个应该是最容易相处的人了吧。不知道她们能不能跟我交心，不过，可能这儿的训练和规矩不允许她们这么做，可能连跟我坐下喝杯茶都不行。虽然我的出身是第五等级，但现在全身上下都是第三等级的东西了。她们是侍女，即都是第六等级，我倒是不在乎，反正我一向喜欢跟"第六等级的人"在一块儿。

我缓慢地挪动到大得可怕的浴室门口，每走一步都听见自己踩在瓷砖上的声音。通过墙上的大玻璃反射，我看到露西瞪大眼睛看着我睡衣上的泥巴，然后安妮和她对上了眼，接着是玛丽。幸好她们没有开口问任何问题，昨天，我以为她们问东问西是想刺探我的隐私，看来并非这样，她们只是过于担心我舒不舒服罢了。要是问起我在房间外做了什么（别说是皇宫外了），对我们都太尴尬了。

她们只是小心地帮我脱下睡裙，把我送进浴室。

有人的时候真不习惯光着身子，就算是在小梅或妈妈面前也不行，但现在我好像是躲不开了。只要我在这儿一天，这三位肯定是要伺候我换衣服的，所以在离开前，我都得忍。不知道我离去后，皇宫会怎么安置她们。可能晋级的女孩需要更多人照顾，就会派给她们吧？还是，她们在皇宫里本来就有其他职务，只是暂时调派给我的？要是直接问她们之前做什么，或打听我离开后她们会干什么，好像不太好，所以我就没问。

洗完澡后，安妮帮我吹干头发，用我从家里带过来的丝带扎起了一半头发。这个丝带是蓝色的，跟她们为我做的一条日常小礼服上的花儿是同一个色系，所以我就选了这件。玛丽给我化的妆，跟前一天是一样的素雅；同时，露西给我的手臂和双腿擦上润肤露。

其实她们准备了很多珠宝让我选戴，但我只想要自己盒子里的一条小项链。那是爸爸给我的，有一个夜莺吊坠，是银色的，和我的名牌配得起来。我从皇家准备的首饰中挑了一对耳钉，不过这应该是里面最不起眼的珠宝了。

安妮、玛丽和露西上下审视我一遍，对她们的作品很满意地笑了。这样我就知道，我可以下去吃早餐了。在我出门的路上，她们一边微笑鞠躬，一边祝我好运，而露西的双手又在颤抖。

走到昨天大家集合的二层门厅，我发现我是第一个到的，便在一张小沙发上坐下等候。其他女孩一个接一个地来了，我马上发现了她们的共同点：每一个都是精心打扮过的。她们把头发梳成精致的辫子或盘起，完全不会挡着脸。每个人的妆容都异常精致，每件礼服都熨得平平整整。

第一天，我选的应该是最平淡无奇的礼服了，其他人的身上都有闪光点。有两个女孩走过来时，看到对方穿的礼服和自己的几乎一模一样，都转身回去换了。她们个个都想用自己的方式突出自己。其实在她们看来，我又何尝不是呢？

这儿所有人打扮得都像第一等级似的，我却像一个穿着上好礼服的第五等级。

本以为我打扮的时间已经够久了，但现在看来，其他女孩子花的时间要比我长得多。当西尔维亚来护送我们下去的时候，我们还在等塞莱斯特和丁妮。丁妮实在太娇小了，所有的礼服当然要现改才能合身。

人齐后，我们一起往楼下走去。经过一面镶金边的镜子，大家都下意识地看了自己最后一眼，以确保没有闪失。我看到走在玛莉和丁妮之间的自己，的确是朴实无华。

但至少，这是我的本色，所以也就安心了一点。

我们到了楼下，原以为会被带进餐厅吃早餐，却被带到了大厅。里面一排排地摆放好独立的桌椅，上面放置好盘子、杯子和银质餐具，却没有任何食物，甚至没有食物的香味。在前面一个凹进去的角落里，我看到一组小沙发。房间四处散放着几组摄影机，拍摄我们走进大厅的情况。

我们鱼贯而入，因为没有座位名牌，都随意坐下了。玛莉坐在我前面一排，阿什利在我的正右方，其他人我压根儿就不在乎她们坐在哪儿。看来，好多人都交了至少一个盟友，就像我和玛莉一样。阿什利坐在我身边，所以我可以认为她选择了我的陪伴，但她还是什么都不说，或许她还在为昨晚的报道不开心吧。不过话说回来，我们刚见面时她就一直很沉默，也可能她天性如此。我想，她最多也就是不搭理我而已，于是决定先开口。

"阿什利，你今天真好看。"

"噢，谢谢你。"她轻轻地说。我们瞄了一眼，确保摄影机离我们远远的，虽然我们不是在说什么私密的事，但也不想让他们什么都拍，"选戴这些珠宝挺好玩的，不是么？你的呢？"

"嗯，我觉得太重了，所以决定戴点儿轻的。"

"的确重！我觉得头上压了二十磅重，但是，真不舍得不戴。谁知道我们能待多久呢？"

真有意思，阿什利从一开始就显得沉稳、自信，她的言行举止都最合乎当王妃的要求，听见她质疑自己的话，真有点奇怪。

"但是，你不觉得自己会胜出吗？"我问。

"当然，"她悄悄地说，"不过说出来就太无礼了。"然后向我眨眨眼，引得我笑了出来。.

可这变成我犯的又一个错误了，这几声笑吸引了西尔维亚的注意，她正从外面走进来。

"啧啧，淑女是不可以发出这么大的声音的。"

所有的低语立刻停了下来。不知道这些摄影机有没有拍到我犯错，我顿时脸上一热。

"女士们，大家好。我希望你们在皇宫的第一晚都休息好了，因为从现在开始我们就要投入工作了。今天，我会指导你们学习行为规矩课程，你们在这儿期间，这个内容一直都会有。请注意，我会把你们做的所有不错的地方报告给皇室。"

"我知道听起来很严厉，但这真不是一个可以轻视的比赛。这个房间的人中，会有一位成为伊利亚的王妃，这不是一个小任务。无论你之前是什么等级，现在都必须努力提高自己，你们要成为不折不扣的淑女。从这个早晨开始，你们将要学习第一课。"

"餐桌礼仪是非常重要的，所以在你们跟皇室成员一起吃饭之前，需要注意一些规矩。我们越快通过这关，你们就越早吃到早餐，所以请面向这一边吧。"

她开始讲解：菜品是如何从我们的右手边上的；哪种杯子用来装哪种饮料；还有，千万千万不能用手来拿甜品和面包，一定要用钳子。我们不动手时，双手必须放在铺了餐巾的大腿上。没有被点名说话前，不能主动开口。当然，我们可以和旁边的人说话，不过音量必须是皇室内适合的耳语。她说最后这一点时，双眼看的是我。

西尔维亚优雅的声音一直停不下来，折磨着我的胃。在家时虽然每顿饭都不算丰盛，但也从来没有饿着过。现在我饿得厉害，盼着开饭。当敲门声响起时，我已经饿得有点儿焦躁了。门前的两个警卫让开，进来的是麦克森王子。

"女士们，早上好。"他大声说。

屋里的气氛马上不一样了，大家马上挺直了背，理顺头发，整理衣角。我并没有看麦克森，而是将目光停在阿什利身上。她的胸脯上下起伏，而她看王子的眼神，让身为旁观者的我感到莫名的尴尬。

"殿下。"西尔维亚行了一个深深的屈膝礼。

"你好，西尔维亚。如果你不介意的话，我想给这些年轻女士介绍一下我自己。"

"当然。"她再鞠躬。

麦克森王子扫视在场的人，发现了我。我们眼神对上的那一刻，他笑了笑，真是出乎意料，我还以为他昨晚很有可能会改变主意，要在众人面前叫我出来，让我当众出丑。但是，也许他根本没有生气，或许觉得我还挺有意思的。在这儿，他肯定是挺无聊的。无论如何，那个浅笑让我觉得，这件事可能没有我想象中坏。昨晚我没有办法做的决定，在这一刻变得很简单了，我会跟他道歉，当然他也要给我机会。

"女士们，如果你们不介意的话，我会一个接一个地叫你们过来跟我说话。我相信你们都想用餐了，我也是，所以我不会花太长时间。如果我不能马上叫出你的名字，请原谅我，因为人真的有点儿多。"

大家都低声笑了。他马上走到第一排最右手边的女孩那儿，领她到沙发上。他们聊了几分钟，然后他就起身，向她鞠了个躬，她回以屈膝礼。然后她就回到自己的桌上，跟旁边的女孩说了句话，然后整个流程又重复了一遍。每一段对话都不超过几分钟，而且音量都很低。他这是用不到五分钟的时间去体验跟每个女孩的感觉。

"我好奇他是想要知道些什么。"玛莉转头问我。

"或许，他想知道你认为最帅的演员是谁，这个问题你可要小心回答。"我轻轻答道，然后玛莉和阿什利都忍不住轻轻笑了起来。

我们不是唯一小声交谈的人，大家在等待的同时，都小声和身边的人说话来分散注意力，全场有一种蜜蜂似的低鸣。而且，摄影师们走来走去，采访女孩们在皇宫第一天的感受，问她们喜不喜欢派给她们的侍女诸如此类的问题。当他们来到我和阿什利面前时，我让她回答了所有的问题。

每个入选的女孩在沙发上跟王子交流时，我都忍不住看两眼，有一些很淑女、很镇定，也有兴奋过度、坐立不安的。玛莉走向麦克森王子时就红了脸，离开时却神采飞扬。阿什利不断整理身上的礼服，好像不这样她就不知道该把双手放在哪里。

她回来时，我都紧张得快流汗了，因为下一个就轮到我了。我深吸一口气稳住自己，接下来我会求他帮我一个大忙。

他站起身来，在我走近时看了看我的名牌："亚美利加，对吧？"他问，笑容在嘴角跳动着。

"是，我是。我应该听说过你的名字，不过，麻烦你提醒我一下？"我不知道用一个玩笑作为开场白是不是个好主意，但麦克森笑了，让我坐下来。

他探身向我低语："你睡好了吗，亲爱的？"

我不知道听见这个称呼，自己脸上是什么表情，但麦克森的眼睛里全是得意。

"我还不是你的亲爱的。"我回答他，保持着微笑，"我平静下来后，睡得很好。我的侍女们得把我拉下床才行，实在太舒服了。"

"很高兴你觉得舒服，亲……亚美利加。"他改正了称呼。

"谢谢你。"我说，然后揪着自己的衣角紧张地玩弄了一会儿，脑子里合计怎么开这个口才好，"我昨晚那么刻薄，真的很抱歉。我在入睡前想明白了，虽然这个情况真是很奇怪，但也不应该怪在你身上。你不是害我卷入这件事的人，并且，选妃的主意也不是你出的。而且，在我很不开心时，你对我很友善，但我对你却很糟。昨晚你就可以遣我走的，但你没有。谢谢你。"

麦克森的眼神很温柔，我敢打赌，之前的每一个女孩看见这双眼都会融化，按理说，他这么看着我，我肯定会觉得不自在，但想到这是他的本性使然，也就没什么了。他低了低头，再抬头看我时，他又俯身过来，把手肘支在膝盖上，好像是要我明白接下来说的话的重要性。

"亚美利加，你从一开始就对我很坦白，这一点我很欣赏。所以，我请求你回答我一个问题。"

我点头，有点害怕他到底想知道什么。他又靠得近了一点，轻声说："你说你来这儿是个错误，所以我只能假设，你并不想来这儿。你觉得你对我，有没有可能会有任何……爱的感觉？"

我控制不住地手忙脚乱了一下。我不想伤他的心，但又不能回避这个问题。

"殿下，你很仁慈，也很迷人和细心。"我的开场白让他笑了，但我压低声音接着说下去，"但是，出于很多实际的原因，我不认为有这种可能。"

"你能解释一下吗？"虽然他的表情没变，但我能听出他的失望。我想，他不习惯被拒绝吧。

这不是一件我想与人分享的事，但又实在想不出别的理由能让他理解。我用更低的声音跟他说出真相。

"我……恐怕自己的心已经另有所属了。"我觉得双眼都开始湿润了。

"噢，请不要哭！"麦克森的低语露出明显的担心，"女人一哭我就不知道该怎么办好了！"

这句话害我笑出来，暂时压抑了想哭的冲动。他的表情也马上放松了。

"你希望我今天就放你回到爱人的怀抱吗？"他问。虽然我喜欢别人这件事让他不太高兴，但他并没有生气，反而表达了同情。这个反应让我觉得我可以信任他。

"问题是……我不想回家。"

"真的吗？"他用手抓了下头发来表示他的困惑，我再次笑了出来。

"我能够坦诚地跟你说吗？"

他点头。

"我需要留在这儿。我的家人需要我留在这儿。就算你只能让我留一星期，对他们来说都是很好的事。"

"你是说，你需要那笔补助？"

"是的。"承认这点让我觉得难受，因为看起来肯定是我在利用他。我想，真相也的确是这样。但还有别的原因，"而且，还有……有些人"，我抬头看他，"有些人我现在真的不想见到。"

麦克森理解地点点头，没有说话。

我有点犹豫，不过，我想最坏的可能是他让我回家，所以接着说："如果你愿意让我留下来，就算只是一小段时间，我愿意跟你做个交换。"我提出来。

他两条眉毛都扬起来了："交换？"

我咬咬嘴唇："如果你让我留下来……"这听起来肯定会有点蠢，"好吧，你看，你是王子，一天到晚都那么忙，要治理国家什么的，哪里能找到时间来从三十五个，啊，三十四个女孩子中挑出一个啊？这真是个很难的任务，你不觉得吗？"

他点了点头。看得出来，他光想想就觉得累了。

"如果你在里面有一个自己人，不是很好吗？有一个能帮你的人？就像，有个朋友？"

"朋友？"他问。

"是啊，让我留下来，我会帮你的。我会成为你的朋友。"听我这么说，他笑了，"你不用担心需要追求我，你已经知道我对你没有感觉了，但你可以跟我说任何话，而我会尽力帮助你。你昨晚说你想找一个可以倾诉的人，嗯，在你找到陪你一辈子的那个人之前，我可以暂时肩负这个任务，如果你愿意的话。"

他的表情虽然友善，但也是有所防备的："我差不多认识完这个房间里所有的女孩了，的确想不出谁比你更适合做朋友，很乐意让你留下来。"

我长长地松了一口气。

"你觉得，我还能叫你亲爱的吗？"麦克森问。

"没得商量。"我轻轻回答。

"我会继续努力的，放弃对我来说不容易。"我相信他是这样的，想到他还会提这个要求就懊恼。

"你都是这么叫她们的吗？"我点头示意了一下房间内的其他女孩。

"是的，她们都挺喜欢的呀。"

"这正是我不喜欢的原因。"然后我就站了起来。

麦克森跟着我站了起来，咯咯笑着。我本来想皱眉抗议，不过的确是有点好笑。他鞠躬，然后我行屈膝礼，之后便回到自己的座位上。

时间过得特别慢，等他见完最后一个人，我快饿死了。当最后一个女孩回到自己的座位上时，我已经无比期待在皇宫的第一顿早餐了。

麦克森走到房间正中央："如果我让你留下来，请坐在你的位置上等一小会儿。如果没有叫到你，请跟着西尔维亚去餐厅。待会儿我会过去加入你们。"

谁也不知道，究竟留下是好事，还是离开是好事。

我站起来，和大部分女孩子一样开始往外走，留下的几个女孩子应该是和他有特别的相处时间吧。阿什利就是其中之一，毫无疑问她的确很特别，天生就是王妃的料。其他是我还没有机会认识的女孩，当然，她们未必想认识我。摄像机留下来拍特别的时刻，其他人都离场了。

我们走进宴会厅，已经坐在里面的是比我想象的还要威严的克拉克森国王和安伯莉王后。这个屋子里有更多摄像机，都在等着拍我们的首次见面。我迟疑着，不知道是否要退回门外，等着被邀请进门。但大部分人，虽然也有点犹豫，不过都走了进去。我快步走到我的椅子前，希望没人留意到我。

西尔维亚两秒钟之后就进来了，看了看在场的各位。

"女士们，"她说，"恐怕刚才我们还没讲到这点，每当你们进入国王或王后在场的房间，或他们进入你所在的房间时，正确的做法是行屈膝礼。他们示意后，你们才可以起身，坐下。我们一起来吧，好吗？"然后，我们就向头桌的方向一起行了礼。

"欢迎，姑娘们。"王后说，"请坐下，欢迎你们来到皇宫。我们都很高兴你们的到来。"她的声音很欢快，和她的外表一样，平静，却又不乏活力。

正如西尔维亚所说，侍者从我们的右手边给我们倒橙汁。为我们准备的食物由大推车送进来，每个碟子都盖着，司膳官们拿到我们面前才打开。香气扑鼻的煎饼放到了我面前，幸好大家面对色香味俱全的食物都发出了感叹，这才掩盖住了我肚子咕咕叫的声音。

克拉克森国王为大家做了饭前祷告，然后大家就开动了。几分钟之后，麦克森进来走向自己的位子，在我们要起身之前，他大声说：

"女士们，请别起身了，好好享用早餐吧。"他走到头桌，亲了亲他母亲的脸,又拍了拍他父亲的背,然后才坐到国王左手边的椅子上。他跟离他最近的司膳官说了几句话,司膳官无声地笑了,然后,麦克森也开始用餐。

阿什利没有来,其他被留下的女孩也没有来。我四下环顾,有些不解,想数一下有几个女孩子不在场。八个。有八个女孩子不在这儿。

坐在我对面的克瑞斯回答了我眼中的问题。

"她们走了。"她说。

走了?噢,走了……

难以想象,在五分钟之内,她们怎么可能让麦克森觉得不高兴呢?不管怎样,我很庆幸自己选择了坦白。

就这样,我们的人数减到了二十七。

THE
SELECTION
第十二章

几个摄影机环绕着餐厅转了一圈，离开之前，镜头全部对准麦克森拍了大特写。他们离开后，我们终于可以安静地用餐了。

　　突如其来的淘汰让我有点不知所措，但麦克森看起来并没有任何异样，他很享受盘中的食物。看到他吃得那么香，我才想起来要赶紧吃，不然就变凉了。我再次觉得，这儿的食物真是太美味了，橙汁是那么的香醇，我得小口小口地喝，才能尽享它的美味。煎蛋和培根简直是天上才有的美味，煎饼也做得那么完美，一点儿都不像我在家时做得那么薄。

　　听见其他人的感叹声，我知道自己并非唯一一个觉得这儿的食物特别好的。我记得要用钳子来夹取桌子中间放着的草莓塔，同时，我想看看别的第五等级的人是不是也特别享受这些食物，就在这时，我才发现，我是唯一一个留下来的第五等级。

　　不知道麦克森有没有意识到这一点（他甚至不太记得我们的名字），但她们两个都被遣走了还是挺奇怪的。如果我今早之前跟麦克森之间完全陌生的话，我会不会也已经被踢走了呢？一边思考着这个问题，我一边咬下手中的草莓塔，无比香甜，酥皮是那么的薄而脆，每一个味蕾都被唤醒了，淹没掉我其他的感觉。这是我吃过的最好的东西，忍不住发出了满足的赞叹声。第一口都还没吞下去，已迫不及待咬了第二口。

"亚美利加女士？"有一个声音叫我。

其他人都循声望去，原来是麦克森王子。他居然这么轻松地当着其他人的面叫我，就是叫别的任何人，我也会觉得惊讶。

比突然被点名更糟糕的是，我嘴里塞满了食物。我只好用手掩住嘴，尽快嚼烂将食物咽下，虽然整个过程也不过是几秒钟的事，可是当所有眼睛都盯着你的时候，感觉就像一辈子那么长。塞莱斯特一脸不屑地看着我，看来我在她眼中一定是最容易击败的一个了。

"是的，殿下？"当口中的食物咽得差不多，我马上回答。

"你喜欢这些食物吗？"麦克森貌似马上就要大笑出声了，如果不是因为我现在手足无措的表现，就是因为昨晚我们私下对话的内容。

我尽力保持镇定："真是太好吃了，殿下。这个草莓塔……呃，我有一个妹妹比我更爱吃甜食，我想，她要是吃到这个，肯定会哭出来的。太完美了。"

麦克森咽下他口中的食物，往后靠到椅背上："你真的觉得她会哭？"他好像对这个点特别感兴趣，怎么对女人和眼泪有这么奇怪的感情。

我想了想："是真的，我觉得会。她不太会控制自己的情绪。"

"你敢把钱押在上面吗？"他马上问，我留意到其他女孩的目光在我俩身上来来回回，就像在看一场网球比赛。

"如果我有钱的话，我一定会押上的。"对这个押赌别人喜极而泣的想法，我忍不住笑了。

"不然，你愿意交换吗？你看起来像很会谈生意的样子。"他很享受这个游戏嘛，好吧，我奉陪。

"嗯，那你想要什么？"我提出，然后我不禁在想，我能给这个拥有一切的人什么呢。

"你想要什么？"他反问。

这可是个特别有意思的问题了，差不多跟我能给他什么一样有趣。全世界都在他的掌握中，那么，我想要什么呢？

我不是第一等级，现在却过上了这种生活，吃着享用不尽的食物，睡着舒服到无法形容的床，无论我想不想要，都有人从头到脚地侍候我。如果我还需要什么，只要提出来就好了。

我唯一真正想要的东西，是能够让这个地方不那么像皇宫，比如我的家人能在附近，又或者我可以不这么盛装以待。但我才来了一天，还不能够要求让家人来看我。

"如果她哭了，我想穿一周的裤子。"我提出来。

所有人都低声而礼貌地笑了，甚至国王和王后都对我的要求露出了笑容。我喜欢王后现在看着我的眼神，感觉已经不那么陌生了。

"说定了。"麦克森说，"如果她没哭，明天下午你要陪我在外面走走。"

在外面走走？这算什么？我看不出来这有什么特别的。我记得昨晚麦克森说过，他被保护得很好，也许他根本不知道如何约一个女孩出去吧。或许，这是他尝试新鲜事物的方式。

坐在我旁边的人发出了不高兴的叹息。噢，我这才明白，如果我输了，便会成为第一个和王子单独相处的人。我有点想重新谈条件，不过我答应过他，要帮助他，那就不能随便拒绝他的第一次邀约。

"先生，你的条件很苛刻，不过，我接受了。"

"贾斯汀？"刚才和他主动说话的司膳官向前一步，"去打包一盒草莓塔，送到这位女士的家里。让送去的人等到她妹妹尝完，回来告诉我们，她究竟有没有哭。我对这点非常好奇。"

贾斯汀点点头，出去了。

"你应该写张字条让他们一起送回去，告诉家里人你很安全。其实，你们所有人都该报平安。用餐过后，给家里写封信吧，我们会确保他们今天就收到。"

所有人都微笑感叹，高兴自己终于受到关注了。我们吃完早餐便各自回去写信。安妮给我找来了文具，然后我写了一封简短的家书。虽然一开始发生了些尴尬的事，但我最不想让家里人担心，所以努力写得轻松。

亲爱的妈妈、爸爸、小梅和杰拉德：

我已经很想你们了！王子让我们给家里写信报平安。我很好，很安全。飞行的过程有一点恐怖，不过，也挺好玩的。在天空往下看，世界显得好小！

他们为我准备了好多漂亮的衣服和东西，我有三个很好的侍女，帮我穿着打扮、清理房间，并且随时提醒我各种要注意的事。所以，就算我完全搞不清楚，她们总能知道我应该去哪儿，把我准时送到。

其他女孩大部分都挺内向的，不过，我觉得自己交到了一个朋友。你们记得肯特省的玛莉吧？我来杉矶城的路上就是跟她一起，她很聪明也很友善。如果我在不久的将来要先回家，我希望她能留到最后。

我已经见过王子、国王和王后了。他们真人更雍容尊贵，我跟麦克森王子聊过了，但还没有机会跟国王和王后对话。意外的是，王子是个很友善的人……应该是吧。

我要忙别的了，但我很想你们，爱你们。只要有时间我就会给你们写信的。

爱你们的，
亚美利加

我觉得里面没有写任何过火的事，不过，我也有可能感觉出错。我想，小梅一定会一遍又一遍地读这封信，想从字里行间读出别的细节来，不知道她会不会在吃草莓塔之前看到这封信。

再者：小梅，这些草莓塔是不是好吃得让人想哭啊？

好吧，为了赢，我是尽力了。

不过，看来这一句远远不够。晚上有个男管家来敲我的门，拿着家人给我的信来报告。

"小姐，她没有哭。像你所说的，她说草莓塔好吃得简直要让人哭出来，但她没有真的哭。王子殿下明天下午五点左右会来你房间接你，请你准备好。"

我并没有因为输而不开心，不过，当然了，有裤子穿的话该多好。当然，没有裤子穿的话，有家信也挺好。我突然想到，这是我长这么大以来，第一次离开家人超过几个小时。我们家没有富余的钱让我们旅行，加上我长这么大没有过真正意义上的朋友，也就没有过离家过夜的机会。如果能每天收到家里的信该多好，但我知道这个想法太奢侈。

我先读了爸爸的信，他写了好多我在电视上显得多漂亮、他有多骄傲的话。他还写我不该送三盒草莓塔回去，实在太娇惯小梅了。三盒！我的天哪！

他接着写到，艾斯本最近都来我家帮忙处理些文书工作，所以他也拿了一盒回家。这一点，我真不知该作何反应。一方面，他们能吃到这么精美的食物，我很高兴；但另一方面，我不由想到，他会跟新女朋友分享这些食物。那女孩是他现在最宠爱的人。不知道他会不会嫉妒麦克森的礼物，还是，他只是庆幸甩掉了我。

我的注意力在这几行字上停留了很久。

爸爸在结尾说，很高兴我交到了一个朋友，说我这方面一向有点迟钝。合上信，我抚摸着他签在外面的名字，第一次觉得他的签名方式好特别。

杰拉德的信言简意赅，他想我，爱我，请我送更多的食物回家。看到这个，我忍不住大笑。

妈妈写得很霸道，虽然只是文字，但我仿佛能听到她的语气，扬扬得意地恭喜我已经获得了王子的喜爱，说她知道我是唯一一个得到送礼物回家的，让我坚持做任何正在做的努力。

好的，妈妈，我会不断跟王子说，他和我之间没有任何机会，加倍努力去惹毛他就好了。多棒的计划。

幸好我把小梅的信留到最后才看。

她的信表达了她兴奋得难以自持的心情，说她很嫉妒我每天都能吃得这么好。她同时也抱怨妈妈变本加厉地指挥她来干这个干那个，在这点上我很明白她的感受。之后就是接二连三的问题了：麦克森真人是否比上电视更好看？我穿着什么衣服？她能不能来皇宫探望我？麦克森会否有一个秘密的弟弟将来愿意娶她？

我抱着这些信开心地笑了，心想必须要尽快给他们回信。我想，这儿肯定会有电话，不过到目前为止，没有人告诉过我们。不过就算我房间内有电话，每天打回去也不太现实；而且，信能留下回忆，证明我的确来过这个地方。

知道家里每个人都过得很好，我安心地上床睡觉。想到要再和麦克森独处还是有点紧张，但温暖舒适的床很快就把我带入了梦乡。其实我不明白自己为什么紧张，只能希望可以安然度过。

"纯粹是装装样子，请你挽着我的手臂？"第二天，麦克森来我房间接我时说。虽然我有一点儿犹豫，但还是照办了。

我的侍女们已经给我换上晚礼服了：一件高腰、短袖的裹肩蓝色小礼服。我裸露出来的手臂感受着麦克森身上浆过的西装的质感，有种奇怪的东西让我觉得很不自然。他一定是留意到我的不自然了，所以试着分散我的注意力。

"她没哭，真抱歉。"他说。

"不，你才不用抱歉。"我开玩笑的语气表示，输了我也没不高兴。

"我以前从来没有跟人打过赌，原来赢的感觉这么好。"他的语气中有点不好意思。

"初学者的运气而已。"

他笑了："或许吧。下次，我们干点让她笑的事吧。"

那一刻，我脑海里出现了好多场景，皇宫中有什么东西会让小梅笑得直不起腰呢？

麦克森看出我在想小梅："你的家人是怎样的？"

"你什么意思？"

"字面意思。你的家人和我的肯定很不一样。"

"当然了。"我笑出来，"反正，没人会戴着王冠来吃早餐。"

麦克森微笑："王冠在辛格家是吃晚餐时才戴的？"

"当然。"

他轻轻地笑出了声。我开始觉得，麦克森或许不是我以为的那么势利。

"呃，我在五个兄弟姐妹中排行第三。"

"五个！"

"对，五个。外面很多家庭都有很多孩子的，如果可以的话，我也要生很多。"

"噢，是吗？"麦克森的眉毛挑了起来。

"是的。"我回答的声音有点小。说不清楚为什么，但这个话题好像太私密了。本来只有另外一个人知道这一点的。

悲伤涌上心头，但我还是忍住了。

"是这样，我的姐姐肯娜嫁给了一个第四等级的人，现在在一家工厂里上班。我妈妈希望我至少能嫁给第四等级的人，但我不想放弃唱歌，我爱唱歌。我想，现在我是第三等级，去给人表演的话会很奇怪，不过，我还是会尽力做一些跟音乐相关的工作。"

科塔排行第二，他是个艺术家，这些日子以来我们很少能见到他。他倒是有来给我送行，但也就只是送行而已。"

然后，就是我了。"

麦克森轻松地笑了。"亚美利加·辛格，"他宣布，"我最好的朋友。"

"可不是嘛。"我翻了翻白眼。我又怎么可能是他最好的朋友呢，至少，现在还不是吧。不过我得承认，除了家人和爱人之外，他是我透露心声的唯一一个人。嗯，还有玛莉。所以，他和玛莉是一个性质的朋友吗？

我们慢慢穿过走廊到楼梯间，他一点儿都不着急。

"我后面是小梅，就是没有哭，把我出卖了的那个。说真的，我有种被欺骗的感觉，真不相信她没哭出来！好吧，她也是个艺术家。我……我爱死她了。"

麦克森审视着我的表情。谈到小梅，我的确会变得温柔一点。我挺喜欢麦克森的，不过，我还不知道自己想让他有多接近。

"再后面是杰拉德，我们的小宝贝，才七岁，还没想明白自己喜欢音乐还是艺术呢。现在他最喜欢的是踢球和研究小虫子，这都挺好，不过这些爱好挣不了钱。好吧，这就是全部了。"

"那你的父母呢？"他追问。

"那你的父母呢？"我回答。

"你认识我的父母。"

"不，我不认识，我只知道他们的公众形象。真实的他们是怎样的？"我拉了拉他的手臂，虽然隔了几层衣服，我还是能感觉到他双臂结实的肌肉。麦克森叹了口气，看得出他并没有真生气，好像还蛮喜欢有人纠缠的感觉。在这个地方长大，又没有兄弟姐妹，肯定很寂寞。

当我们走进花园，他正思考要怎么说。我们经过门口的警卫时，他们露出的笑容有点诡异。越过他们后，就看到一个摄影组，他们当然要来拍王子的第一次约会了。麦克森向他们摇了摇头，他们便马上回到室内。我听见有人咒骂了声。虽然我不是很希望有人跟着我们，但打发他们走开好像也不太好。

"你还好吗？看来很紧张。"麦克森指出。

"你面对哭泣的女人会不知所措，而我和王子散步会不知所措。"

我耸了耸肩。

麦克森笑了笑，没说什么。我们往西边走去，走到树林的阴凉处。虽然天还不算晚，但这一片树荫还是像小黑伞一样罩住了我们。前晚我想要一个人独处时，这种地方正是我需要的。现在真的只剩我们两个人了。继续往前走，我们离皇宫越来越远，警卫也听不见我们的对话了。

"我为什么会让你不知所措？"

我想了想，决定还是说出真实的感受："你的性格、你的目的，我不知道你对这次散步期待些什么。"

"哦。"他停下来，面向我。我们离得很近，虽然夏日的空气很温暖，我还是觉得背后发凉，"我想，你现在应该很清楚，我不是那种喜欢绕弯的男人。我会告诉你，从你身上我想要些什么。"

麦克森又走近了一步。

我屏住呼吸，想着自己还是走进最可怕的境地了。没有警卫，没有摄影机，没有人能够阻止他拿走想要的东西。

我的第一反应是给了他一腿。真的。我用膝盖狠狠地踢了他的大腿。

麦克森大声惨叫，马上弯腰蹲下，我则倒退了几步："这是为什么？"

"你要是敢对我动一根手指头，我就敢做更恐怖的！"我信誓旦旦地说。

"什么？"

"我说，你要是……"

"不是，不，你这疯姑娘，我听得很清楚。"麦克森一脸痛苦，"但是，你这到底是什么意思？"

我觉得全身都开始发烫。看来我太武断了，为了子虚乌有的事，居然搞出这么大的笑话。

警卫们听见我们的争吵便跑了过来，麦克森扬了扬手，让他们退下，但他们肯定看到这个尴尬的半跪状态了。

我们都沉默了一会儿，当麦克森忍过最痛的一阵，便面向我。

"你以为我想要什么来着？"他问。

我缩着头，脸都红了。

"亚美利加，你以为我想要什么来着？"他的语气很不开心，更甚者，是很受伤的感觉。他肯定猜到我怎么想的了，而且他很不高兴，"在公开的场合？你以为……我的天哪！我是个绅士！"

他转身离去，没走两步，又掉头回来。

"如果你这么看我，为什么还说要帮我？"

我甚至不敢看他的眼睛。我不知道怎么跟他解释，说他们都让我准备去面对一个色狼，说那隐秘的暗处让我觉得很不舒服，还有，我只跟另一个男生相处过，而我们独处时就是这样的。

"今晚你就在房间用餐吧，明天早上我再处理这件事。"

我在花园里等到其他人都进餐厅后，才回到室内，然后在走廊上徘徊了一会儿，才敢回自己房间。我走进房间时，安妮、玛丽和露西都很兴奋，而我根本不敢告诉她们，其实这些时间我并不是都和王子在一起。

我正坐在阳台边上的桌子前，晚餐就送来了。现在我没那么纠结于自己刚才出的丑了，因为我饿了。不过，她们这么激动，也并不单纯因为我出去了很久，因为床上还有一个很大的盒子，正在那儿等着打开。

"我们可以看吗？"露西问。

"露西，太没礼貌了！"安妮责骂。

"你刚出去，他们就送来了！我们一直在那儿猜是什么呢！"玛丽感叹。

"玛丽！礼仪呢！"安妮接着骂。

"别担心，姑娘们，我没有任何秘密。"他们明天来赶我出去时，我会告诉她们原因的。

我拉开盒子上的大红蝴蝶结，向她们虚弱地笑了笑。盒子里是三条裤子，一条是亚麻的，一条是套装裤，质地很柔软，还有一条是漂亮的牛仔布做的。上面还有一张印着伊利亚国徽的卡片。

你想要这么简单的东西，我不能够拒绝。但是，就当是为了我，请只在周六穿吧。谢谢你的陪伴。

你的朋友，
麦克森

THE
SELECTION

第十三章

考虑到各种情况，并没有太多时间允许我沉浸在羞愧或担心之中。第二天早上，侍女们来为我更衣时，脸上没有半点担忧，于是我假设下楼后也不会有问题。让我下去吃早餐，也显出了麦克森的仁慈，这是我始料未及的：去吃最后一餐，然后以美丽的候选王妃身份和大家告别。

　　早餐吃了一半，克瑞斯终于鼓起勇气问我第一次约会的情况。

　　"怎么样？"她低声问我，就是那种吃饭期间被允许的耳语。但这三个字让在场所有的耳朵都竖了起来，附近能听见的人都在注意我们。

　　我吸了一口气："难以形容。"

　　女孩们互相看了看，明显想听更多。

　　"他怎么表现的？"丁妮问。

　　"呃。"我小心地选择用词，"他的表现跟我想象的很不一样。"

　　这次，全桌的人都开始相互耳语了。

"你这是有意的吗？"佐伊突然插嘴，"如果是有意的话，也太过分了。"

我只能摇头，怎能解释清楚呢？"不，只不过……"

幸好此时走廊传来了一阵嘈杂声，分散了大家的注意力，我才不用回答。

那些声音有点奇怪，虽然我来皇宫只有很短的时间，但从来没有听见过任何可以称得上大声的声音。而且，警卫们的脚步整齐地踏在地板上，还有那些大拱门打开、关上的声音，然后是大家的刀叉掉到盘子上的声音。这一次已经变成大骚乱了。

皇家成员比我们更快地反应过来外面究竟发生了什么事。

"女士们，请跟我到后面来！"克拉克森国王大喊着跑到一扇窗户前面。

女孩子们虽然觉得很困惑，却也不想违抗国王的命令，开始往头桌那边挪动。国王从窗框上拉下了一个罩子，不是普通的遮光罩，而是金属的，拉下来时发出刺耳的嘎吱声。在他身边的麦克森拉下另一扇窗的金属罩，美丽优雅的安伯莉王后也在做同样的动作。

一大波警卫在这个时候涌了进来，在他们关上餐厅的大门之前，我看到门外还排着一大队人马。大门被迅速地锁上，又用铁棍闩上。

"他们在城墙内了，陛下。眼下我们正在拖住他们，女士们应该撤走，但我们又离门太近……"

"明白了，马科森。"国王打断了他的汇报。

不用更多的解释我就明白了，反叛分子已经进入皇宫了。

我想，这迟早都会发生。这么多客人在皇宫里，那么多准备工作要进行，肯定会有人疏忽掉某些细节，出现安全缺口。就算他们并不能轻易地攻进来，也可以制造混乱。选妃这件事，在本质上就是件让人反感的事，我相信反叛分子肯定非常痛恨这件事，就跟痛恨其他制度一样。

不过，无论他们怎么想都好，我自己不可能毫不反抗地就范。

我猛地站起身来，却把椅子碰翻在地。我马上跑到离我最近的窗户，也把金属罩拉下来。有几个同样反应过来的女孩子，也有样学样。

这东西还挺难拉的，害我费了一点时间，然后，把它销上好像就更困难了。好不容易把它闩上，外面就有东西击中这个金属罩，吓得我往后退了好几步，直接绊倒在自己碰倒的椅子上。

麦克森马上就冲过来了。

"受伤了吗？"

我赶紧定神看了看自己，除了屁股可能摔青了，还受了点惊吓以外，应该没有别的问题。

"没，我挺好的。"

"去后面的房间，快！"他一边扶我起身，一边向大家发出命令。他在餐厅里一个一个地扶起受到惊吓的女孩儿们，把她们护送到后面的角落。

我服从命令，跑去后面跟大伙一起缩在角落里，有一些女孩已经哭了，还有一些被吓呆了，而丁妮直接晕倒了。让我稍为安心一点的是，克拉克森国王正跟一个警卫在不远处在专注地说话，刚好是女孩们听不见的距离。他用一只手臂搂着王后，王后在他怀中露出一脸的骄傲，并没有说话。

到现在为止，她已经挺过多少次的袭击了呢？就我们所知，一年至少发生好几次，肯定让人身心疲惫吧。每一次都比上一次更有可能受到伤害，不只是她……还有她的丈夫……和她唯一的孩子。终有一次，反叛分子会找到最合适的时机，完成他们最想达到的目标。但在这些恐惧面前，她依旧站得那么直，脸上露出的只有镇定。

我扫视了一遍在场的女孩，她们之中，谁有王后这种发自内心的力量呢？丁妮已经晕倒在某人的怀中，塞莱斯特和巴列艾在说话，我知道塞莱斯特很放松时是什么表现，但现在绝对不是。不过，她的确比其他人更会隐藏情绪，尤其在现在的情形下，其他女孩基本都已经歇斯底里了，好多跪在地上抽泣。有一些简直是吓丢了魂，完全看不见眼前的混乱似的，她们面无表情，茫然地紧握着手等待混乱过去。

玛莉哭了，不过不算太严重，她还挺得住。我拉着她的双臂，帮她站直。

"擦干眼泪，站直了。"我冲着她耳朵喊。

"什么？"她尖声反问。

"相信我，照做吧。"

玛莉用礼服擦了擦脸，然后站直了点。她摸了摸脸上，估计是要感觉一下妆有没有花掉，然后转身面向我，让我看看行不行。

"很好。这么指挥你不好意思，但这次你要相信我，好吗？"在这么令人心慌的情况之下，我还命令她，自己都觉得不好过，但是，她得像安伯莉王后一样冷静。麦克森一定希望他的王妃有这种素质，而玛莉也必须要赢。

玛莉点点头："不，你是对的。目前看来，大家都是安全的，我不必太担心。"

我也向她点点头，尽管，她这么想肯定不对。并不是所有人都安全了。

不断有重物撞击墙和窗户的声响，警卫守在大门后，每一个都特别紧张。这个房间里没有时钟，所以我没有办法知道这次袭击已经持续了多久，而这一点令我更加焦虑。我们怎么知道他们进来了？不会等到他们开始拍门，大家才知道吧？他们不会一直都在，只是我们不知道吧？

我不想太担心，只好盯着一个插着花的花瓶，都是些叫不出名字来的奇花异草。我无意识地咬着手上修得非常完美的指甲，给自己催眠，把注意力集中在那些花儿上，仿佛它们是世界上最重要的东西。

后来，麦克森终于过来看我。就像他检查所有人的安危一样，他过来了。他站在我身边，和我一样盯着花瓶中的花，都不知道说些什么好。

"你还好吗？"他最终开口。

"还好。"我轻声说。

他停顿了一拍："你看起来不太好。"

"我的侍女们会怎样？"我说出了心里最大的担忧。我知道自己是安全了。那她们在哪儿呢？如果反叛分子冲进来时，她们其中一个万一在走廊上呢？

"你的侍女？"他的声音透露出他把我当傻子看了。

"是的，我的侍女。"我看着他的眼睛，想让他觉得只有一小部分和皇位有关的人才能受保护是很不道德的。我觉得自己快要哭了，但还是尽量控制着，快速地呼吸，调整自己的情绪。

他看着我的眼睛，好像意识到，我的出身跟侍女只差一步。我跟安妮的区别只是，我受到幸运之神眷顾了。

"应该已经躲起来了，佣人有他们的藏身处。警卫们很擅长在最短的时间内通知所有人，所以，她们应该没事。我们之前有一个警报系统，可是上次袭击时他们把那个系统破坏了，本来要修好它的，但是……"麦克森叹了气。

我看着地板，努力不让自己胡思乱想。

"亚美利加。"他的声音中全是恳求。

我转身面向麦克森。

"她们没事的，反叛分子动作没那么快，而且这里的每一个人都知道在紧急情况下该怎么做。"

我点点头。我们站在那儿沉默了片刻，然后，我觉得他马上要离开了。

"麦克森。"我轻轻地叫他。

他转身看我，对这个不太正式的称呼露出了一点惊讶。

"昨晚的事，请听我解释。当我们筹备来皇宫的事情时，有一个男人，他跟我说，我不能拒绝你的任何要求，无论是什么，都不能拒绝，绝对不能。"

他吃惊得几乎说不出话来了："什么？"

"他说得就像你一定会要求某些东西似的，然后，你又说你并没有跟很多女性相处过。这十八年来……你还让摄像机都退下了，所以你凑得那么近时，我才会害怕。"

麦克森摇了摇头，努力地消化我刚刚说的话。他一向平静的脸上闪过了羞辱、愤怒和难以置信的表情。

"是不是跟每个人都这么说的？"他问我，语气里都是恶心的意味。

"我不知道，但是，难以想象其他女孩也需要这种警告，估计她们恨不得有机会把你扑倒呢。"我评价道，往房间里其他女孩的方向示意了下。

他有点不怀好意地咯咯一笑："但你不想，所以你踢了我的下体却没有半点良心不安，是么？"

"我踢的是大腿！"

"噢，得了吧，如果只是踢到大腿，一个大男人不需要那么长时间才站得起来。"他的声音中充满了讽刺。

我忍不住笑了出来，幸庆的是，麦克森也笑了。有个东西又击中了其中一扇窗，害我们的交谈戛然停下，那一刻，我反应不过来自己在哪儿。

"面对一屋子哭泣的女人，你还好吗？"我问他。

他的表情恐慌得有点可笑："世界上没有更让我不知所措的东西了！"他赶快耳语了一句，"而且，我没有任何让她们停下来的办法。"

这就是要领导我们这个国家的男人：一个被眼泪弄得不知所措的男人。太荒唐了。

"你试试，去拍下她们的背或肩膀，跟她们说会没事儿的。很多时候，女孩子哭不是想让你搞定问题，她们只是希望得到安慰。"我建议。

"真的吗？"

"差不多是啦。"

"不可能这么简单吧。"他的声音中透露出打趣和怀疑两种意味。

"我说的是很多时候，不是所有时候。但这招对在场大部分女孩来说都会有用的。"

他不屑地哼了一声："我可不这么认为，已经有两个问我，如果这种事情还要发生的话，能不能让她们回去。"

"我以为我们不能主动提出离开。"但我也不应该太惊讶，如果他能同意让我作为朋友留下来，他的确不可能太关心各种规定，"那你要怎么办？"

"还能怎样？我不可能强迫她们留下来吧。"

"或许她们会改变主意的。"我安慰他。

"或许吧。"他顿了一下，"你呢？你有被吓到想走吗？"他差不多用戏谑的语气问我。

"说真的？我以为吃完早餐后，你便会赶我走。"我只好承认。

"说真的？我也这么想过。"

我们两个交换了一个微笑。我们之间的友情（如果这算友情的话）显然是又尴尬又充满了问题，不过，至少它很坦诚。

"你还没有回答我，你自己想离开吗？"

此时，又有东西击中墙面，响声恐怖极了。在家里我经历过最厉害的攻击，是杰拉德抢我的食物。在这儿，其他女孩不喜欢我，衣服特别正式而僵硬，还有人想要来伤害我，整体体验当然是不舒服的。可是，这件事对我家里有好处，况且吃得饱也是好事；而且，我又可以再避开他一段时间。麦克森的确有点儿摸不着选妃的头脑，也许我还能帮他选出下一位王妃。

我看着麦克森的眼睛对他说："如果你不踢我走，我就不走。"

他笑了："好，那你可要多告诉我类似拍肩背的这种小窍门。"

我回敬他笑脸。之前的确出了很多问题，但我相信会有好的事情发生的。

"亚美利加，可以帮我一个忙吗？"

我点头。

"大家知道的是，昨晚我们在一起待了很长时间，如果有人问起，你可否跟他们说我不是……我不可能……"

"当然没问题，而且，对这件事我真的很抱歉。"

"我早该想到，如果有女孩要违抗任何命令，那人一定会是你。"

重物撞击墙面的声音接连响起，好几个女孩都被吓得尖叫起来。

"这些是什么人？他们想要什么？"我问。

"谁？反叛分子？"

我点头。

"看你问的是谁；还有，在问哪一派了。"他回答。

"你的意思是不止一伙人？"这句话让整件事显得更可怕了。如果一伙人就能做到这些，那么多于一伙人时他们联合起来会是什么样？依我的想法，反叛分子就是反叛分子，但麦克森说得就像有些比另一些更坏似的，"有几派呢？"

"一般分为两派，北方叛军和南方叛军。北方叛军袭击得更频繁，因为他们离得近，就住在贝灵汉附近的莱克利。那儿常常下雨，就在本城的北面。因为整个城市基本上都毁了，没有人想住在那儿，反叛分子才在那儿扎下根来，不过，我想他们也常去别的地方。当然，他们会到处移动也只是我个人的想法而已，别人都不相信。我觉得北方叛军很少会闯进来，就算少数几次真的闯进来……也没多大的破坏。我觉得今天就是北方叛军来了。"他在一片吵闹声中解释道。

"为什么呢？他们跟南方叛军的分别是什么？"

麦克森有点儿犹豫，应该是在考虑我能不能知道这种信息。他四面环顾，看看有没有人能够听到我们的对话。我也同时看了下周围，的确是有几个人在看我们，尤其是塞莱斯特，她的双眼冒出来的火都能烧死我，所以我根本不敢跟她对望。不过，就算有人注意我们，却没有人近到可以听清我们的对话。当麦克森也明白这点之后，他靠我更近一点耳语。

"南方叛军的袭击更加……致命。"

我打了个冷战："致命？"

他点头："我从每次的破坏情况得出来的想法是，他们一年只来一至两次。我想这儿所有人为了保护我，不告诉我真实的伤亡数字，但是，我也并不笨。南方叛军每次来都会造成伤亡。问题是，两派的人对我们来说，看起来都差不多，都衣衫褴褛，大部分都是精壮男人。我们看不见任何的标识，所以在袭击结束之前我们都分不清是哪帮人。"

　　我看了一眼房间里的人，如果麦克森的推论不对，这次是南方叛军攻进来了的话，很多人都会有生命危险。我又再次想到我可怜的侍女。

　　"但我还是不明白，他们想要什么？"

　　麦克森耸了耸肩："南方叛军希望推翻我们，但我不知道具体原因，只能猜测是因为各种不满，不想再生活在社会边缘。我是说，这些人连第八等级都算不上，他们在社会体制中是不存在的。相比而言，北方叛军就像个谜了。父亲说他们只不过是来吓唬我们，让我们难以治理国家，不过，我并不这么认为。"他脸上露出了片刻的骄傲，"关于这一点，我有另一个推论。"

　　"我可以知道吗？"

　　麦克森又犹豫了，我想，这次并不是因为担心吓到我，更可能是怕得不到认同吧。

　　他再次靠我近一点，轻声说："我觉得他们在找某样东西。"

　　"是什么？"我更好奇了。

　　"那我就不得而知了。北方叛军每次来过后，我们都会发现被打晕的、受了伤的或被绑起来的警卫，却没有人死亡，感觉他们只不过不想被人知道他们找什么。不过，他们倒是绑走了一些人，这点让我有点儿想不透。另外，他们所到之处都翻个底儿朝天，所有抽屉全倒在地上，架子翻个遍，地毯也全掀了起来，好多东西都打碎了。你不会相信这些年来我因此换了多少台照相机。"

　　"照相机？"

　　"噢，"他有点儿害羞，"我喜欢摄影。不过除此之外，他们没有带走什么东西。父亲当然认为我的想法很幼稚，一堆没文化的野蛮人能找什么呢？不过，我始终觉得肯定有什么东西是他们在寻找的。"

这个想法太有意思了。如果我身无分文，却又知道如何闯进皇宫，我想我会拿走我看到的所有珠宝首饰，甚至任何能出去卖的东西。这些反叛分子来这儿的时候，心里想的肯定不只是简单的政治宣言，也不是他们的存活问题。

"你会不会觉得我傻？"麦克森问，把我从自己的幻想中拉了回来。

"不，不傻。有点儿令人费解，但不傻。"

我们相互笑了笑。我想，如果麦克森只是一个叫麦克森·斯威夫特的男孩，而不是伊利亚未来的国王麦克森的话，他会是那种我很乐意与之相处的邻家大男孩，我们会很有共同语言。

他清了清嗓子："我想我该继续巡视去了。"

"是的，肯定有不少女士已经在猜你为什么这么慢了。"

"那么，哥们儿，你建议我接下来找谁说话呢？"

我笑着回头看看我心中的王妃人选是否还撑得住。她没问题。

"你看到那边穿粉色衣服的金发女孩了吗？那是玛莉，她很甜，很善良，爱电影。去吧。"

麦克森咯咯地笑了，往她的方向走去。

♔

被困在餐厅的时间感觉像永恒那么长，但袭击其实只持续了一个多小时。后来我们才知道，没有反叛分子进到皇宫室内，他们只是到了皇宫的室外领地。在他们尝试打开大门进来前，警卫并没有开火，所以他们才会有那么长时间往窗户上扔砖头和变质食物，而这些砖头还是从皇宫外墙上弄下来的。

最后，其中两人离门口太近了，有警卫开枪，然后他们就都溃散了。如果麦克森的想法没错的话，这些应该就是北方叛军。

过后，他们还需要彻底搜查整个皇宫，把我们又多藏了一小会儿。确认没有问题之后，就放我们回各自房间了。一路上我挽着玛莉的手臂，虽然在楼下时我还坚持得住，但这次袭击事件让人疲惫，所以很庆幸有人可以帮我分神。

"他还是给你送了裤子去？"她问我。我尽快把话题引到麦克森身上，希望知道他们刚才的对话顺不顺利。

"是啊，他非常大方。"

"我觉得，一个大气的赢家太迷人了。"

"他是个不错的赢家，就算遇上不好的事，也保持住了风度。"例如被踢了一下命根子之类的情况。

"你什么意思？"

"没什么。"我不想解释这件事，"你们今天聊什么了？"

"呃，他问我这周愿不愿意见他。"她脸红了。

"玛莉！这太棒了！"

"嘘！"她往四周看看，其实其他女孩都已经上楼了，"我尽量不抱太大希望。"

在她按捺不住激动的心情之前，我们沉默了几秒。

"我在骗谁呢？我激动得都快不行了！只希望他不要拖太久再

来找我。"

"如果他都问出口了，我相信不会太久了。当然，他总要先治理国家，再约你啦。"

她笑出来："太不可思议了！我是说，我知道他很英俊，但我不知道他的行为作风是怎样的，所以我担心过他会……怎么说，很一本正经之类的。"

"我也是，但他实际上……"麦克森究竟是怎样的呢？他的确有点儿一本正经，但又不至于像我想象的那么木讷。不可否认，他有王子的表现，却又那么……"正常"。

玛莉的注意力已经不在我身上了，一路走回去，她都沉醉于自己的白日梦中。我希望她幻想中麦克森的形象，是麦克森本人能兑现的，而且，她也是他想要的那种女孩。我把她送到她房间门前，挥手告别后就往自己房间走。

一打开房门，关于玛莉和麦克森的想法就通通飞散了。安妮和玛丽蹲在露西的身边。露西一脸泪水，明显受了极大的惊吓，平常那些轻微的颤抖现在变成了大幅度的抽搐，整个人都在发抖。

"镇定点儿，露西，没事了。"安妮一边轻抚着露西凌乱的头发，一边跟她耳语。

"现在没事了，没有人受伤。你很安全，亲爱的。"玛丽握着她一只手，安抚她说。

我惊讶得说不出话来，露西肯定不希望别人看到她这样，我不该闯进来的。我想退出去，可是露西先看到了我。

"对，对，对不起，小姐，小姐，小姐……"她结巴着开口，其他两个人抬起头来的表情也很焦虑。

"不用担心，你还好吗？"我问她，顺便关上了门，不想让更多人看到。

露西想再开口，却说不出话来。她的眼泪和抽搐几乎要吞噬这个瘦弱的身体了。

"她会没事的，小姐。"安妮插话，"需要几个小时的时间，等事情过去以后，她总会平静下来的。如果还没好转，我们会带她去医护区看看。"安妮压低了声音，"不过，露西不想去医生那儿，因为如果他们认为我们不够资格的话，就会把我们下放到洗衣房或厨房去。露西喜欢做侍女。"

我不知道安妮压低声音是为了不让谁听见，我们正包围着露西，就算现在这个状态，她还是听得一清二楚。

"求，求，求您了，小姐。我不，不，不想……"她在努力说话。

"嘘！没有人要把你送过去。"我跟她说，然后转向安妮和玛丽，"帮我扶她上床。"

其实我们三个人的力量是足以把她弄上床的，不过因为她抽搐得太厉害，她的手脚总是从我们的手中滑落，害我们花了不少工夫才把她安抚好。一旦帮她把被子盖上，这张床的舒适比我们说的话要管用得多，她的抽搐变轻了，目光呆滞地瞪着床上面的顶篷。

玛丽坐在床边，哼起了一首曲子，让我想起每当小梅生病的时候，我是怎么照顾她的。我把安妮拉到角落里，到露西听不见的距离。

"发生什么事了？有人进来了吗？"如果是这样的话，我需要知道。

"不，不。"安妮的回答让我放了心，"每次反叛分子来袭，露西都会这样，就算只是谈到他们，她都会哭个不停。她……"

安妮盯着自己脚上擦得光亮的黑皮鞋，考虑着要不要说下去。我也不想显得像窥探别人隐私似的，但我想了解她为什么会这样。安妮深吸了一口气，说下去。

"我们之中有一些人是出生在这儿的，玛丽就是在皇宫中出生的，而且她的父母也还在这儿。我是个孤儿，被送到这儿是因为皇宫需要人手。"她整理了一下身上的裙子，好像这样子就能擦掉这段让她烦心的历史，"露西是被卖到皇宫的。"

"卖？怎么可能？这儿没有奴隶啊。"

"理论上说是没有，但不能说这种不会发生。露西的家里需要一笔钱给她妈妈做手术，所以他们给一家第三等级的人服务，换来一笔钱。但是她妈妈并没有好转，他们也没有办法偿还这笔债务，所以露西和她爸爸跟了这个家庭很长一段时间。据我所知，跟住在仓库里没有什区别。"

"那家的儿子喜欢上露西，我知道，有些时候爱情是可以跨越等级的，但是从第六跳到第三也的确跨度太大了。儿子的妈妈知道他对露西的心意后，更把她和她父亲卖给了皇宫。我记得她刚来的时候，天天以泪洗面，他们肯定非常相爱。"

我看去露西的方向。在我的情况中，至少我们其中一个有做决定的机会。在失去自己心爱的男人这件事上，她完全没有选择的余地。

"露西的爸爸在马厩里，他不强壮，手脚也不快，但是非常用心。露西是个侍女，我知道对你来说可能是挺傻的一件事儿，但是，能在皇宫做侍女是很值得骄傲的事，我们是最前线的人。我们被认为是够资格、够聪明、够漂亮的那一群，是可以被任何来访的人看到的小部分。我们对这份工作都很认真严肃，因为一旦出了错，就会被贬入厨房，那么一双手就必须日夜劳作，穿的衣服又那么丑。还可能被贬去砍柴或扫落叶。做侍女不是一件小事。"

我觉得自己太天真了，在我的概念里，他们全部都是第六等级。但是，他们内部也会再分等级，有我不明白的身份地位。

"两年前，有一天半夜，有人袭击皇宫。他们穿上了警卫的制服，所以大家分不清敌我了，情况很混乱，都不知道谁该打谁不该打，很多人都混了进来……太恐怖了。"

想想都让我觉得不寒而栗。巨大的皇宫里充满了黑暗和混乱，相对于今早的袭击，那就像南方叛军的作为了。

"有一个反叛分子抓住了露西。"安妮的眼睛躲闪了片刻，然后轻轻地说出下一句，"我不清楚，他们是不是没有多少女同伴，你明白我的意思吧。"

"噢。"

"我没有亲眼看到，但是，露西告诉我，那个男人全身上下都很脏，还说，他不断地舔她的脸。"

安妮说到这儿也露出畏惧的表情，而我感到胃里一阵翻腾，差点儿要把早饭吐出来。真是太恶心了，现在我就能明白，本来已经受过伤的露西，在这种袭击下肯定是要崩溃的。

"他要把她拖走，她则用尽力气地大喊大叫，不过在一片混乱当中，很难听得出她的叫声。幸好当时有一个警卫来到这个角落，这个是真警卫，他一枪就打中了这个男人的脑门，那人应声倒下，压住了露西，她全身都是那个男人的血。"

我捂住了嘴，那她现在的反应也就可以解释了，难以想象脆弱的露西是怎么熬过这些的。

"他们只照顾到她身上的伤口，却没有人关注到她的精神状态。她现在有点儿紧张兮兮的，但她很努力地掩饰，不只是为了自己，也是为了她父亲。她父亲对自己女儿能够成为一名侍女非常高兴，所以她不想让他失望。我们尽量帮助她保持平静，但每次反叛分子一来，她就会觉得肯定很糟糕，一定会被人绑走，伤害甚至杀害。"

"她真的在努力了，小姐，但我不知道她还能挺多久。"

我点点头，再转头看着床上的露西。虽然现在时间尚早，但她已经闭上眼睡着了。

我用阅读来打发接下来的时间。安妮和玛丽在打扫本来已经很干净的房间，我们都静静地等露西恢复过来。

我答应自己，在我的能力范围内，一定不让露西再经受这种事。

THE
SELECTION
第十四章

不出我所料，所有提出过想回家的女孩子，在事件平息后就改变主意了。我们都不知道究竟有谁说过要走，但有些人（尤其是塞莱斯特）非常坚决地想找出这些人。目前来说，留下来的女孩一个都没有少，我们还是二十七个人。

　　国王的说法是，此次袭击微不足道，不需要太放在心上。可是，因为当天早上有摄影组在场，所以有一部分袭击的影像播了出去。很显然国王对此非常不高兴，这点让我不禁思索，究竟有多少次的袭击是大众不知道的，这儿的安全状况是否比我想象的要差得多？

　　西尔维亚跟我们解释说，如果袭击造成的破坏更大的话，会让我们打电话回家报平安的。因为目前情况并不严重，所以只允许我们写信回家。

　　我写信说自己很安全，袭击实际没有看起来严重，而且，当时国王把我们藏起来了，我们受到很好的保护。我请家人别太担心我，告诉他们我有多想他们，然后，就把信交给了一个侍女。

袭击发生后的第二天很平静地就过去了，我本想去女士空间跟大家夸夸麦克森的，但看到露西情绪那么不稳定后，我决定留在自己房间里。

不知道我不在的时候，三个侍女会忙些什么事情，但当我留在房间里时，她们跟我玩纸牌游戏，还会聊一些八卦的话题。

我这才知道，皇宫里我看到的每个人，他们身后其实还有数以百计的人。厨房和洗衣房的人员我知道，但居然还有专门擦窗的人员。他们要花上一星期的时间才能把所有窗户擦一遍，而一周之间灰尘又再次落在擦过的玻璃上，所以他们的工作又要重复一遍。皇宫里还有专门的宝石匠，他们会给皇家和访客做珠宝首饰；还有成群的裁缝和采购人员来保证皇家（现在还有我们）每天完美地着装。

我还了解了别的事情，比如她们觉得最可爱的人是那些警卫；侍女长强迫大家在节日派对上穿难看的新裙子。宫中有些人已经在王妃候选人身上押注了，而我是头十名以内的大热门。有一个厨子的孩子病得很重，安妮说着说着就流泪了，因为这个厨娘是她的好朋友，这对夫妇花了很长时间才有的这个孩子。

听着她们闲聊，时不时地插一两句嘴，真的让我感觉很舒服，庆幸能有她们做伴，同时也没法想象楼下能有什么事比这儿的更有意思。我的房间里一片欢乐祥和的气氛。

那天过得太舒服了，所以接下来的一天，我也选择留在房间里，不过这次我们开着房间和阳台的门，让外面温暖的空气涌进来，拥抱着我们。这么做，好像对露西有特别的功效，这也让我很好奇，她是不是很少有机会出去走走。

安妮说我跟她们坐在一起玩牌，又敞着门，实在有些不妥。不过她很快就不提这件事了，因为她意识到，谁也无法逼我成为淑女。

我们正在玩牌，突然瞄到门外有个人影。原来是麦克森站在门外，表情若有所思。我们双眼对上那一刻，他的表情明明白白地在问，我究竟是在做什么。我微笑着站起身来，向他走去。

"噢，老天爷啊！"安妮看见王子站在门口时，轻轻地发出了惊叹，马上把纸牌扫到一个裁缝篮里，站起身来，然后玛丽和露西也有样学样。

"女士们。"麦克森打招呼。

"殿下，"她们边说边行了一个屈膝礼，"很荣幸见到您。"

"我也是。"他回答时脸上有笑容。

侍女们互相看了一眼，分明受宠若惊。我们都沉默了片刻，不知道接下来该怎么办。

玛丽突然开口："我们正要离开呢。"

"是，是的。"露西接着说，"我们正要——嗯——要……"她望着安妮求助。

"要去完成亚美利加小姐周五穿的礼服。"安妮接上了话。

"是的，"玛丽说："只剩下两天了。"

她们脸上带着大大的笑容，在我和麦克森两边出去了。

"那我可不能耽误你们的工作。"麦克森说，一路看着她们出去，完全折服于她们可爱的行为。

刚走到外面，她们便非常不整齐地行了奇怪的屈膝礼，然后脚底抹油似的跑了。就在她们走过第一个角落后，走廊中传来露西咯咯的笑声，然后是安妮急促的嘘声。

"你的小组挺有意思的嘛。"麦克森说着走进了我的房间，四下观察。

"让我忍不住想要去关心她们。"我笑着回答。

"很明显，她们也很喜欢你，这点很不容易。"他不再看房间的情况，转而面向我，"你的房间跟我想象的很不一样。"

我挥了挥手："这又不真的是我的房间，不是吗？这是属于你的，我只是在借用。"

他做了个鬼脸："他们应该跟你说过可以改动吧？换张床，刷个墙什么的。"

我耸耸肩："换种墙漆也不会让这儿属于我。像我这样的女孩子，不可能住在铺了大理石的房子里。"我开个玩笑。

麦克森笑了："你家里的房间是怎样的？"

"嗯，你来这儿是为了什么呢？"我岔开话题。

"噢！我有个想法。"

"关于？"

"嗯，"他开始解释，继续在房间里踱来踱去，"我在想，既然你和我之间没有我和其他女孩之间的一般关系，或许我们应该要有……别的沟通方式。"他停在我的梳妆镜前，看着我家人的照片，"你的妹妹和你长得太像了。"他兴致颇高地说。

我走回房间里头："老有人这么说。什么别的沟通方式？"

麦克森看完照片后，又走到靠里的钢琴前："既然你要作为我的朋友来帮助我，"他深深地看了我一眼，接着说，"或许我们不应该传统地通过侍女来传字条，又或通过正式的邀请去约会。我在想有没有仪式感少一点的方法。"

他拿起钢琴上的谱子："你自己带来的？"

"不是，本来就在这儿。只要是我想弹的曲子，都能凭记忆弹。"

他的眼眉挑了起来："厉害！"他向我走来，并没有接着解释下去。

"求你别扭捏了，说完你的想法吧。"

麦克森叹了口气："好吧。我是在想，或许我和你可以有一个手势或类似的暗号，一种告诉对方想要谈话的方式，其他人不会留意到的方式。或许我们能擦一下鼻子？"麦克森一根手指在上嘴唇上方来回擦了几下。

"这搞得像你鼻塞似的，不好。"

他给我一个有点儿困惑的表情，然后点了点头："好吧，那我们要不就用手梳一下头发？"

我几乎立刻摇头否定："我的头发绝大部分时候是梳好盘起来的，几乎不可能用手梳进去。而且，如果你当时戴着王冠，你会把它打掉的。"

他若有所思地摇了摇手指头："说得对，嗯……"他走过我身边，接着想，最后走到我床头桌前，"那拉一下耳垂呢？"

我想了想："我喜欢，够简单，难以察觉，但又不是那么常见的动作，不容易造成误会。那就拉耳垂吧。"

麦克森的注意力好像被某样东西吸引住了，不过，他还是及时转过身来冲我笑了笑："得到你的认同我很高兴，下次你想跟我说话，就拉一下耳垂吧，我会尽快过来找你的。一般会在晚饭后。"他总结道，耸了耸肩。

本来我是想问，如果我想去找他该怎么办，但麦克森已经拿起我的小瓶子向我走来了："这是用来干什么的？"

我叹了口气："这个，我只能说，说来话长，一言难尽了。"

星期五，就是我们要在《伊利亚首都报道》上初次亮相的大日子了。对所有候选人来说，这是强制性的，不过，幸好本周我们只需坐在直播室里。由于时区的差别，本地直播时间为五点，我们只要坐一个小时，就可以去吃晚餐了。

安妮、玛丽和露西特别用心地为我打扮。我的礼服是深蓝色的，几乎接近紫色，臀部以上的部分都很修身，身后是顺滑的拖尾。礼服的质感太舒服了，我长这么大第一次摸到这种真丝的面料。她们帮我系上背后一个又一个的扣子，接着又用珍珠发夹给我做发型。最后，她们给我配了一对很小的珍珠耳环，以及一条链子很细、珠子也相隔很远的项链，感觉像浮在皮肤上似的。我准备好了。

我看着镜子里的自己，还是我的本色。是我见过最漂亮的版本，但脸还是那张脸。自从被抽中之后，我就害怕会变成自己不认识的样子，脸上要擦层层的化妆品，还要戴那些华丽俗气的珠宝，过后总得花很多时间才能找回自己。还好，到目前为止，我还是亚美利加。

这更像是我的风格。从房间走到楼下直播室之间的距离，我已经出了一身薄汗。他们通知我们要提早十分钟到场，而这十分钟对我来说是十五分钟，而对塞莱斯特这类人来说，则是三分钟，所以大家零散到场。

一群又一群的工作人员在直播间内忙碌着，给布景做最后的调整。现在那儿放着几排椅子，是给候选人坐的。连续好多年我在《报道》里看到的官员们也都在场，或是默念手中的稿子，或是整理领带。候选女孩们都在镜子前做最后的审视，整理身上的豪华礼服，大家都很忙碌。

我转身，不小心看到麦克森生活中的一个片段。他的母亲，美丽的安伯莉王后，正帮他把几根散落的头发往后梳理好，他同时拉了拉西装外套，然后跟她说了句话。她认同地点点头，然后麦克森脸上就露出了微笑。如果不是西尔维亚风风火火地拉我们坐好，我肯定会多看他们几眼。

"亚美利加女士，去台阶上吧，"她说："你可以随便，不过你该知道，大部分女孩已经占了第一排的位置了。"她好像为我感到惋惜，就像是给我带来了坏消息似的。

"噢，谢谢你。"我回答，然后高高兴兴地去后排坐下。可是穿着这件深蓝礼服，加上脚上的罗马鞋（这鞋真的有必要吗？根本不会有人看得到我的脚），往上走可不是件容易的事，但我还是成功了。然后我看到玛莉进来了，她向我挥手微笑，直接走过来坐到我的右手边，她选择坐在我身边，而不是坐到第二排，这点对我来说意义重大，这说明她是很忠诚的，会成为一位好王妃。

她穿了件亮黄的礼服，加上她的金发和小麦色皮肤，感觉整个房间都被她照亮了。

"玛莉，我太喜欢你的礼服了，你太美了！"

"噢，谢谢！"她脸红了，"我还觉得有点儿过了。"

"才没有呢！相信我，这太完美了。"

"我想找你说话来着，不过一直没看到你。你觉得我们明天有时间聊聊吗？"她轻声地问我。

"当然可以。在女士空间里吗？明天是周六。"我学她的声调回答。

"好的。"她很高兴地回应。

坐在我们前面的艾米转过头来："我觉得头上的别针要掉出来了，你们能帮我看看吗？"

玛莉二话没说，就伸出纤细的手指摸进艾米的卷发里，感受有没有松掉的别针："这样感觉稳一点了没？"

艾米松了口气："好了，谢谢。"

"亚美利加，我的牙齿有没有沾到唇膏？"佐伊问我，当我转到左面看她时，她使劲儿地咧嘴笑，露出所有的牙齿。

"没有，你没问题。"我回答，眼角瞥见玛莉也点头认同。

"谢谢。他怎能这么镇定呢？"佐伊指着麦克森的方向感叹，他正在跟摄制组的一个人说话。然后她弓下身来，把头埋在两腿间，开始深呼吸，用来平稳情绪。

玛莉和我互相看着对方，眼中全是笑意，忍着不笑出来。要是还看佐伊的话肯定会忍不住的，所以我们干脆关注房间各个角落，开始聊大家的穿着。有几个女孩穿了魅惑的红色，还有清新的绿色，倒没有人穿蓝色。奥利维亚竟然穿了橙色！我承认自己不太了解时尚，但玛莉和我都认为真的需要有人跟她说，这样不好，这个颜色让她的皮肤显得有点发绿。

直播开始前的两分钟，我们才知道不是裙子的颜色害她脸色发绿。因为奥利维亚直接跑到离她最近的垃圾筒，大声地呕吐了起来，然后，瘫倒在地。西尔维亚马上过来救场，一阵忙乱地给她擦汗，让她坐回椅子上。她被安排到最后一排，脚下还给放了一个小容器，以防万一。

巴列艾坐在她的正前方，虽然我坐的位置听不见她对这位可怜的女孩低语了什么，但看起来，如果奥利维亚再吐出来的话，巴列艾肯定要动手了。

我想麦克森肯定看见或听见了刚才的混乱了，所以我转头去看他对这件事有什么反应，可他并没关注混乱的中心，而是在看我。麦克森迅速地举起手来拉了一下耳垂，那么迅速，对其他人来说肯定只是无意识地抓痒而已。我也重复了一下这个动作，然后我们都赶紧看往别处。

知道麦克森今晚晚餐后会来找我，我是有点儿兴奋的。

突然，国歌奏起，房间里四面小屏幕上显示出国徽。我马上坐直一点，脑海中想的全是家人今晚能够在电视上看见我，而且我希望他们为我骄傲。

克拉克森国王在讲台上说到了这次袭击，他称这次行动仓促而失败。我却不这么认为，因为已经把我们这批女孩吓得魂不附体了。然后就是一条又一条的报道，我努力集中精神去听每条的内容，可是太难了。我的习惯是坐在舒服的沙发上，怀中抱着爆米花，和家人一起边吐槽边看。

很多报道的内容都跟反叛分子有关，说很多事情都是他们引起的。森奈的公路还没有修建好，是反叛分子造成的；而艾连的政府工作人员数量下降，是因为他们被派去圣佐治处理反叛分子制造的混乱了。我完全不知道这些事情的发生，回想成长过程中我耳闻目睹的一切，以及来皇宫后了解的事情，不禁反思，我们对反叛分子的了解究竟有多少。或许是我无法理解，但我真的不认为，伊利亚的所有问题都能怪在他们头上。

然后，加夫里尔就像凭空蹦出来似的，突然就被事务大臣邀请上台了。

"大家晚上好，今晚我有件特别的事情要跟大家宣布。选妃活动已经持续了一周的时间了，有八位女士回了家，留下二十七位美丽的女士让麦克森王子选择。无论如何，下周的《伊利亚首都报道》节目都会用大部分时间来让大家了解这些美丽的女士。"

我觉得自己的额头开始冒汗。乖乖坐好……我是可以；回答问题？我知道我不会成为王妃，所以这不是问题。我只是非常不想在全国人民面前出丑而已。

"今晚，在跟女士们说话之前，我们先跟男主角聊几句。麦克森王子，你今晚感觉如何？"加夫里尔边走过舞台边说。麦克森明显没有准备好，他身上没有话筒，而且也没有想好答案。

在加夫里尔的话筒递到麦克森面前之前，他在看我，我就给了他一个眼色，这个小动作让他微笑起来。

"我很好，加夫里尔，谢谢。"

"到目前为止，你喜欢她们的陪伴吗？"

"当然！能够认识她们真是太高兴了。"

"她们是不是表里如一的那么甜美、温柔呢？"加夫里尔问，在麦克森回答之前，答案已经让我忍不住微笑了。因为我知道他肯定会说对……大概吧。

"嗯……"麦克森的视线越过加夫里尔到我的身上，"差不多吧。"

"差不多？"加夫里尔惊讶地问，然后转身朝向我们，"那她们里面有人淘气喽？"

幸好，所有女孩子都轻轻地咯咯笑了，所以我才没被发现。这个小叛徒！

"她们都做了什么不太好的事情呢？"加夫里尔问麦克森。

"噢，嗯，我跟你说。"麦克森跷着二郎腿，很舒服地坐在椅子上，这可能是我见过他最放松的姿势了，因为他正要拿我开玩笑呢。我喜欢他这一面，希望他能更多表现这一面，"其中有一位第一晚就够胆向我大吼大叫，狠狠地把我骂了一顿。"

在麦克森的身后，国王和王后互相看了一眼，看来他们也是第一次听说这件事。我身旁的女孩子们都面面相觑，不知道说的是谁。直到玛莉开口之前，我都不知道大家是怎么猜测这件事的。

"我不记得在大厅里有人跟他大声说话啊，你记得吗？"

麦克森好像忘记了我们的第一次见面应该是个秘密："我觉得他只是说得夸张，想显得搞笑点。我的确跟他说了些挺严肃的事情，他可能是指我吧。"

"你是说你被骂了？为了什么呢？"加夫里尔接着问。

"老实说，我也不是很明白。我觉得那是因为一时想家，所以，我当然已经原谅了她。"麦克森现在很放松地对答如流了，跟加夫里尔的互动就像房间里只有他们两个人似的。晚一点儿我一定得告诉他，他表现有多好。

"所以，她还在这儿喽？"加夫里尔又看了一眼我们，咧嘴笑着，然后又转回去看王子了。

"噢，对，她还在呢。"麦克森说，眼神没有从加夫里尔脸上飘走，"而且，我打算把她留一段时间。"

THE
SELECTION
第十五章

晚餐实在太让人失望了，下周我一定要跟她们说，礼服不要那么贴身，得给我留点吃饭的空间。

安妮、玛丽和露西已经等在我的房间里，准备帮我换下礼服，我解释说我还需要穿一小会儿。因为我平常总是迫不及待地换衣服，所以，安妮第一个反应过来，麦克森要过来见我。

"今晚您希望我们多留一会儿吗？没有关系的。"玛丽的语气里充满了期待。自从几天前麦克森突然来访后，我想最好的办法是让她们每天都尽早离开。而且，在他过来找我之前，一想到她们会一直盯着我，就受不了。

"不，不用，我自己就行了。如果晚一点我脱礼服有困难的话，我会按铃的。"

她们很不情愿地出去了，留下我一个人等麦克森。我不知道他会几点来，但我不想刚开始看书，然后中途又得停下来，或者刚坐到钢琴前又被叫起来。最后，我就懒洋洋地躺在床上等，任由思绪飘荡。我想到玛莉和她的善良，然后想到，除了零星的细节，她的事我几乎不怎么了解。可是，我仍然觉得她对我的态度没有半点虚伪。我又想到其他总是很假的女孩子，不知道麦克森能不能看出分别来。

麦克森和女人交往的经验，有时显得很多，靠近时又显得少得可怜。他的确很绅士，但每当他跟别人接近时，又会变得手足无措。就好像，他知道应该怎样对待一位女士，却不知道怎样去对待约会。

这跟艾斯本的反差真是够大的。

艾斯本。

他的名字，他的面容，关于他的记忆突然涌上心头，让我措手不及。艾斯本。他此刻在干什么呢？现在卡罗莱纳省快要到宵禁的时间了。如果他今天有工作的话，可能还在忙工作吧；也可能正跟布伦娜，或者，我们分手后他决定在一起的任何人在一块儿。我心里有一部分拼命想知道……另一部分却连想想都要觉得崩溃。

我看看床头的小瓶子，拿起来摇了摇里面的钱币，真寂寞。

"我也是，"我喃喃自语，"我也是呢。"

留着这个是不是太傻了？别的东西都还给他了，为什么还要留下这一分钱？这会是他留给我的全部吗？这就是以后我给自己女儿看的小玩意儿，用一分钱来跟她讲述我的第一任男朋友，而且是别人都不知道的第一任？

我没有更多的时间沉溺在忧虑中了。几分钟之后，麦克森的敲门声响起，我立刻跑过去开门。

我用力过猛，一下子把门打开了，麦克森看到我的表情很惊讶。

"你的侍女们都跑哪儿去了？"他巡视我的房间。

"走了。我吃完饭就会打发她们离开。"

"每天?"

"是,当然啊。谢谢了,但我自己能脱衣服。"

麦克森又挑起了眉毛,露出微笑。我脸有点儿红,原本不想这么说的。

"拿件披肩,外面有点凉。"

我们出门往楼下走。我还被刚才的胡思乱想弄得有点慌乱,但现在我也知道,麦克森并不擅长找话题。出门后我几乎马上就挽起他的手臂,有种熟悉的感觉,很舒服。

"如果你坚持不让侍女留下陪你的话,我就要派一个警卫守在你门前了。"他说。

"不要!我不喜欢被特别关照。"

他轻笑:"他会守在外面,你根本不会留意到他的存在。"

"我会知道的,"我抱怨,"我会感觉到他的存在的。"

麦克森假装发出烦恼的叹息,而我,则太专注于和他的争论,直到说话的声音来到我们面前,我才猛然反应过来,那是塞莱斯特、艾美加和丁妮往我们的方向走来,正要回她们的房间。

"女士们好。"麦克森轻轻点头跟她们打招呼。

我以为没人会看到我们,实在是太天真了。我感到脸上一阵发热,但不清楚自己害羞什么。

她们一起行了屈膝礼,接着都走了。我们走到楼梯顶时,我特意回头看了一眼,艾美加和丁妮一脸好奇,估计几分钟之内,她们就会把这件事散布出去了,明天我肯定会被大家逼问。塞莱斯特的眼神能要了我的命，我敢说，她肯定觉得我和她之间现在有私人恩怨了。

我转回身，把想到的第一件事说了出口。

"我告诉过你吧，那些说要走的女孩子，一定会留下来。"虽然我不知道究竟是谁说要走，但有流言指出丁妮是其中之一，毕竟她昏倒了。还有人说是巴列艾，但我觉得这纯粹是瞎说，她这么想要王冠，杀了她她都不会走。

"你无法想象，这可让我松了一口气。"他语气诚恳。

他的反应跟我想的完全不一样，搞得我一时之间不知怎么回答才好；而且，同时还得注意楼梯，我可不想摔下去。真不知道扶着一个人的手臂时，怎么迈步才对；而且，高跟鞋穿起来实在费劲。不过，如果我真打滑的话，他应该能拉得住我。

"我以为，如果有人要走，其实也是件好事。"终于到达一楼了，我又能正常走路了，"我是说，要从这么多女孩中选出一个人，如果过程中发生的事情帮你排除一些，不是会轻松点吗？"

麦克森耸耸肩。"我想可能会吧，但感觉上完全不是那么回事，相信我。"他的表情有点受伤，"先生们，晚上好。"他跟警卫们打招呼，这次，警卫毫不迟疑地打开了通往花园的门。或许，我的确可以接受麦克森的好意，让他们知道我喜欢去花园。这个可以轻易地逃出去的想法非常吸引人。

"我不明白。"我说。他带我去一张长椅上（我们的长椅），让我面朝灯火辉煌的皇宫坐下，然后自己面朝另一边坐了下来，我们差不多是面对面。

他犹豫着要不要说太多，但还是深吸一口气，决定开口："或许我不过是自以为是，以为自己值得别人冒险。当然，我可不想让任何人有危险！"他解释道，"我没有那个意思，我只是……不知道怎么说。难道你们都看不见我要承担的风险吗？"

"嗯，没有。你在这儿，有家人给你建议，而我们又都围绕着你的时间表来转。你生活的方方面面没有任何改变，我们的却全变了。你究竟承担了什么风险呢？"

麦克森一脸震惊。

"亚美利加，我在这儿是有家人，可是你想象一下，你第一次尝试去约会时被父母盯着的感觉。而且，不只是父母，还有全国人民！更可怕的是，这还不是任何正常的约会方式。"

"围绕着我的时间表转？我没跟你们在一起的时候，我可是在调兵遣将、制定法律、修改预算……而且最近都是我一个人在做，父亲只是眼看着毫无经验的我在那边犯愚蠢的错误。然后，当我用和他不一样的方式处理某些事情后，他又会插手进来救场。而且，现在我在做这些工作时，你，我是说你和其他女孩，占据了我的脑子。我被你们这群女人弄得又兴奋又害怕！"

我头一次看到他这么多动作，一会儿挥手，一会儿抓头发。

"而你却认为我的生活没有改变？你觉得，我在你们当中找到灵魂伴侣的机会有多大？我要是能找到可以忍我一辈子的人，也就算幸运了。万一，我那无法掌控的感觉已经让她被遣回家了呢？又或者，这个人一遇到逆境就会离开我呢？要是我根本找不到任何人呢？那我又能怎么办？亚美利加？"

一开始他的独白有些激动和愤怒，但到最后，他的问题已经不是反问了，而是真心想知道：如果这儿没有人值得他去爱的话，他该怎么办。不过，这看起来并不是他最主要的担忧，他倒是更担心没有人会爱上他。

"麦克森，说真的，我觉得你会找到灵魂伴侣的。真的。"

"真的吗？"听到我的预言，他的声音中又充满了希望。

"一定的。"我把一只手放在他肩膀上。而且只这轻轻的一拍就起到安抚的作用了，我不禁思考，是否很少有人单纯地摸摸他，"如果你的生活真如你所说，已经天翻地覆了，那么她肯定已经在这儿了。在我的经验里，真爱通常都是以最麻烦的方式发生的。"我弱弱地笑了笑。

听见我的话他好像高兴了点，这当然也是我安慰自己的话，我的确这么想的。如果我自己不能够得到真爱，我至少要帮助麦克森找到他的真爱。

"我希望你和玛莉能擦出火花，她真是个甜心儿。"

麦克森做了一个奇怪的表情："她好像是的。"

"什么？甜心儿有什么不好？"

"不，没什么。很好。"

他没有接着说下去。

"你一直在找什么呢？"他突然问我。

"什么？"

"你好像没法儿专心看一样东西，虽然我知道你在听我说，但你同时也像在寻找什么东西。"

　　我反应过来，他是对的。他刚才长篇大论时，我一直在扫视花园和窗户，甚至围墙上的瞭望台。我越来越疑神疑鬼了。

　　"人们……摄影机……"我看着黑夜，摇了摇头。

　　"只有我们，还有门后的警卫。"麦克森指指皇宫灯光中那个孤独的身影。他是对的，没有人跟着我们出来，而且所有的窗户都亮着灯，并没有人影。亲眼确定后我安心了。

　　我感到全身放松了一些。

　　"你不喜欢被人看着的感觉，是吗？"

　　"不喜欢。我向来比较低调，习惯了低调，你明白吗？"我看着脚下石头的纹理，没有看他的眼睛。

　　"你需要适应这件事。当你离开这儿时，你一辈子都会受人们关注。我母亲跟当年和她一起经历选妃的一些女人还有联系，直到今天，她们都被视为很重要的女性人物。"

　　"好极了。"我痛苦地呻吟，"又多了一件让我想逃回家的事。"

　　麦克森的表情露出了歉意，我却不想看他。这点又提醒我，这个比赛有多愚蠢，让我失去了多少东西；而且，我心中的正常生活再也回不去了。真的不公平……

　　但我控制住了自己。不该拿麦克森出气，虽然受害的方式不同，他毕竟和我们这些人一样，也是受害者。我叹了口气，抬头看他，刚好看到他下决心的表情。

　　"亚美利加，我可以问你个私人问题吗？"

　　"或许吧。"我闪躲了一下。他回以僵硬的一笑。

　　"只是……嗯，我看得出来，你真的不喜欢在儿。你讨厌这些规矩、比赛、关注、衣服……嗯，不过，你喜欢这儿的食物。"他笑，我也笑了，"你想念你的家和家人……而我怀疑其他人也是如此，只是你的情绪更容易浮在脸上。"

"是的。"我翻了下白眼，"我知道。"

"但是，你宁愿在这儿忍受思乡之苦，也不想回家，为什么？"

我感觉有个东西堵住了我的喉咙，只能生生地往下咽。

"我并不苦……而且你知道原因。"

"嗯，有时候你看起来还好，我见过你和其他女孩说话时，你会笑，而且每次吃饭你都是很满足的样子。但其他时候，你却一脸悲伤。可以告诉我原医吗？故事的全部？"

"这只不过是又一个失败的爱情故事，一点都算不上轰轰烈烈，相信我吧。"请不要逼我，我不想哭。

"不管怎么说，除了我父母的爱情，我真的想知道其他真实的故事，发生在这些围墙之外的故事，没有繁文缛节……求求你，好吗？"

真正的原因是，我都把这个秘密隐藏了这么久，难以想象该怎样用语言把它说出来，而且，只要一想到艾斯本，我就心痛欲绝。我还能说出他的名字吗？我深吸了一口气。麦克森现在已经是我的朋友了，而且他一直这么友好、真诚，我不能这样对待他……

"外面的世界"——我指着围墙外的天空——"有些时候，不同的等级之间也会互相照应。我父亲就有三个不同等级的客户，每家每年都至少买走一件作品；而我呢，也有几家人每年圣诞节都会聘我去唱歌。他们是我们的衣食父母，明白吗？

"嗯，而对他来说，我家则是他们家的衣食父母。他们是第六等级。当我家有余钱时，便会请人来打扫卫生，又或收拾仓库什么的，我们总会打电话叫他的母亲。我很小的时候就认识他了，他比我大一点，跟我哥哥年纪差不多，而他们玩得很粗鲁，所以，小时候我会躲着他们。

"我的哥哥科塔跟我爸爸一样，是个艺术家。几年前，他花好几年时间完成的一件金属雕刻品卖了很多钱，你可能听说过他的名字。"

麦克森默念了一下**科塔·辛格**这个名字。过了几秒，我看到他貌似联想起来了。

我把肩上的头发拨到后面，双臂交叉在胸前。

"我们都为科塔感到高兴，他在那个作品上花了很多功夫，而且，当时我们真的很需要那笔钱，所以全家都兴高采烈。可是，科塔把那笔钱全部留给了自己。那个雕刻品让他跃至一线，人们开始每天给他打电话订作品。现在，他的等候名单已经有一英里那么长，而且价格高昂。我觉得他对名利已经上瘾了，第五等级是很难得到这么多关注的。"

在这个极有深意的一刻，我们的眼神对上了。我在想，我是不是再也不能摆脱人们的注意，而我又是否真的不想要这些关注？

"无论如何，在电话不断地打来后，科塔决定从家里脱离出去。我的姐姐又刚刚结婚，所以我们也失去了她的收入。当科塔真正开始挣钱的时候，他决定离开我们。"我把手放在麦克森的胸膛上，强调了这句话，"你不会这么做，不会就这么抛弃家人。互相扶持……才是唯一的生存之道。"

　　我看到麦克森眼中的理解："他留下所有的钱，是希望花钱来买地位吗？"

　　我点头："他满心想的都是要成为第二等级。如果他满足于第三或第四等级，他早就能买到了，也可以帮助我们。但是，他变得痴迷了。说真的，那简直就是愚蠢。他现在的生活已经很舒适了，可他还想要那张该死的标签，根本无法停下来。"

　　麦克森摇了摇："这可是要耗上一辈子的。"

　　"我想，只要死了之后坟上写着第二等级，他根本就不在乎花多少时间。"

　　"这么说来，你们已经很疏远了？"

　　我叹口气："现在是。起初，我以为自己搞错了什么，以为科塔搬出去是想独立，而不是要抛弃我们。一开始，我是站在他那边的，当他搞了一套公寓和工作室的时候，我还去帮他的忙，而科塔也雇佣我们常常用的第六等级家庭，让他们最大的儿子过去帮忙。他也的确很热心地去帮了科塔好几天。"

　　我顿了顿，努力回忆。

　　"而我就在那个工作室，正在从箱子里把东西拿出来……突然他就在那儿了。我们的目光对上的那一刻，我发现他再也不像小时候那样粗鲁。在那之前，我们已经很久没见了，你知道吗？我们已经不再是小孩子了。"

　　"那天我一整天都在那儿，我们搬东西时会不小心碰到对方。他会看着我笑，让我觉得自己好像刚活过来那么激动，我真的……为他痴狂。"

　　我终于坚持不住，我的声音崩溃了，一直忍着的泪水流了下来。

　　"我们的家离得挺近的，所以白天时我会刻意去散步，期待和他偶遇。很多时候他母亲会来我家帮工，他有时候也一起来。然后，我们会看着对方，那是我们唯一能做的事。"我忍不住吸了一下鼻子，"他是第六等级，而我是第五，法律规定……还有我妈！噢，她知道的话会有多愤怒啊。所以，不能让人知道。"

　　因为要把藏在心底的秘密说出来，我的双手不由自主地颤抖着。

　　"紧接着，就开始有匿名的小纸条放到我房间的窗户上，上面写的是我有多漂亮，或者我的歌声犹如天使。我当然知道是他写的。"

　　"我十五岁生日那天晚上，我妈给我办了个生日会，他们一家子都被邀请。他把我堵在一个角落，给了我一张生日卡，让我一个人的时候才看。当我终于独处可以看时，想不到他并没有写自己的名字，也没有写'生日快乐'，只是写着'半夜，树屋'。"

　　麦克森两眼瞪圆："半夜？但是……"

　　"你要知道，我经常不遵守伊利亚的宵禁规定。"

　　"你很可能会坐牢的，亚美利加。"他摇头。

　　我耸耸肩："那个时候，这一点看起来无足轻重。那是第一次我觉得自己在飞，他在那儿，想各种办法让我们独处。而且，我也无法相信，这一切都是真的，他居然希望和我独处。"

　　"那晚，我在自己房间内看着后院里的树屋，静静地等着。接近半夜时分，我看到有人往上爬。我还记得，我特意跑去刷了牙，以防万一……我从窗户里偷偷溜出去，爬上树。他就在里面，我只是……不敢相信他在。"

"我不记得一切是怎样开始的了，但没用多久，我们就互相倾诉各自的心声。而且，我们还笑得停不下来，都是因为庆幸对方有相同的感受。我根本没有时间去想宵禁或是撒谎的问题，更不在乎我是第五等级而他是第六等级。我不担心将来，因为没有什么东西比他爱我这一点更重要……"

"而他真爱我，麦克森，他真的……"

更多的眼泪滑落，我紧紧抓住胸前的衣服，从未像此刻这般强烈地感受到失去艾斯本的深切痛苦。说出来，只让这件事更加真实了。现在我也只想快点结束这故事。

"我们秘密交往了两年。虽然我们很快乐，可他也总是担心我们要偷偷摸摸的，而且他无法提供他认为我该拥有的东西。拿到选妃的通知时，他坚持让我去交申请。"

麦克森的下巴掉了下来。

"很蠢是不是？可是如果我不去试，这件事就会变成他一辈子的心结。而我真的、真的不认为自己会选上。怎么可能呢？"

我挥了挥手，然后放了下来，就连自己都觉得这件事莫名其妙。

"我从他妈妈口中得知，他一直在存钱要娶一位神秘的女孩。我是多么兴奋，为此我给他做了一顿惊喜晚餐，想着能哄他把求婚的话说出来。我已经准备好了。"

"但是，当他看到我花那些钱给他准备的食物时，他很不开心。他的自尊心很强，他想宠着我，而不是反过来。那一刻，我想，他看到自己永远都不可能做到这一点。所以，他决定跟我分手……"

"一个星期后，我的名字被宣布了。"

我听见麦克森轻轻嘀咕了句什么。

"最后一次见到他，是在我的欢送仪式上，"我哽咽，"他和别的女孩在一块儿。"

"什么？"麦克森吼道。

我把头埋在自己双手之间。

"我知道有其他女孩子喜欢他，这一点快把我逼疯了。一直都有别人喜欢他，而现在他没有理由拒绝她们了。也许，他已经和我在欢送仪式上看到的那个女孩在一起了。我不知道，我也什么都不能做。可是，一想到回家就得面对这件事……我实在不能，麦克森……"

我不断地哭，麦克森也没有制止我。当眼泪慢慢止住，我说：

"麦克森，我希望你能找到那位永远不会跟你分离的人。我真的希望你会，而且，我希望你永远不用体会跟所爱的人分开的滋味。"

麦克森脸上反映的是我的痛苦，他因为我的境遇而伤感，甚至是愤怒。

"对不起，亚美利加，我不……"他换了一个表情，"现在是不是拍你肩膀的好时候？"

他的犹豫让我不禁笑了："是的，现在是个很好的时机。"

他看起来还像那天一样多疑，但他没有只是拍拍我的肩膀，而是靠过来，小心翼翼地用双臂抱住我。

"我只拥抱过我的母亲，这样可以吗？"他问。

我笑出了声："拥抱要搞错也挺不容易的。"

片刻之后，我再次开口："我明白你的意思，除了家人，我也没有真正拥抱过别人。"

折腾了一整天，梳妆打扮、录制《报道》、吃晚饭、说话，能被麦克森这样抱着，好舒服。他甚至轻拍了几下我的头。他并非完全不懂，耐心地等待我的情绪平复下来，当我气顺了后，他拉开距离看着我。

"亚美利加，我答应你，让你尽可能留到最后一刻。我知道他们希望我尽快把人筛走，留下最后三个精英，然后从中选一。但我发誓，就算只剩下两个，我也会把你留到那个时候，不到必要的时候，又或你准备好的时刻之前，我一定不会让你走。就看哪个时刻先来了。"

我点头。

"我知道我们刚认识，但我觉得你挺棒的，看到你这么受伤，我也很烦恼。如果他在这儿的话，我会……我会……"麦克森充满挫败感地摇头，然后又了口气，"很抱歉，亚美利加。"

他又把我拉进怀抱，我的头靠在他宽厚的肩膀上。我知道，麦克森一定会信守诺言。然后，在我最不敢想象会找到安慰的臂弯内，我感到自己完全地放松了。

THE
SELECTION
第十六章

第二天早上我起来的时候，觉得眼皮特别沉重。我边揉眼睛边想，告诉麦克森所有的事情后，竟然整个人都轻松了。这个犹如漂亮笼子似的皇宫，居然是我能坦诚心事的地方。

　　麦克森昨晚的承诺让我肯定自己在这儿很安全。他要从三十五位女士中挑一位，很可能要耗费几周，甚至几个月的时间。而时间和空间正是我目前最需要的东西，虽然我不知道自己是否能完全忘掉艾斯本。妈妈说过，初恋是最难以忘却的，但是有这么一段时间来疗伤，我也许可以淡然看待一切。

　　我的侍女们没有过问我红肿的眼睛，我看到她们把疑问生生咽了回去。她们也没有问我头发为什么那么乱，只是过来为我梳理。我很感谢她们努力克制自己的好奇心，这对我很有帮助，并不像在家时，家人都能看到我的悲伤，却什么都没有做。在这儿，我能感觉到她们都很关心我，并且为我所经历的一切担心，而且更加用心地照顾我。

　　早上已经过了一半，而我终于准备好要开始这新的一天。今天是星期六，并没有任何安排或日程，但要求我们都去女士空间待着。皇宫在每周六接待外宾，他们说过，这些客人有可能会想见我们。我个人对这事儿意兴阑珊，但有一点让我很开心，至少可以穿我的新裤子了。这几条是我拥有过的最合身的裤子了，而且，既然现在我和麦克森的关系这么好，希望我离开时他能允许我带走它们。

　　昨晚的疲惫让我下楼的步伐十分缓慢。走到女士空间之前，已经听到里面女孩子们的聊天声。我刚走进去，玛莉马上就把我拉到房间后头的两张椅子上。

　　"你终于来了！我一直在等你呢。"她说。

　　"抱歉，玛莉，昨晚我弄得有点晚，早上睡了会儿懒觉。"

　　她转身看我，估计是发觉我声音中隐隐的悲伤，但她很贴心地把注意力转向了我的牛仔裤："真好看。"

　　"是啊，我从来没有过质地这么好的裤子。"我的声音稍为有点精神了。我决定坚守老规矩：艾斯本不能在这儿出现。我要把想他的念头赶出脑海，把注意力集中在皇宫中我第二喜欢的人身上，"让你久等了，你想聊什么呢？"

　　玛莉有点犹豫，我们坐下的同时，她咬着下嘴唇。附近没有别人啊，她一定是有秘密了。

　　"其实，现在，我再想过之后，觉得还是别告诉你了。有些时候，我总忘记我们是竞争对手。"

　　噢，她的秘密和麦克森有关，那我更要听听了。

　　"我明白你的感受，玛莉。我觉得我们可以成为密友。我没有办法把你当成对手，你知道吗？"

"是啊，我觉得你人真好，而且，民众又这么喜欢你。我是说，你很可能会胜出……"她说出这个想法时，有点泄气。

对她这个说法，我要很努力才能忍住想笑和做鬼脸的冲动。

"玛莉，我能告诉你一个秘密吗？"我的声音里表达了最大的真诚，希望她会相信我的话。

"当然了，亚美利加。无论是什么。"

"我不知道谁会最后胜出，但说真的，这个房间里任何一个人都有可能。我猜，每个人都会觉得是自己，但我心里明白，如果不能是我，那我希望是你。你很大方，也很美丽，我觉得你会成为一个很棒的王妃的。真的。"这基本上都是真心话。

"我觉得你很聪明，又潇洒，"她低语，"你也会是很棒的王妃。"

我低下了头。她真是个甜心儿，把我想得这么好。可是，每次有人夸我，我都会有些不自然……小梅、肯娜、我的侍女们……很难相信多少人真的觉得我是做王妃的料。难道只有我自己看得到自己的缺点吗？我并不优雅，也没有领导的气势或条理清晰的头脑。我又自私，脾气又坏，而且我不喜欢成为众人关注的焦点。我也不勇敢，而这份工作，需要很多的勇气。这也是王妃一词真正的意义，并不只代表一段婚姻关系，更是一个职位。

"我的确觉得很多女孩子都挺好的，"她承认，"每个人都有她的特长，都比我更优秀。"

"这就是了，玛莉。在这个房间里的每个女孩子身上，你都能找到特别之处。但是，谁又知道麦克森在找什么样的呢？"

她摇了摇头。

"所以，我们还是少担心这个吧。你可以跟我说任何话，你要是答应保守我的秘密的话，我会帮你的。我会为你加油，而且，如果你想的话，你也可以为我加油。在这儿能有朋友，该是多好的事。"

她笑了，环顾四周，确保没有人能够听见我们在说什么。

"麦克森和我约会过了。"她轻轻地说。

"是吗？"我问。我知道自己大概显得太兴奋了，但我实在控制不住。我很想知道他在她面前能不能放松下来，也想知道他喜不喜欢她。

"他给我的侍女传了一封信，问我周四能不能见他。"玛莉说，我也笑了，想到本来我和他之间也会这样传信，但后来决定抛弃这种正式的沟通方法，"我回信说好，这个当然了。敢情我还会拒绝他吗！他来接我，然后我们围绕着皇宫散步。我们谈到了电影，发现有好多电影我们都喜欢，所以我们去了地库，你见过下面的电影院吗？"

"没有。"我其实连电影院都没有去过，特别期待她快点讲。

"噢，那真是太棒了！座位都很宽敞，椅背可以往后躺，而且还可以做爆米花，他们有个机器。麦克森站在那儿给我们做了一些！真是太可爱了，亚美利加，他算错了油温，第一锅就弄焦了，所以他打电话让人来把坏了的清理走，再做一次。"

我翻了翻白眼。真棒，麦克森，太棒了。幸好，玛莉觉得这是很可爱的行为。

"然后，我们一起看了电影，看到浪漫的结局时，他拉起我的手！

我觉得自己都要晕倒了。虽然我们一起走路时我扶过他的手臂，可那只是一种习惯做法。而那一刻，他牵起了我的手……"她叹了口气，放松地靠在椅背上。

我咯咯地笑出了声，她完全是一副神魂颠倒的样子。太好了！

"我都等不及他下一次来找我了。他是多么的帅气啊，你不觉得吗？"她问。

我顿了顿："是啊，他很可爱。"

"别来这套，亚美利加！你一定有留意到那双眼睛，还有那嗓音……"

"除了他大笑起来的时候！"想起他的笑声我就忍不住发笑，又可爱又奇怪，他用力吐气，吸气时断断续续的，呼吸本身就很像笑声。

"是，好吧，他的笑声是挺怪异的，但是也很可爱啊。"

"如果你喜欢每次说笑话时，听见的是哮喘一样可爱的笑声的话，当然没问题。"

玛莉再也忍不住了，笑得弯下了腰。

"好吧，好吧。"她直起身子吸了口气，"你一定会看到他身上有吸引力的地方的。"

我张了张嘴又合上，来回两三次，冲动地想继续调侃麦克森，但又不想玛莉对他有负面的想法，所以我认真地想了下她的问题。

麦克森有什么吸引人的地方呢？

"嗯，当他放下防备时，看起来那么随和。他说话也很直率，有时候，你会发现他盯着某样东西仔细地看，就像……就像他在寻找当中的美感似的。"

玛莉的微笑告诉我，她在他身上也看到这一点了。

"而我喜欢的是，他只要在场，就真心地投入，你明白吗？就算他要治理国家，有一千件事等着他去处理，可是当他和你在一起时，他全心全意，对眼前的人和事是那么的投入。我喜欢他这点。

"而且……呃，不要告诉任何人，他的手臂……我喜欢他的手臂。"

最后这几句害我脸红了。真蠢……我只要说他那些显而易见的优点就好了啊，幸好，玛莉很乐于接这个话茬。

"对！在那么厚的西装外套下，也能摸得出来，对吧？他一定很强壮。"玛莉情不自禁地说。

"我很好奇，他这么强壮有什么用呢？他就做文书工作而已啊，真奇怪。"

"或许他喜欢在镜子面前欣赏自己的肌肉呢。"玛莉边做鬼脸边说，还举起了她的小细胳膊。

"哈哈！肯定是。你去问他吧！"

"没门儿！"

听起来，玛莉的约会很不错。我很好奇麦克森昨晚为什么没有提起，回想他的表现，就像他们没有约会过似的。或许，他是害羞？

我环顾房间里的女孩，有一半以上都显得紧张或不开心。詹妮尔、艾美加和佐伊正在聚精会神地听克瑞斯说话，克瑞斯倒是面带微笑、手舞足蹈，詹妮尔的脸上却尽是担忧的神色，而佐伊在咬指甲。艾美加心不在焉地揉着耳朵下方，好像那里有些不舒服。在她们旁边，很少在一起的塞莱斯特和安妮也在激烈地讨论什么，塞莱斯特说话的神情和平常如出一辙，高高在上。玛莉见我盯着她们看，就给我解释刚才发生了什么事。

"心情不好的人都是他还没有单独约会过的。他跟我说，我是他周四那天约会的第二个。他要和每个人都相处一下。"

"真的？你觉得这就是原因？"

"是啊。你看看我和你，我们都没事，因为他和我们都单独见过了，而且，我们知道他喜欢所以才去见我们，约会后也没有踢我们走。谁和他相处过，谁没有，这消息很快就传开了，她们担心他不着急见她们，是因为对她们没兴趣，而轮到她们之时，就是让她们离开的时候了。"

为什么他完全没提起这点呢？我们不是朋友么？朋友应该会谈到这种事的。他根据女孩子们的笑容来挑选约会对象，昨晚，我们待在一起那么长时间，他就光顾着弄哭我。什么朋友会让我说光自己的秘密，自己却半句实话都没有？

一脸焦虑的杜斯迪刚才一直在听卡米尔说话，现在突然站起身，四处张望，当她看到玛莉和我在角落里的时候，便迅速地走过来。

"你们约会时都干些什么呢？"她很突兀地问道。

"嗨，杜斯迪。"玛莉兴高采烈地打招呼。

"噢，嘘！"她是喊出来的，然后马上转头面向我，"别这样，亚美利加，快说。"

"我告诉过你了。"

"不，是昨晚的约会！"有一位侍女过来给我们倒茶，我本来是想要一杯的，但杜斯迪挥手让她走开。

"怎么……？"

"丁妮看到你们在一起了，告诉了我们。"玛莉解释了杜斯迪的情绪，"你是唯一一个他见了两次的人，很多还没单独见他的女孩子们都开始抱怨了，她们觉得不公平。可是，他喜欢你又不是你的错。"

"这完全不公平。"杜斯迪哭喊着说，"除了吃饭时间，我都没见过他，甚至连碰到没碰到过。你们到底都一起干什么了？"

"我们……嗯……我们又去了花园，他知道我喜欢在外面。而且，我们只是散步而已。"我有点紧张，好像犯了什么错似的。杜斯迪的表情那么认真，我不忍直视，可是转头看到的，是附近几桌的女孩子都在听我们的对话。

"只是散步？"她的语气充满了怀疑。

我耸耸肩："只是散步。"

杜斯迪气鼓鼓地走回克瑞斯那一桌，让她再讲一遍她的故事。被她这么一闹，我倒是哑口无言了。

"你还好吗，亚美利加？"玛莉的问候把我从恍惚中拉回来。

"嗯，怎么了？"

"你看起来不太好。"玛莉皱起了眉。

"不，没事，都挺好的。"

突然之间，安妮·华莫尔（她是种地为生的第四等级）以迅雷不及掩耳的速度站起来，打了塞莱斯特一个大耳光。如果不是她们离我这么近，我肯定不会注意到。

　　包括我在内的好几个人都倒吸了一口冷气，没有亲眼看到的人，也都转过头来问发生了什么事，其中丁妮那尖细的声音在安静的房间中显得尤其刺耳。

　　"噢，安妮，不。"艾美加边叹气边低语。

　　事情发生之后，安妮才慢慢地反应过来自己究竟做了什么。她很可能会被遣送回家，因为我们不可以动手伤害其他入选人。安妮受到惊吓似的，呆滞地坐着，艾美加倒是哭了起来。她们都是种地的姑娘，一开始感情就很好。可以想象，如果玛莉突然要离开，我不知道自己该怎么办。

　　对于安妮这个点头之交，她给我的印象是很活泼，我知道她心里没有任何想去伤害别人的想法。反叛分子袭击时，她一直跪在地上祈祷。

　　不可否认的是，她被激怒了，但是，又没有人离她们足够近，近到能听清当时的对话。如果对质，安妮和塞莱斯特会各执一词；至于塞莱斯特，有一房间的人会说，她的确被打了。为了树立好榜样，大家一定会劝麦克森把安妮送回家去。

　　塞莱斯特低声跟安妮说了些什么，匆匆离去，留下的安妮眼中噙满了泪水。

　　在晚餐之前，安妮就已经被送走了。

第十七章

"第三次世界大战时，谁是美利坚合众国的总统？"西尔维亚提问。

　　这一题我不会，所以避开了她的视线，希望她不会叫到我。庆幸的是，艾美举起了手回答："沃利斯总统。"

　　我们以在大厅里上历史课开始新的一周。嗯，其实更像历史考试。大家所掌握的历史知识都不太一样，哪些是真实发生的，谁又记住了多少，都很难说。不像英文和数学我们有课本和练习题，妈妈以前只用口述的方式教我们历史，因此，说起我们的历史，我所知道的事情很难确定是历史还是故事。

　　"正确。沃利斯是在 C 国人入侵前成为总统的，他带领大家面对这场战争。"西尔维亚赞同。而我在心中默念：**沃利斯、沃利斯、沃利斯**。我很想记住这点，回家后去跟小梅和杰拉德说。但我们每天又新学那么多东西，真的很难全部记住，"C 国为什么要入侵呢？塞莱斯特？"

她微笑："钱。美国人欠他们太多债务了，又还不起。"

"很好，塞莱斯特。"西尔维亚给了她一个赞许的微笑。塞莱斯特是怎么把她搞定的，这真是太让人沮丧了，"当美利坚合众国偿还不起巨额债务时，C国人便入侵了。不幸的是，此举并没有让他们拿回钱，因为美国早就破产了，倒是让他们得到了美国的劳动力。当C国人掌权后，他们把美国的名字改成什么了？"

我和几个人都举起了手："珍娜？"西尔维亚挑了一个。

"C国美国州。"

"对，表面上，C国美国州和战前没什么两样，实际上却完全不同。C国人在幕后使用各种影响力，左右主要的政策方向，让法规偏向于他们那边。"西尔维亚在桌子之间慢慢地走动着，我觉得自己就像只被鹰盯上了的小老鼠，她越来越近。

我看看四周，有几个人脸上也露出困惑。我以为这部分信息大家都知道呢。

"有人想补充吗？"西尔维亚问。

巴列艾补充道："C国人入侵导致了几个国家，尤其是欧洲的国家，互相联合起来结成盟友。"

"没错。"西尔维亚回应，"可是，C国美国州当时却没有这样的盟友，所以他们花了五年时间才重新准备好，这已经很不容易了，更别说同时去拉拢盟友了。"她做了一个疲惫的表情，表达当时的困难有多大，"C国美国州想要反抗C国，可是，他们当然还得防备另一个敌人的入侵。那么，当时是哪个国家想侵占C国美国州呢？"

这次，很多只手都举了起来。"俄罗斯。"有人没被点名就把答案说了出来。西尔维亚四下找犯规的人，却找不到声音来源。

"对，"她有点不高兴地说，"俄罗斯在两个战场上都想扩张，可是都惨痛地失败了。这次失败却让 C 国美国州得到一次反击的机会，为什么呢？"

克瑞斯举起手来回答："因为俄罗斯的目标明显不限于 C 国美国州，北美全境的人都联合起来抵抗此次入侵，而当时 C 国也在攻打想抢他们地盘的俄罗斯，所以就变得容易了。"

西尔维亚骄傲地微笑："正确。那是谁带领了反抗俄罗斯的战争？"

全屋的人齐声回答："格雷戈里·伊利亚！"有几个女孩鼓起了掌。

西尔维亚点点头："接下去伊利亚建国。美国州和当时的盟友组成了统一战线，而由于美利坚合众国的名声太败坏，没人想延用这个名字，遂以格雷戈里·伊利亚的名字命名。在他的领导下，新的王国成立了，他拯救了这个国家。"

艾美加举起了手，西尔维亚示意她说话："在某种意义上说，我们跟他有相似之处，能有机会服务国家。他本来只是一名普通公民，却把所有的钱财和智慧都贡献了出来，他改变了一切。"她的话语中充满了崇拜。

"这点太对了。"西尔维亚说，"而且，和他一样，你们其中一位会成为皇族。对格雷戈里·伊利亚来说，他的家庭和皇族联姻后，他就成为国王；对你们来说，就是嫁给他们这一脉皇族。"西尔维亚说着自己都感动了，所以杜斯迪举手时，过了片刻她才反应过来。

"嗯，为什么这些都没有写在书上呢？我们没办法学习到啊。"

她的声音中有一丝不满。

西尔维亚摇摇头："亲爱的姑娘们，历史并不是要学习的，而是你们应该掌握的常识。"

玛莉转头来悄悄跟我说："很显然我们不知道啊。"她对自己的玩笑露出了微笑，又转回去看西尔维亚了。

我想了想，我们了解的事情好像都不一样，对真相也只是各种猜测。为什么不给我们历史书呢？

记得几年前，我去过爸妈的房间。妈妈说我可以自己挑选学英文要读的书，我看到塞在角落里的一本残旧的历史书，便把它拿了出来。那是一本美国的历史书。几分钟后，爸爸进来了，看到我在看那书，便说只要我不告诉任何人，看也没关系。

当爸爸让我保守秘密，我毫不犹豫就做了。而且，我还真挺喜欢看那本书的，至少还是有值得看的地方。那本书有很多地方都被撕掉了，书边还有烧过的痕迹。在那本书上，我知道了以前白宫的样子，还有以前的节日都是怎样的。

到了这个不得不直面问题的时刻，我才第一次想到，自己从没问过为什么我们的历史如此含糊。国王为什么要让我们猜测？

闪光灯再次亮起，捕捉着麦克森和纳塔莉的笑容。

"纳塔莉，下巴再低一点点，好，就这样。"摄影师又拍了一张，闪光灯再一次照亮了整个房间，"我觉得可以了。下一位是谁？"他问。

塞莱斯特从旁边过去。在摄影师准备好拍下一轮前，一群侍女围绕在她身边。纳塔莉还在麦克森身边，说了句什么，脚跟俏皮地翘了起来。他轻声回应，然后她咯咯笑着走开了。

昨天的历史课之后，他们跟我们说，这次拍摄完全是为了娱乐大众，我觉得事情没这么简单。有本杂志登了一篇评论，写到王妃应该是什么样子，可惜我没有机会拜读。艾美加和其他几个人看了，根据她的说法，评论认为麦克森要找一个表现优雅，而且跟他合照要好看的人，还有，她印在邮票上也得好看。

所以，现在我们全都穿着奶白色的低腰裹肩礼服，肩上斜挂一条厚重的红色肩带，轮流跟麦克森合影。这些照片会刊登在同一本杂志上，而杂志的人会选出他们认为好的那些。对于这种安排，我感到有点不舒服，这只能证实麦克森不过是在找一张漂亮的面孔，这正是我从一开始就反感的地方。认识他后，我很确认他不是这样想的，可是人们却把他想成这样，这让我很不高兴。

我叹了口气。有些女孩在附近走动，吃着健康小食，聊着天。但绝大部分人，包括我自己，都围在大厅里临时搭起的摄影棚里。巨大的金色挂毯挂在一面墙上，拖及地面，让我想起爸爸在家里用的大幕布。在它前面，一边是一个小沙发，另一边是个柱子。正中间是伊利亚国徽，为这件滑稽的事添了一点爱国色彩。每个候选人都要走到布景前拍照，围观的人很多都在低声议论喜欢什么，不喜欢什么，轮到她们时会怎么弄。

塞莱斯特神采飞扬地走到麦克森身边，跟他耳语了些什么。接下来，麦克森仰起头来大笑，点头认同她说的秘密。看着他们这样子感觉好奇怪，一个跟我处得来的人，怎么也能跟她做同样的事呢？

"好的，女士，请您看着镜头微笑。"摄影师喊塞莱斯特，她马上按他说的做。

她转向麦克森，把一只手放在他胸膛上，侧着头，露出专业的微笑。她看起来很清楚如何最有效地利用现场的灯光，而且还让麦克森挪了挪，又或坚持要换一个姿势。有些女孩拍的时候一点都不着急（尤其是那些还没有和麦克森单独约会过的），塞莱斯特却选择表现她有效率的一面。

在很短的时间内，她就拍好了，摄影师叫了下一位。在离开前塞莱斯特还使劲摸麦克森的手臂，我只顾着看她，都不知道是轮到自己了，后来是一个侍女轻声提醒的我。

我轻轻晃了晃头，让自己集中注意力，提起裙摆往麦克森的方向走去。他的目光从塞莱斯特转到我身上时，他显得更神采奕奕，这可能是我的幻觉吧。

"哈喽，亲爱的。"他称赞道。

"少来这套。"我警告他，可他只是偷笑了一下，伸出了手。

"等一下，你的肩带是歪的。"

"意料之中。"这个鬼玩意儿实在太重了，我每走一步都觉得它在往下滑。

"现在应该好了。"他开玩笑地说。

我也开玩笑："这个时候，他们就应该把你和水晶吊灯挂在一起。"我戳了下他胸膛上闪闪发亮的勋章。他身上的制服有点像警卫的制服，当然要精致很多，肩上有很多金色的装饰，后腰还挂着一把剑。的确有点夸张。

"麻烦看镜头。"摄影师喊我们。我抬头看见的不仅有摄影师，还有一双双瞪着我们的眼睛，神经顿时紧绷起来。

我在礼服上擦了擦手心的汗，呼了一大口气。

"不用紧张。"麦克森轻轻地说。

"我不喜欢大家都看着我。"

他把我拉得很近，然后把手放在我的腰上。我想往后退，可是麦克森的手臂把我牢牢地锁住了："你就用受不了的表情看着我吧。"他装出一副受气包的样子，让我不禁笑出声来。

摄影机在那一刻亮起了闪光灯，拍到我们同时在笑。

"看，"麦克森说，"也不是那么难嘛。"

"可能吧。"接下去我还是紧张了一会儿，摄影师说着各种指示，麦克森从紧抱的姿势换成离得稍为远点儿的，又把我转过去背对着他的胸膛。

"非常好。"摄影师说，"我们在沙发上也来几张？"

拍了一半后，我感觉好多了。我在麦克森身边尽最大努力坐得优雅，他却时不时戳我一下，挠我痒痒，让我的微笑慢慢变成了大笑。我只能希望摄影师拍到的是我的脸变形前的一刻，不然的话，就大事不好了。

我用眼角扫到有人向我们挥手，片刻后，麦克森也留意到了。一个穿西装的男人站在那边，明显在示意要和王子说话。麦克森点头让他说，他却犹豫了，看了看我，又看了看麦克森，示意我在场。

"没关系，让她在这里。"麦克森说，然后这个男人就走过来，跪在他面前。

"殿下，反叛分子袭击了密斯顿。"他说。麦克森叹了口气，疲惫地低下了头，"他们烧了一片农田，杀了十来个人。"

"密斯顿的什么地方？"

"西面，接近边境。"

麦克森缓缓地点了点头，看起来是把这个信息在脑海里归档了："我父亲怎么说？"

"殿下，就是他让我来问您的看法。"

麦克森有一秒钟很惊讶，然后说："动用苏挞至塔敏斯的部队去支援，不用往南到密斯顿了，去那儿没用。看看我们能不能中途拦截他们吧。"

男人站起来鞠躬："好的，殿下。"就像他突然到来一样，又马上不见了。

我知道我们本来应亥继续拍照，但麦克森现在心不在焉。

"你还好吗？"我问。

他一脸沉重地点了下头："还好，只不过，那些死伤者……"

"或许我们该先停一停。"我建议。

他摇了摇头，坐直了点，再次挤出笑容，拉起了我的手："这个职业需要你掌握的最重要的技能，就是无论你内心有多么不平静，都要做到处变不惊。请微笑，亚美利加。"

我打起精神，再次面向摄影机露出害羞的微笑。在最后这几张照片的拍摄中，麦克森紧紧握着我的手，我也回应以用力的紧握。那一刻，我觉得我们之间有一种真实而深厚的联系。

"谢谢你。请下一立。"摄影师接着叫。

SELECTION
—决 战 王 妃—

　　麦克森和我站起来时，他依然没有松开我的手："请不要透露任何信息，保密很重要。"

　　"当然，我明白。"

　　高跟鞋走在大理石上的声音离我们越来越近，这提醒我，我们并不是在独处，但我却想留在这儿。他最后又捏了捏我的手，便放开了。我往外走时，心里想着几件事：麦克森如此信任我，让我知道了这个秘密；还有，刚才有一刻我感觉现场只有我们俩。然后，我又想到了反叛分子，还有，国王通常都会急于下定论，所以有些事情不太对，可是，我不能跟任何人提。

　　"詹尼尔，亲爱的。"麦克森招呼下一个向他走去的女孩。对于他那么用力的讨好，我不禁笑了出来。他已经尽量压低声音，但我还是听到他说："在我忘记之前要先问你，你今天下午有空吗？"

　　我感到心里一沉，可能是刚才那些紧张感还没消失吧。

　　"她肯定做了非常不好的事。"艾米坚持这么说。

　　"听她说的可不是这样。"克瑞斯反驳。

　　杜斯迪拉着克瑞斯的手臂："她是怎么说的来着？"

　　詹尼尔已经被送回家了。

　　这次的淘汰对我们来说太难以理解了，因为这是第一次在没有触犯任何规矩的情况下，单有一个人被送走了。她肯定做错了些什么，所以我们都想知道发生了什么事。

　　克瑞斯的房间就在詹尼尔的对面，曾看到詹尼尔回来，是她被送走前最后见到的一个人。克瑞斯叹了口气，她这已经是第三次重复这个故事了。

"你们都知道，她和麦克森去打猎了。"她边说边挥着手，好像要理清头绪。詹尼尔的约会大家是知道的，昨天拍摄结束后，她可是跟所有愿意听的人都讲了一遍。

"那是她和麦克森的第二次约会，是唯一一个有第二次的人。"巴列艾说。

"不，她才不是。"我喃喃自语，有几个人听到我的话都转过头来看我。那是真的啊，詹尼尔是除了我之外，唯一和麦克森约会过两次的人。当然，我并没有刻意在心里数着。

克瑞斯接着说："她回来的时候是哭着的，我问她怎么了，她说她要走了，是麦克森让她走的。她这么难受，我就拥抱了她一下，问她发生了什么事，可她说不能告诉我。我不明白为什么，可能我们都不许说出被淘汰的原因吧。"

"那没有写在规则里，对么？"杜斯迪问。

"没人跟我提过这一点啊。"艾美回应，其他几个人也都认同地摇了摇头。

"那她后来说什么了？"塞莱斯特催促她。

克瑞斯又叹了口气："她让我要小心说话，然后就挣脱了我的怀抱，甩上了门。"

我们都沉默了片刻，都在思考。"她一定污辱了他。"爱莲娜说。

"呃，如果这是她要走的理由，就不公平了，麦克森不是说过，这个房间中有人在第一次见他时就已经骂过他了吗？"塞莱斯特抱怨道。

大家都四面张望，想从彼此的脸上看出谁是那个人，大概心里想着要把她也一起踢走。我紧张地看了玛莉一眼，她马上跳起来说话。

"或许她说了些关于国家大事的话？比如政治之类的？"

巴列艾咂咂嘴："拜托，那他们的约会得多无聊才会聊到政治啊。这儿的人当中，有人跟麦克森聊过任何有关治理国家的话题吗？"

没有人回答。

"你们当然都没有啦。"巴列艾接着说，"麦克森又不是在找工作伙伴，他是在找一个老婆。"

"你不觉得自己小看了他吗？"克瑞斯反对，"你不觉得，麦克森想要一个有想法、有见地的人吗？"

塞莱斯特仰起头大笑："麦克森能自己处理国家大事，他受的教育就是干这个的。而且，还有不同的人马帮助他做决定，所以，他为什么想让别人来教他怎么做呢？我如果是你，就会学着保持沉默，至少，沉默到他娶了你为止。"

巴列艾走到塞莱斯特的身边："他不会娶你们的。"

"必然的。"塞莱斯特面带微笑地说，"麦克森可以选择一个第二等级时，又怎会选一个第三等级的呆子呢？"

"喂！"杜斯迪喊了出来，"麦克森不在乎等级。"

"他当然在乎了。"塞莱斯特用一种好像是在跟小孩子说话的语气回答她，"不然你以为，第四等级以下的为什么全都不见了呢？"

"还在呢。"我举起手说，"如果你们都觉得自己了解他的想法，那你错了。"

"噢，这就是那个不知道什么时候该闭嘴的女孩。"塞莱斯特假装很得意地说。

我握紧了拳头，心里在盘算，动手打她究竟值不值得。这是她的阴谋吧？但在我做出反应之前，西尔维亚推门冲了进来。

"女士们，信来了！"她大喊，房间里的紧张气氛顿时就烟消云散了。

我们都看着西尔维亚，想拿到她手上的信。来皇宫已经两周了，除了到达后第二天曾听到家里的消息之外，这是我们第一次拿到家里来的信。

"让我看看。"西尔维亚边说边翻手里的信，浑然不觉几秒钟之前这儿差点要打起来的气氛，"丁妮女士？"她用眼神四处寻找她。

丁妮举起了手，往前走。"伊丽莎白女士？亚美利加女士？"

我差不多上是跑过去抢她手里的信的，实在太渴望听到家里的消息了。拿到信后，我就躲到一个角落里看。

亲爱的亚美利加：

我实在等不及周五的来临了，无法相信你能够跟加夫里尔·法德对话！你真是太幸运了。

我一点都不觉得自己幸运。明天晚上，我们都会被加夫里尔拷问，而且完全不知道他会问什么，我觉得自己肯定会出丑的。

要是能听到你的声音就好了，我很想念你在家里唱歌的时刻。妈妈在家不唱歌的，你走了之后，家里好安静。你能够在节目中向我挥挥手吗？

　　比赛还顺利吗？你是不是已经交到很多朋友了呢？你跟离开了的女孩说过话吗？现在妈妈总是说，你要是输了也没什么，走了的女孩子中，有一半回家后都已经和市长的儿子或名人订婚了。她说，如果麦克森不要你，会有人要你的。杰拉德希望你能嫁一个篮球运动员，别嫁给无聊老土的王子。但是，我不在乎他们说什么。麦克森是这么的帅气！

　　你亲过他了吗？

　　亲他？我们才刚认识，而且，麦克森也没有理由要吻我。

　　我敢肯定，他一定有全宇宙最好的接吻技术。我想，对一个王子来说，肯定是这样的！

　　我还有好多话想跟你说，但是，妈妈要我去画画了。快找时间给我写封真正的信，一封很长的信！要很多很多细节！

　　我爱你！我们都爱你。

小梅

　　所以，被淘汰了的女孩已经被有钱的男人们抢光了。我原来还真没想到，作为被未来国王淘汰下来的人，会成为一种抢手的商品。我顺着墙边走，思考着小梅的话。

　　我想知道究竟发生了什么事，在詹尼尔身上发生了什么事，也很好奇麦克森今晚是否还有约会，我真的好想见见他。

　　我的头脑不由自主地转着，想找一个能和他说上话的办法，同时，眼睛盯着手中的信纸。

小梅的信第二页基本上没写什么，我就把这页的空白处撕下来。其他女孩还沉醉在家书里，还有一些在互相分享新消息。在房间里转了一圈后，我停在女士空间的访客记录前，拿起了上面的笔。

我在撕下来的纸上快速地写下：

殿下：

任何时候。拉耳朵。

我假装要上洗手间，离开了房间，在走廊里四下张望，暂时没人。我就站在那儿等着，直到有一个侍女端着一盘子茶具过来。

"麻烦你？"我轻轻地叫她，在这种空旷的走廊里，声音传得很远。

女孩向我行了个屈膝礼："你好，小姐？"

"你是要把手上的东西送去给王子吗？"

她微笑："是的，小姐。"

"那可以麻烦你帮我把这个交给他吗？"我拿出那张折好的纸条。

"当然可以，小姐！"

她很积极地拿走了纸条，带着一种很兴奋的情绪走了。她离开我的视线后肯定会打开来看，但是，写得那么隐晦，我觉得很安心。

这儿的走廊引人入胜，每一条都比我家里华丽。有墙纸、镀金的镜子，还有很多巨大的花瓶，里面插着美丽的鲜花。地毯奢华，窗户擦得发亮，墙上挂着的油画也那么美。

有几幅画的作者我是知道的，比如凡·高、毕加索，也有我不知道的。还有一些我见过的建筑照片，其中之一就是传说中的白宫，相对我在历史书上看到的照片和文字，这个皇宫从大小和奢华的程度来讲都比不上它，真希望它还存在，我能去看看。

我走到走廊的另一头，站在一幅皇家画像前。这张作品看来有些年月了，在画中麦克森比他母亲还矮，现在，他已经比她高很多了。

在皇宫这段时间里，我只有在晚餐和《伊利亚首都报道》直播时才会看到他们在一起。他们都很注重隐私吗？他们心里是否不喜欢自己家里来这么多陌生的女孩？他们是否纯粹因为血缘和责任感才留在这儿呢？对于这神秘的一家人，我不知道该怎么想。

"亚美利加？"

听到自己的名字，我马上转身。麦克森正从走廊的另一端小跑着过来。

我感觉好像第一次见到他。

他没有穿西装外套，白衬衫两边的袖子都是卷起来的，脖子上的蓝领带松开了，还有平常往后梳好的头发，现在有点凌乱。跟昨天穿着制服的他反差特别大，现在他看起来有点孩子气，更真实了。

我愣在那里。麦克森跑到我面前，拉住我的手腕。

"你还好吗？发生什么事了？"他逼问我。

什么事？

"没什么，我很好。"我回答。麦克森松了一口气，我真没想到他竟会这么紧张。

　　"谢天谢地！收到你的纸条时，我还以为你生病或是家里出了什么事呢。"

　　"噢！噢，不是。麦克森，对不起，我知道这是个愚蠢的主意，但我又不知道你会不会来吃晚餐，可是，我想见你。"

　　"嗯，为了什么呢？"他还是皱着眉头看我，就像在检查我身上有没有受伤一样。

　　"就是想见你。"

　　麦克森停了下来，用一种不可思议的眼光看着我的双眼。

　　"你只是想见我？"他看起来又惊讶又喜悦。

　　"你不用这么惊讶吧，朋友之间就是要相处的啊。"我的语气在强调这是理所当然的。

　　"啊，因为我一周都没有时间找你，你生我的气了，是不是？我不是故意忽略我们的友情的，亚美利加。"现在，他又变回了一本正经的麦克森。

　　"不是，我没生气，我只是解释一下。你看起来很忙的样子，回去工作吧，等你有时间我们再见。"他还握着我的手腕。

　　"其实，如果你不介意的话，我可以留一会儿吗？他们在楼上开预算会议，我特别厌恶这种讨论。"根本没有等我回答，麦克森就把我拉到走廊中一扇窗下的短沙发上，坐下时我不禁笑了出来，"什么事情这么好笑？"

　　"你啊。"我微笑着说，"看到你这么厌烦工作，挺可爱的，这些会议有什么不好呢？"

　　"噢，亚美利加！"他再次看着我，"他们总是在绕圈子。父亲很会安抚顾问们，但是，要引导委员会往某个方向真是太难了。妈妈总是让父亲给教育系统多些支持，她认为受的教育越多，人们就越不可能成为罪犯，这点我倒是同意，可是，父亲不同意。他反对削减一些无关痛痒的预算，用来补给教育这一项。这简直是太让人生气了！而且，我又不是真正管事的，我的想法很容易被忽视。"麦克森把手肘支在自己膝盖上，然后把下巴搁在手上，看起来很疲惫的样子。

现在，我能够看到一点麦克森的世界了，但还是那么难以想象。他们怎能够不听未来君主的意见呢？

"我很抱歉。往好的方向看，未来你会更有影响力。"我拍拍他的背，想鼓励他。

"我知道，我也这么跟自己说。可是，如果他们现在就肯听我说，改变现在就能发生。太让人懊恼了！"他低着头冲着地毯说，我有点儿听不清楚。

"嗯，不要这么气馁，你妈妈的方向是对的，但单纯改变教育也不会带来真正的改变。"

麦克森抬起了头："你是什么意思？"他的声音里全是质疑的意味。也无可厚非，这是一个他花了很多力气推进的事情，而我却轻易地推翻了它。我想改变说法。

"嗯，相对于你这种等级才聘得起的那些高级辅导员，第六和第七等级的教育系统是很差劲的，我想，要是能给他们提供更好的师资，真是天大的好事。可是，那第八等级怎么办？难道他们不才是主要的犯罪高发人群吗？他们得不到任何教育。我觉得，他们要是能感觉到自己拥有些什么，任何东西都好，可能就可以鼓励他们走正途。

"而且……"我顿了一下，不知道接下来要说的话，对一个从来都饭来张口的男孩来说，会不会过于刺激，"你挨过饿吗，麦克森？不是因为没准备好不能去吃饭，而是真的没饭吃。如果真的没有食物了，你爸爸妈妈也没有，而你又清楚，别人一天的收入是你一辈子都挣不到的……你会怎么做？如果家人都要依靠你，为了所爱的人，有什么是你不能做的？"

他沉默了一会儿。之前，在那一次袭击中我们谈到过我的侍女，那时我们承认了相互之间有巨大的落差。今天这个话题就更有分歧了，我能感觉到他想避开这个话题。

"亚美利加，我并非不知有些人生活艰苦，但偷东西……"

"闭上眼睛，麦克森。"

他虽皱起眉，但还是听从了我指挥。等他闭上眼，表情放松后，我才开始说。

"在这个皇宫里的某个地方，有一个女人会成为你的妻子。"

我看到他的嘴角动了一下，那是一个有希望的笑容的起点。

"或许你还不知道是哪一张面孔，但请想一下那个房间里的所有女孩，想一下最爱你的那位，想象一下你的'亲爱的'。"

他的手本来放在沙发上，在我的手边，现在，他的手指轻轻掠过了我的手。我不好意思地往后缩了一下。

"对不起。"他喃喃说道，抬眼看了我一下。

"闭上眼！"

他咯咯地笑，然后恢复严肃。

"这个女孩，想象她很依赖你，她需要你珍爱她。让她觉得选妃根本就没有发生过，就好比，就算你是被推出门去挨家挨户地寻找，最后还是会选上她一样，她一定是你无论如何都会爱上的那一个。"

他脸上浮起了微笑，好像很有希望似的。可是，上翘的嘴角很快就拉下来了。

"她需要你的保护和照顾，如果真的到了完全没得吃的那一刻，在漆黑的夜里，你听着她饥饿的肚子发出咕咕的叫声，根本无法入睡……"

"不要再说了！"麦克森猛地站了起来。他走到走廊的另一头，站在那儿，背对着我。

我顿时觉得很尴尬，不知道这件事会让他如此难受。

"对不起。"我轻轻地说。

他点了点头，却依然着盯着墙看。片刻之后，他终于转回身来，眼光寻找着我的眼睛，眼神透露的尽是悲伤和疑问。

"真的是那样的吗？"他问。

"什么？"

"外面……真的会发生这种事？人们真的常常那样挨饿？"

"麦克森，我……"

"告诉我真相。"他的嘴抿成一条直线。

"是的，经常发生。我知道，在很多家庭里，人们常常需要把自己那份食物留给孩子们或弟弟妹妹们。我认识一个小男孩，因为偷了一点食物，被罚在市中心广场受鞭刑。有些时候，当你绝望了，你就会做出疯狂的事情。"

"一个男孩？多大？"

"九岁。"想起杰米那小小的背上一道道的疤痕，我的呼吸都在颤抖。麦克森摸了摸自己的背，就像他也感到痛一样。

"你有没有"——他清了清嗓子，"你有没有那样过？饿肚子？"

我缩了缩头，这个下意识的动作出卖了我。本不想告诉他这些。

"有多严重？"

"麦克森，这只会让你更难受。"

"或许吧。"他严肃地点点头，"但我现在才明白，我究竟有多不了解自己的国家。"

我叹了口气。

"我们家曾经很难，很多时候，如果我们必须得做选择的话，情愿把钱都用来买食物，而不是买电。有一年圣诞节最惨，天气非常冷，我们在屋里都得穿好多层衣服，看得见自己口中呼出的白气。而小梅不明白我们为什么不能交换礼物。而且，我们家吃饭是从来不会有剩余，总会有人想多吃一点。"

看着他的脸色慢慢变得惨白，我突然发觉，自己并不想让他难过。我需要换个角度，说点正面的。

"过去几周给我家的支票已经帮助很大了，家里很懂得管理金钱，我相信他们已经把钱存好，够我们用好长一段时间了。你已经帮了我很多了，麦克森。"我再次对他微笑，可是，他的表情依然没变。

"老天哪，当时你说你是为了食物才想留下，并不是开玩笑的，是吗？"他摇着头问我。

"真的，麦克森，我们最近已经好很多了，我……"但我没能说完想说的话。

麦克森走过来亲了亲我的额头。

"晚饭时再见。"

在离开的路上，他拉紧了领带。

第十八章

麦克森跟我说在晚餐上见，但他根本没来。王后是一个人进来的，她坐下时，我们都向她恭身示意，然后大家也都坐下了。

　　我巡视全场，看看有没有空椅子，也许他跟人约会去了。但所有女孩都在。

　　整个下午我都在回想跟麦克森说过的话。怪不得我从来交不到朋友，在这方面我真是笨透了。

　　突然，麦克森和国王走了进来。麦克森穿上了西装外套，但他的头发还是那样凌乱而帅气。他和国王走进来的同时，一直在交头接耳，我们急忙站起身来迎接。他们讨论得很热烈似的，麦克森挥动着双手在表达，而国王不断点头，对儿子的话显得有点不耐烦。他们走到头桌时，克拉克森国王重重地拍了一下麦克森的后背，表情严肃。

　　国王转向我们，脸上突然充满了热情，"噢，老天，亲爱的女士们，请坐。"他亲了亲王后的额头，自己也坐了下来。

　　但麦克森还是站在那儿。

"女士们，我有消息要宣布。"所有的眼睛都集中到他身上了。他能跟我们说什么呢？

"我知道按照选妃的规则，会给大家一定的经济补偿。"他的声音充满了威严，这种语气之前我只听过一次，就是在那个允许我去花园的晚上。当他利用自己的身份做好事时，实在太吸引人了，"可是，现在有一些新的财政安排。如果你身为第二或第三等级，就不能再接受补偿了。第四和第五等级会继续收到补偿，但是，金额也会比之前的少一些。"

有些女孩的嘴巴已经惊讶得张大了。钱是这件事的重要组成部分。比如说，塞莫斯特已经怒火中烧了。我想，当一个人有很多钱的时候，就会习惯性地想要更多吧。而且，想到像我这种人能拿到她拿不到的东西，肯定会特别抓狂。

"对于造成的不便，我深表歉意。明天晚上，我会在《首都报道》上解释清楚。还有，这是一个不能商量的情况，如果有人对新安排不满，也不想继续下去的话，晚饭后可自行离去。"

他坐了下来，又开始和国王说话。只是，国王看起来对晚餐比对儿子的话更感兴趣。对于家里收到的钱会变少，我有点失望，但是至少我们还能拿到一些。我努力把注意力集中在晚餐上，可是，大部分时候我都在想这件事究竟有什么意义。而且，我不是唯一一个没法专心吃饭的人，餐厅里全都是轻轻的议论声。

"你觉得这究竟是为什么啊？"丁妮悄悄地问。

"或许，这是个测试。"克瑞斯提出，"我猜，这儿有些人就纯粹是为了钱来的。"

听到她说的话，我看到菲奥纳用手肘碰了碰奥利维亚，冲着我的方向点了个头。我转过脸，以免她发现我看见了。

女孩子们纷纷给出各种推论，而我一直在盯着麦克森，希望他能看我一眼，我好拉一下耳朵向他示意，可是，他根本没有往我的方向看。

👑

玛丽和我单独待在房间里。今晚，我就要在《伊利亚首都报道》上面对加夫里尔（还有全国人民）了，而且，其他女孩全程都在直播现场，更别提全国观众也会观看，内心评头论足。如果说我在紧张，那真是太轻描淡写了。玛丽在一边列举了一连串她认为公众想知道的问题，而我只是坐立不安地待在一边。

我喜欢皇宫里的生活吗？麦克森为我做过最浪漫的事情是什么？我想家吗？我和麦克森接过吻了没有？

玛丽问我最后一个问题时，我不得不瞪她一眼。我一直在简单回答这些问题，不让自己想太多。可是我能看出来，她问最后这个问题完全是出于好奇心，她脸上的微笑足以证明。

"没有！拜托你了！"我装出生气的样子。但这个问题实在好笑，最后连我自己也忍不住傻笑，搞得玛丽咯咯笑起来，"噢，你就……你就不能去打扫吗！"

她就直接大笑出来了，在我制止她之前，安妮和露西手里拿着套衣服的袋子推门冲了进来。

露西的状态比我刚到第一天见到她时还兴奋，而安妮倒是满脸计谋的样子。

"这是什么？"我问。露西走到我面前轻快地行了个屈膝礼。

"我们给你做好了今晚上《报道》的礼服了，小姐。"她回答。

我皱起眉："又一件新的？为什么不穿柜子里那件蓝色的？你们不是刚做好的吗？我很喜欢啊。"

她们三个面面相觑。

"你们都干了什么？"我指着安妮挂在镜子旁边的衣袋。

"小姐，我们去找其他侍女聊了聊，听到很多事情。"安妮开始说，"我们知道你和詹尼尔女士是仅有的和殿下约会过两次的两位，而从这一点来看，我们觉得你和她之间可能有些关联。"

"怎么会？"我问。

"从我们听到的消息来看，"安妮接着说，"她被请走是因为说了你的坏话，王子并不认同她的说法，就马上遣她走了。"

"什么？"我一手捂住嘴，想掩饰我的惊讶。

"小姐，我们很肯定你是他最喜欢的一个，所有人都这么说。"露西开心地说。

"我想你们都搞错了。"我告诉她们，安妮微笑着耸耸肩，对我的话不置可否。

然后我想起来为什么会聊到这个话题："这跟我的礼服有什么关系呢？"

玛丽走到安妮身边，拉开袋子的拉链，露出一条耀眼的红色礼服，在窗外透进来的光线下闪闪发亮。

"噢，安妮！"我完全折服了："你的手艺更棒了。"

她点点头，接受了我的赞美："谢谢你，小姐，不过这是我们一起做的。"

"很漂亮，不过，我还是不明白这跟你说的有什么关系。"

玛丽把礼服从袋里拿出来，把它挂起来。同时安妮接着说："就像我说的，皇宫里很多人觉得你是王子最喜欢的一个，他对你的评价最高，更喜欢和你相处，而且，其他女孩子也都留意到了。"

"你是什么意思？"

"给你做的礼服，大部分缝制的工作都是在下面一个工作间里完成的，那儿有很多材料，还有做鞋子的地方，其他侍女也会去那边。今晚，所有人都要求穿蓝色的礼服。所有侍女都觉得这是因为你差不多每天都穿蓝色，而其他人想模仿你。"

"是真的。"露西插嘴应和，"杜斯迪女士和纳塔莉女士今天也像你那样，没有戴任何首饰。"

"大部分女士都要求穿设计更简单的礼服，就像你一直偏好的那样。"玛丽说明。

"还是不能说明你为什么做了一件红色的礼服。"

"当然是为了让你突出了。"玛丽回答我，"噢，亚美利加小姐，如果他真的喜欢你，你就需要保持出众的形象。你对我们一直这么友善大方，尤其是对露西。"我们都转头向露西，她同意地点头："你……你人这么好，做王妃就更好了，一定会很棒。"

我想找个理由不配合，明明最讨厌成为众人关注的焦点了。

"可是，如果大家的想法才是对的呢？如果麦克森喜欢我的原因，就是因为我不像其他人一样浮夸呢？然后你现在却想把我包装成那样，不会适得其反吗？"

"每个女孩都需要时不时地发一下光。而且，我们了解麦克森的大部分生活，他会喜欢这个的。"安妮说得那么肯定，我觉得自己没有办法反抗了。

我不知道如何跟她们解释，他送来的纸条，和我相处的时间，只不过是出于友谊。我不能告诉她们，这会毁了她们美好的憧憬；而且，我必须表现得很想留下来。我的确想留下来。我需要留下来。

"好吧，那我们穿上试试。"我叹了口气，依从了她们。

露西兴奋得上蹦下跳，安妮不得不提醒她这样子太没规矩了。我把丝一样的礼服从头上往下套，然后，她们合力把几个还没有合口的地方缝起来。玛丽利落地摆弄我的头发，看怎么梳最衬这件礼服。不出半个小时，我就准备好了。

为了今晚的特别节目，直播室的背景安排得和平常不一样。皇室的宝座还是如常安放在一边，我们的座位也还是在对面，但平常放在中心的讲台挪开了，改放了两把高脚椅，椅子上放着一个话筒，肯定是让我们跟加夫里尔对话用的。想想我都要紧张死了。

房间里确实充斥了各种深浅程度不同的蓝礼服，其中有一些偏向绿色，另外一些偏向紫色，但很明显的是蓝色主题。我马上就觉得很不自在，看到塞莱斯特的眼神，我决定绕着她走，不到最后一秒不去座位那边。

克瑞斯和纳塔莉从我身边经过，正在最后一次检查自己的妆容。她们都显得有点不开心，虽然，纳塔莉确实挺难以捉摸的。而克瑞斯跟大家看起来还是有点儿不一样，她的蓝礼服是往白色渐变的，就像冰柱子一点点融化到地上似的。

"你太明艳照人了，亚美利加。"她说的方式不像赞美，更像指责。

"谢谢。你的礼服太漂亮了。"

她用双手往下抚平不存在的皱折："是啊，我也很喜欢。"

纳塔莉用手摸我礼服上的袖子："这是什么材质？在灯光之下肯定会很闪。"

"我不知道，身为第五等级，我们很少能接触到好东西。"我耸了耸肩，低头看了一下这面料。我知道还有另外一条礼服也是用这种料子做的，但我根本没想过要问它的名字。

"亚美利加！"

我抬头看到塞莱斯特站在我身边，脸上挂着微笑。

"塞莱斯特。"

"你能跟我过来一下吗？我需要你的帮助。"

没等我反应过来，她已经把我从克瑞斯和纳塔莉面前拉开了，走到直播室深蓝色的幕布后面。

"脱下你的礼服。"她一边命令，一边拉开自己的礼服。

"什么？"

"我想要你的礼服，快脱啊！可恶的扣子。"她挣扎着要把自己的礼服脱掉。

"我才不要脱我的礼服。"我想转身离去，可惜没走两步，塞莱斯特的魔爪就抓住了我的手臂，把我拽了回去。

"啊！"我大叫，条件反射般护住手臂。看来肯定会留印了，希望没有出血吧。

"闭嘴！脱下礼服，快！"

我站在那儿，面无表情，打定主意不妥协。塞莱斯特必须要面对自己不能永远是伊利亚王国的焦点这件事。

"我可以给你脱。"她冷冷地说。

"我不害怕你，塞莱斯特。"我边说边抱起了双臂，"这件礼服是为我而做的，所以我会穿着它。下次你选礼服的时候，或许你应该做你自己，而不要学我。噢，等等，但这样子或许麦克森会看到你泼妇的真面目，就给你送回去了，嗯？"

她没有半点迟疑，举手撕下我一边的袖子，转身就走了。我愤怒得大口喘气，可是因为惊吓过度，一时也不知怎么办。低头看着身上被扯烂的布料，像块破布吊在身上。听到西尔维亚喊所有人落座的声音，我只能鼓起勇气从幕布后出来。

玛莉在她身边为我留了一把椅子。我看得见她看到我出现时那惊恐的表情。

"你的礼服怎么了？"她轻轻问我。

"塞莱斯特。"我厌恶地说。

坐在我们前面的艾美加和萨曼莎转过头来。

"她撕了你的礼服？"艾美加问。

"是。"

"去向麦克森举报她吧。"她请求，"那女的就是个噩梦！"

"我知道。"我叹了口气说，"下次见到他，我会跟他说的。"

萨曼莎表情伤感地说："谁知道有没有下一次呢，我还以为我们能和他多相处一些时间。"

"亚美利加，举下手。"玛莉指导我。她熟练地把撕碎的布掖进去，艾美加也帮忙拔了几根线头。然后，礼服看起来就像没发生过任何问题似的。而我手臂上的指甲印，嗯，幸好是在我左手上，镜头拍不到。

差不多要开始了，皇室成员最后一秒进来时，加夫里尔正在翻看手上的记录。麦克森穿着一身深蓝色的西装，在翻领上别了一个国徽的别针，看起来又精神又平静。

"晚上好，女士们。"他微笑着跟我们打招呼。

大家也都齐声回礼："殿下好。"

"先跟你们说一句，我会先宣布一件事，然后便邀请加夫里尔上台。换一下顺序真好，平常都是他请我出来！"他轻声笑了笑，我们也笑了，"我知道你们当中肯定有人觉得紧张，但是，真的没必要。请表现真实的自己，人们想要了解你们。"他在说这些话的时候，我们有了几次眼神的交会，但匆匆而过，我没法明白他有什么深意。他并没有留意到我身上的礼服，我的侍女们大概会挺失望的。

他走向讲台，给我们留下了一句，"祝好运"。

看得出来，有事要发生。我猜他等一会儿要宣布的事，跟昨晚的事有关系，但我还是想不明白那是什么意思。麦克森的小秘密让我分心了，以至于我没感觉到自己已经没那么紧张了。国歌响起，镜头聚焦在麦克森脸上时，我感觉好多了。我从小就看《报道》，麦克森从来没有这样跟全国人民讲过话。真希望刚才自己也有机会祝他好运。

"晚上好，伊利亚的女士们和先生们。我知道今晚大家都很期待，终于能看到留下来的二十五位候选人了。你们就要认识这些出色的女士们了，我衷心地感到期待，相信你们也会同意，这些女士们中无论任何一位，都可以成为出色的领导或未来的王妃。"

"在进行到这个部分之前，我想先跟大家宣布一个新计划，这对我本人来说特别重要。认识这些女士后，我对皇宫外面广阔的世界有了新的认识，那是一个我很少有机会了解的世界。有人告诉我，外面有着难以想象的美好，也有着不能言喻的黑暗。在跟这些女士们的沟通中，我明白皇宫外的大众生活也是很重要的，既了解了下层人民遭受的苦难，我决定要为他们做点什么。"

什么？

"要安排好这个计划最少需要三个月的时间，大概在新年的时候，每一个省服务办公室都会提供食物援助。第五、六、七、八等级的任何人，晚上都可以去那儿吃免费的、有营养的饭菜。希望大家清楚，在场的所有女士都贡献了全部或一部分的补助，来支持这个重要的项目。这个援助计划或许不可能一直持续下去，但是，我们会努力让它走得更久。"

我努力压抑着内心的激动和感谢，可是，有几滴泪还是落了下来。我知道接下来还有很重要的环节，我的妆不能毁，但内心的感激已经把这一点挤到第二位。

"我觉得，好的领导人是不会让人民饿肚子的。伊利亚国大部分的人口都是下层人民，我们忽视他们太久了。所以，我要踏出这一步，也希望其他人能加入进来。第二、三、四等级的人民……你开车走的路并不是魔术变出来的，你的房子也不是自动变干净的。现在，你们机会云附近的省服务办公室做出你的贡献了。"

他顿了一下："你出生时便受到了祝福，现在是你承认自己的幸福的时候了。这个项目开始后，我会给大家报告进展的，谢谢你们的时间。现在，让我们回到你们今晚收看节目的真正原因上吧。女士们，先生们，有请加夫里尔·法德！"

房间里有些人鼓起了掌，可是，很明显并不是所有人对麦克森的想法都感到兴奋。比如说国王，就是敷衍地拍了几下手，相对来说，王后倒是一脸自豪。顾问们复杂的心情都写在了脸上，不知道该怎么评价王子的做法。

"谢谢你的开场介绍，殿下。"加夫里尔小跑着来到背景里，对着话筒说，"说得真好！哪天如果你不想当王子了，可以考虑来娱乐圈工作。"

麦克森大声笑出来，走回自己的位置上坐下。现在镜头落在加夫里尔身上了，但是，看着麦克森和他父母，我实在不明白他们的反应为什么差别这么大。

"伊利亚国的人民啊，我们给你们准备了特别好的节目。今晚，我们会从每一个女孩身上挖出最新鲜的信息，我知道你们已经迫不及待地要见她们了，更想知道她们跟麦克森王子发展得究竟怎样了，所以今晚……我们会直接问！我们从"——加夫里尔看了一眼手中的字卡——"克莱蒙特省的塞莱斯特·纽萨姆开始吧！"

塞莱斯特从最高一排的座位上站起来，身体一扭一扭地走下台阶，走到加夫里尔面前时还亲了他两边的脸颊，然后才坐下。她的采访内容很老套，巴列艾的也是。她们都走性感路线，总是向前倾，想让镜头多拍点她们礼服里的风光。实在太假了，屏幕里她们的脸不断地转向麦克森抛媚眼。中间有好几次，当巴列艾故意舔嘴唇的时候，玛莉和我就会互相看一眼，马上转头不去看，免得忍不住笑出来。

其他人就比较沉稳。丁妮的声音像蚊子一样小，而且，采访中她好像越来越不自在。我知道她是个挺好的姑娘，希望麦克森不会因为她不善于表达，就把她除名吧。艾美加和玛莉都很优雅，主要的分别在于，玛莉的声音中充满了兴奋和激动，所以她越讲音调就越高了。

加夫里尔问了一连串不同的问题，但有两个问题在每个人身上都重复出现了："你对麦克森王子有什么看法？""你是那个冲他吼的女孩吗？"我一点儿都不想跟全国人民说，我责骂过他们未来的国王。感谢上帝，大家知道的情况是，我只这么干过一次。

所有人都很自豪地说她们不是那个骂他的人，而且，每个女孩都说麦克森人很好。她们绝大部分都用这个词：好人。塞莱斯特说他很帅。巴列艾说他沉静而强壮，这种说法让我觉得很别扭。有几个女孩被问到，麦克森有没有亲她们，但她们都脸红着说没有。在得到三四次否定的答案时，加夫里尔转向了麦克森。

"你亲过她们之中任何一位吗？"他一脸震惊地问。

"她们来了才两周！你以为我是个什么男人？"麦克森回答，语气好像很轻快，但其实有点坐立难安。我好奇他长这么大有没有亲过别人。

萨曼莎刚刚说完她在这儿过得很开心，麦克森就叫我的名字了。我站起身时，其他女孩鼓掌，对每个人我们都是这么互相鼓励的。我冲玛莉紧张地一笑，然后把注意力集中在双脚上，小心地走过去。当我走到椅子前，发现很容易就能看到加夫里尔身后的麦克森。我拿起话筒时，他冲我眨了下眼，顿时我就安心了许多。我根本不需要赢得别人认同。

我和加夫里尔握了握手，在他面前坐下。离得这么近，我终于能看清他衣领上的别针了，通过镜头根本看不到这些细节，但现在我看到这并不是一个强音标志的线条，而是一个"X"刻在了中间，整个别针就像一颗星星，非常漂亮。

"亚美利加·辛格，你的名字（America）真有意思，这背后有什么故事吗？"加夫里尔问。

"嗯，是有。我妈妈怀着我的时候，我总是会踢她，她说这个孩子肯定是个战士，所以她用这片土地之前的名字做我的名字，纪念当年誓死保卫这片土地的决心。是有点奇怪，但她说对了，我们的确一直在吵架。"

加夫里尔笑着说："听起来她也是个精力充沛的女人啊。"

"她的确是，我的固执都是从她那儿遗传的。"

"所以你很固执喽？有点脾气？"

我看到麦克森用手掩着嘴笑。

"有时候吧。"

"如果你有脾气，那么你是不是那个对王子大喊大叫的人呢？"

我叹了口气："是，那是我。而现在，我妈妈肯定犯心脏病了。"

麦克森向加夫里尔大叫："让她把整个故事说出来！"

加夫里尔快速地看了他一眼，又看看我："噢！是什么故事？"

我想瞪麦克森，但整个情况实在是太蠢了，根本没用。

"第一个晚上，我有点……幽闭恐惧，特别想到室外去，可是警卫们不让我出去，我差点儿就晕在一个警卫手上时，麦克森王子刚好路过，就让他们开门放我出去了。"

"噢。"加夫里尔偏着头发出感叹。

"是的，然后他还跟着我出去，想确认我有没有问题……可是当时我有点崩溃，所以当他跟我说话时，我基本上就是指责他自大和肤浅。"

加夫里尔笑得厉害，我的视线越过他的肩膀看着麦克森，他也笑得全身颤抖。更尴尬的是，连国王和王后也一起笑了起来。我没有转身看女孩们，但我听得见她们的笑声。好吧，太好了，现在她们终于不会再把我当成威胁了，我只是麦克森的娱乐节目而已。

"但是，他原谅了你？"加夫里尔用一种稍微严肃一点的语气问。

"是，挺奇怪的。"我耸耸肩。

"呃，那么现在你们两个的关系没问题了，你们一起都会干些什么呢？"加夫里尔回到正轨上来。

"我们一般都是去花园散步。他知道我喜欢室外。我们就聊天。"在其他女孩说了那么多之后，我说的好像有点惨淡，她们都是去影院，去打猎，去骑马，比我的故事要强多了。

但我突然明白他过去一周为什么突击跟大家约会了。这些姑娘需要有可以跟加夫里尔说的事情，所以他需要提供内容。但他什么都没跟我提过，还是有点奇怪的感觉。不过至少我现在知道，他为什么总是不在了。

"听起来挺轻松的。你会说花园是皇宫里你最喜欢的地方吗？"

我笑："或许吧，不过，这里的食物是那么精致，那么……"

加夫里尔又笑了起来。

"你是比赛中唯一还在的第五等级吧？你觉得你的等级会让成

为王妃的机会变小吗？"

我的答案根本没有过脑子就冲口而出："不会！"

"噢，天！你可真是相当自信啊！"加夫里尔对我这么热情的回答特别满意，"所以，你觉得你会把其他人都打败？会留到最后？"

我真心不是这么想的。"不，不是，不是这样的。我没觉得自己比其他女孩子好，她们全部都很棒。只是……我不认为麦克森会这么做，他不会因为一个人的等级而将她除名。"

我听到大家都倒吸了一口气，然后我就在脑海里过了一遍自己说的话，好几秒之后我才明白自己犯的错：我直接叫他麦克森了。关起门来跟别人用这个称呼是一件事，但在公众场合里，不带"王子"两个字而直呼其名就太随意了。刚刚，我居然在直播上这么做了。

我特意看看麦克森有没有生气。他脸上挂着镇定的微笑，所以应该没生气……但我实在很尴尬，脸应该已经通红了吧。

"啊，看来，你真是很了解我们的王子呢。跟我说一说，你是怎么看**麦克森**的？"

等待的时候我想过好几种答案，我本来是想拿他的笑声开个玩笑，或者把他希望妻子怎么叫他的名字说出来。而现在看起来，需要转回喜剧路线，但当我抬起眼来想要说话时，我看到麦克森的表情。

他真的想知道我的想法。

现在我和他成为朋友了，在这个可以说出我对他的真心感受的情况下，不能拿他开玩笑。他帮助我逃离回家后要面对的心碎，又给我家人送去了精美的食物，在我去找他时，他居然急忙过来看我是否受伤，这个人，我怎么可以拿他开玩笑。

一个月之前，我在电视上看到的是一个呆板、疏远、无趣的人，那是一个我无法想象自己可以爱上的人。现在，他虽然和我曾经爱过的人一点都不像，但他的确是值得爱的一个人。

"麦克森·斯威夫特是美好的典范，他一定会成为一个特别出色的国王的。他让应该穿裙子的女孩穿牛仔裤，而且，当有人因为不了解他而给他乱贴标签时，他也不生气。"我用力地看了加夫里尔一眼，然后他微笑了。在他的身后，麦克森饶有兴致，"他娶的女孩一定是个幸运儿，而无论我的将来怎样，作为他的国民我都会觉得很荣幸。"

看到麦克森�口水的动作，我垂下了眼。

"亚美利加·辛格，很感谢你。"加夫里尔跟我握手，"下一位是塔璐拉·贝尔女士。"

虽然我的目光没有从那两张椅子上离开过，可是排在我后面的女孩子说了什么，我一个字都没听进去。刚才的采访比我想象的要私人得多，所以我现在感觉无法面对麦克森，只能坐在那儿，在脑海中不断重放自己刚才说的话。

差不多一点的时候，有人敲我的房门。我用力打开门，麦克森正看着我翻白眼。

"晚上你真的需要有个侍女陪你。"

"麦克森！噢，对不起，我不是故意在大家面前这么叫你的，那实在太愚蠢了。"

"你觉得我生你的气了？"他走进来，关上房门，"亚美利加，你总是直接叫我名字，所以肯定会说漏嘴的，我只希望这种情况能在私下发生。"他露出一个狡猾的笑容，"但我完全不怪你。"

"真的？"

"当然，真的。"

"噢！我觉得自己今晚真是蠢到家了，简直无法相信你逼我说出那个故事！"我轻轻地拍了拍他的手臂。

"那是整晚最精彩的部分！妈妈觉得很有意思，她那个年代的女孩子，比丁妮都要胆小内向，而你，却说我肤浅……她都没办法不去回忆那一刻。"

太棒了，现在王后也觉得我是个刺儿头了。我们穿过房间走到阳台，一出去，就有一阵透着花香的暖风扑面而来，天上挂着又大又圆的月亮，加上皇宫内的灯光，让麦克森脸上有一种神秘的色彩。

"嗯，你觉得好玩就行。"我用手指摸着栏杆。

麦克森一跃坐在栏杆上，状态很轻松："你一直都很好玩，习惯习惯吧。"

嘿。他这也是接近幽默了。

"所以……关于你说的……"他试探性地开口。

"哪一部分？是我给你起外号呢，还是和我妈吵架，或是食物是我最大的动机呢？"我翻了翻白眼。

他笑了一笑："关于我很好那部分……"

"噢，怎么了？"那几句突然比其他任何话都更显尴尬，我缩着脖子，手里拧着衣角。

"我感谢你努力把事情弄得很正式，但你其实没必要这么做的。"

第十八章

我马上抬头。他怎么能这么想呢？

"麦克森，那真的不是为了节目才说的，如果你一个月前问我对你的看法，那肯定是很不一样的。但现在我认识了你，而且我知道了真相，你的确是我说的那样，甚至更好。"

他没有说话，脸上却带着微笑。

"谢谢。"他终于开口。

"不客气。"

麦克森清了清嗓子："他也会是个幸运儿。"他从栏杆上下来，走到我这一边。

"嗯？"

"你的男朋友，当他恢复理智，就会求你再接受他的。"麦克森一副就事论事的样子。

我笑了出来，在我的世界里，不会发生这种事情的。

"他已经不再是我男朋友了，而且，他说得很清楚，他不想再跟我在一起了。"连我自己都能听到自己声音中那一丝丝的希望。

"不可能，现在他在电视上看见你，肯定会又为你着迷。虽然，我还是觉得，那条狗实在配不上你。"麦克森说得就像这种情况他看过千万遍了，实在太无聊的样子。

"说到这个！"然后他声音提高了许多，"如果你不想让我爱上你的话，就不要再搞得那么美丽了。明天早上第一件事，我得跟你的侍女说，给你缝厂个麻布袋给你穿好了。"

我打了一下他的手臂："够了，麦克森。"

"我不是在开玩笑，你的善良与美好，让你更加美丽动人。在你离开时，我们可得派些警卫去保护你，因为你肯定不可能靠自己生存下去了，小可怜。"他摆出一副同情状。

"我实在没办法啊。"我叹口气，"天生丽质难自弃嘛。"我用手在脸旁扇着风，表现长得漂亮也是很累人的。

"嗯，我想你的确是没有办法。"

我咯咯一笑，有片刻没反应过来麦克森并不觉得这很好笑。

我往外面花园里看，眼角余光还是瞥到麦克森正在盯着我看，他的脸离我的脸特别近。我转头过想问他看什么时，惊讶地反应过来，他的距离近得足以马上亲到我了。

他真的吻上来时，我就更惊讶了。

我马上往后退了一步。麦克森也后退了。

"对不起。"他面红耳赤，含糊不清地说。

"你在做什么？"我惊慌地压低声音问。

"对不起。"他稍微侧过身，明显觉得非常尴尬。

"你为什么那么做？"我用手挡住了嘴。

"是因为……你之前说的话；还有，昨天你特意找我出来……就是你的行为……我以为你的感觉已经不一样了。而且，我喜欢你，我以为你能看得出来。"他转回来面向我，"还有……噢，我真的那么差劲吗？你看起来一点都不高兴。"

虽然我不知道自己现在是什么表情，但我努力换一个好些的。麦克森已经难为情地得不行了。

"真对不起，我从没吻过任何人。我不知道自己在做什么，我只是……对不起，亚美利加。"他重重地叹了一口气，不由自主地挠了挠头，靠在栏杆上。

我的确是没料到，却感觉有一股暖流涌进心窝里。

他希望的初吻对象竟然是我。

我想着现在我所认识的麦克森，是一个被大家赞许的男人。我打赌输了，他还是给了我想要的东西；而且，无论我是在肉体上还是情绪上都伤害了他的时候，他还是会原谅我。我明白了，我真的不介意他吻了我。

没错，我的确还对艾斯本有感情，这点我没有办法改变。但是，如果我已经不能和他在一起，又是什么阻碍我和麦克森在一起呢？只不过是我之前对他的错误想法而已，而那跟真正的他完全不一样。

我走近他，伸出手揉了揉他的额头。

"你在做什么？"

"我在揉掉刚才的记忆。我觉得我们能做得更好。"我揉完就放下手，在他身边学他那样靠着栏杆，面向我的房间。麦克森没有动……但他笑了。

"亚美利加，我不觉得你可以做到。"嘴上是这么说，但他的表情充满期待。

"我们当然可以。何况，除了你和我，还有谁会知道？"

麦克森看了我片刻，很显然在想是不是真的可以，他看着我的眼睛，然后我看到有一种保守的自信在他的脸上慢慢漾开。我们就这样子沉默了一会儿，然后我才想起来自己说过些什么。

"天生丽质难自弃。"我低语。

他靠近了些，一只手臂环抱着我的腰，让我们能够面对面，脸凑过来时鼻子蹭上我的鼻子，有点痒。他的手指轻轻地在我脸上滑过，就像他害怕再重一点我就会碎掉。

"嗯，我想你的确是没有办法。"他吐了口气。

他用手扶着我的脸往他的脸靠近，低下头，他的唇轻轻地碰上我的唇。

这轻轻的一吻让我觉得很美好。他什么都不用说，我也能明白他对这件事也是既兴奋又害怕。而且，比这些感觉更深刻的是，我能感觉到，他是真的珍视我。

所以，这就是被当成一个淑女的感受吧。

过了一会儿，他退后一步问我："这样好点了？"

我只能点头，而麦克森兴奋得想要做个后空翻了。我其实也满心兴奋，因为出乎意料。这发生得太快、太奇怪了。我的表情肯定有些迷茫，因为麦克森的表情也变严肃了。

"我可以说几句吗？"

我再次点头。

"我不会蠢到以为，你已经把前男友完全忘掉了。我知道你经历了些什么，也知道你并不是在普通的情况下来到这儿的。我还知道，你认为这儿有别的女孩更适合我，更适合这种生活，所以，我不想催促你马上对这一切改观。我只是……想知道，如果可能……"

这是一个很难回答的问题。我想过一种自己从没设想过的生活吗？在他需要和其他人约会来确保自己不会选错时，我能平静地看待吗？我愿意去分担他身为王子所要肩负的责任吗？我愿意爱他吗？

"嗯，麦克森，"我轻声说："有可能。"

THE
SELECTION
第十九章

我没告诉任何人我跟麦克森之间都发生了什么，甚至跟玛莉和我的侍女也没有说。这就像个甜蜜的秘密，在西尔维亚那些无聊的课上，又或在女士空间百无聊赖的时光里，我都在脑海里重播那些美好时刻。而且，说实话，我想起那两个吻（尴尬的那个和甜美的那个）的次数比自己想象的要多。

　　我知道自己不可能一夜之间就爱上麦克森。我知道自己的心不会变得这么快，但我又突然发现，自己现在所在的这个地方，有些东西可能是我想要的。虽然我不止一次差点冲口说出这个秘密，但我还是忍着，只在脑海里不断思索。

　　尤其是在三天之后，奥利维亚跟来女士空间的一半的女孩宣布，麦克森亲了她。

　　我没法相信自己当时有多失落。我突然发觉自己总盯着奥利维亚看，想知道她到底有什么特别的。

　　"告诉我们所有细节！"玛莉坚持说道。

其他女孩子也都好奇，可玛莉肯定是最热心的那一个。和麦克森最后一次约会后的这一小段时间以来，她对其他人身上的进展好像更热心了，我说不准为什么会有这种改变，但又没有勇气直接问。

奥利维亚根本不需要别人的怂恿。她在旁边一张沙发上坐下后，还把裙摆摊开放在上面，一副练习王妃的样子的做派。我真想跟她说，那一个吻不代表她会胜出。

"我不想说太多的细节，但那真是挺浪漫的。"她还是一股脑儿地说出来，下巴都快缩到胸口了，"他带我上了天台，那个地方有点像个阳台，但看起来又像是警卫才会用的地方，我说不清楚。在那儿，我们能看到城墙外面，整个城市都在闪闪发光。他其实也没说什么，只是把我拉到怀里亲了我。"她兴奋得全身都颤抖了。

玛莉叹了口气，塞莱斯特看起来马上要摔东西了。我就坐在那儿。

我一直在跟自己说不能太在意，选妃本就如此。而且，谁说我真的想和麦克森在一起了？说实话，我应该觉得自己很幸运才对，在那次礼服事件后，塞莱斯特终于有一个新的敌对目标了（我突然想起自己忘记跟麦克森提这件事了），她的注意力不在我身上实在太好了。

"你觉得他只亲过她一个人吗？"杜斯迪在我耳边问。站在我身边的克瑞斯听到她发问，也插嘴进来。

"他不会随便亲任何人的，她肯定做对了什么。"克瑞斯感叹道。

"如果他已经亲过这儿一半的人，但大家都不说呢？可能是她们的策略也说不定。"杜斯迪在瞎想。

"我不觉得不吱声的人就一定是把沉默当作策略啊。"我提出异议，"她们可能就是不爱张扬。"

克瑞斯吸了一口气："假如奥利维亚告诉我们这件事只不过是个阴谋呢？现在我们全都担心了，而且，我们之中也没有人会真的去问麦克森，他究竟有没有真的亲过她啊，根本没办法验证她是不是在撒谎。"

"你觉得她会这么做吗？"我问。

"如果她真的是在胡说，那我只后悔自己没有先想到这一点。"杜斯迪期待地说。

克瑞斯叹口气："这比我想象的要复杂多了。"

"还用你说吗？"我喃喃自语了一句。

"在场的所有人我基本上都喜欢，可是，每当我听说麦克森跟某一个人去做了什么时，我只想知道自己究竟怎样做才可以比这个人好。"她坦言，"但我又不想针对你们有这么大的竞争心理。"

"就像那天我跟丁妮说的一样，"杜斯迪说，"我知道她有点儿胆小，但她也很淑女啊，我觉得她会是个好王妃的。所以，就算她比我得到更多的约会，我也不会生她的气，当然我自己也是想要皇冠的了。"

克瑞斯和我对看了一眼，我觉得我们都在想同一件事。她说的是**皇冠**，而不是**他**。但我没有追究这一点，因为她说的另一点跟我不谋而合："玛莉也常常和我说起这件事，我们从对方身上也看到很出色的品质。"

我们面面相觑，感觉有些不太一样了。突然之间，我不那么嫉妒奥利维亚，也不那么讨厌塞莱斯特了。我们以不同的方式来经历这件事，或许目的也不尽相同，但至少，我们是一起经历这件事的。

"安伯莉王后说得可能没错，"我说，"唯一能做的事，就是做自己。我情愿麦克森因为我是我，而送我回家，也不愿意他因为我装作其他人，而把我留下。"

"这是真话。"克瑞斯说，"而且，最终，三十四个人都得离开，如果我是最后留下来的人，我希望得到所有人的支持。所以，我们也尽力互相支持吧。"

我点头，同意她的观点。我觉得我可以做到。

伊莉斯突然冲了进来，佐尹和艾美加紧跟其后。她往常都很淡定，慢条斯理，从来没见她提高过音量。今天，她居然转过头冲着我们尖声大叫。

"看看这些发夹！"她大喊，指着两个镶着貌似价格不菲的宝石的发饰，"麦克森送给我的，漂不漂亮？"

整个房间又掀起了新一轮的兴奋和失望，而我刚刚重拾的自信又不见了。

我尽力抑制自己失望的情绪，不管怎样，我不也收到过礼物吗？我不也被吻了吗？可是，当房间里有更多的女孩进来，更多的故事被重复述说，我发觉自己只想找个地方躲起来。或许今天是和我的侍女们待在一起的好时机。

我正考虑开溜的时候，西尔维亚进来了，一脸又兴奋又紧张的表情。

"女士们！"她大声说，想让我们安静下来，"女士们，你们都在这儿吗？"

我们全体都回答是。

"那就太棒了。"她安静下来,"我知道接下来的消息有点突然,但我们也是刚刚接到消息,斯文伟国的国王和王后三天内会来访,你们也都知道,我们两国是有联姻的。并且,王后的家人也会来探望你们。所以,皇宫将会住满人。现在,我们只有很短的时间准备了。所以,把你们的下午空出来吧,在午餐后,马上去大厅上课。"她说完就转身离开了。

♛

看到在花园里支起的巨大帐篷,还有在草坪上摆好的食物和饮料台,你可能会以为皇宫的工作人员花了很长的时间来准备。守在外面的警卫比平常人数多,而且其中还有斯文伟国王和王后带来的士兵。我想,连他们都知道这里的皇宫不太安全吧。

有一个帐篷里摆好了国王、王后和麦克森的宝座,旁边还有斯文伟国王和王后的专座。斯文伟国的王后(她的名字我实在不会发音)跟安伯莉王后一样美丽,而且两人关系明显非常好。除了麦克森,两国的国王和王后都在帐篷里待得很舒服的样子。麦克森则是忙于同各位姑娘和亲友应酬寒暄。

见到同辈的表兄弟姐妹们,麦克森看起来很兴奋,就算是面对那几个不断拉他领子的淘气鬼,他也一样高兴。他拿出其中一部照相机追着小朋友们拍,几乎所有候选姑娘都以崇拜的眼光看着他。

"亚美利加。"有人叫我。我转向右手边,看到爱莲娜和莉亚跟一个同王后长得很像的女人在说话,"过来见王后的姐姐。"爱莲娜的语气中有一种特别的意味，让我有些紧张。

我走过去，跟这位女士行了屈膝礼，她笑着说："快别这样，亲爱的，我不是王后，我叫阿黛尔，是安伯莉的姐姐。"她伸出一只手，我握住了。在握手的同时，她打起嗝来。这个女人有轻微的口音，而且她有一种让人觉得像回家似的舒服感。她有点晃悠，手中举着一个快见底的酒杯，看她混浊的眼光，很明显不是第一杯了。

"你是哪儿人？我很喜欢你的口音。"我说。她的口音和几个从南方来的女孩子有点像，这种声音在我听起来很浪漫。

"洪都让洼，就在海边上。我们在一间非常小的房子里长大的。"她用食指和拇指比了一个大概只有一寸的距离，"你看现在的她，再看看我，"她说着，又指指身上的礼服，"多大的变化。"

"我住在卡罗莱纳。父母带过我去过一次海边，我很喜欢。"我回答她。

"噢，不，不，不，孩子。"她不断地摇头。爱莲娜和莉亚好像是在忍着不笑，很明显她们认为王后的姐姐不应该这般表现，"伊利亚中部的海滩跟南部的比真的连垃圾都不如，你以后一定要自己去看看。"

我微笑着点点头，我当然想去看本国的各个角落，但又很怀疑会不会有这样的机会。不久之后，阿黛尔的小孩们都过来找她，把她拉走了，然后爱莲娜和莉亚终于大笑出声。

"她是不是很搞笑？"莉亚说。

"我不知道。她很友善。"我耸耸肩回答她。

"她多粗俗。"爱莲娜回答，"你应该听听在你过来前她在说什么。"

"她什么地方有问题呢？"

"你以为经过这么多年，她怎么也得学会一些礼仪了吧？西尔维亚怎么可能放过她呢？"莉亚满脸不屑地说。

"需要我提醒你吗，她出生时是第四等级，跟你一样。"我抢白她。

她扬扬自得的脸马上拉了下来，好像想起来，自己和阿黛尔也不是那么不一样。可是身为第三等级的爱莲娜却接着说：

"我敢跟你打赌，如果我胜出，我的家人要么接受训练，要么驱逐出境。我才不会让他们这样给我丢脸呢。"

"什么事情丢脸了？"我问。

爱莲娜咧着嘴："她都喝醉了。斯文伟国的国王和王后都在这儿，她理当被关起来才对。"

我听够了，决定离开她们，去给自己拿点酒。拿到一杯酒后，四处找也没找到我想待的地方，这个招待酒会很漂亮也很有意思，但实在是太奢华了。

我回味着爱莲娜的话，如果我是最后留在皇宫里生活的那个，我会期待家人为我改变吗？看着满场奔跑的小孩子，还有那些正在快乐地叙旧的人们，难道我不希望肯娜还是原来的样子，不希望她的孩子们只是单纯享受这一切吗？

皇宫的生活会怎么改变我这个人呢？

麦克森会希望我改变吗？那是他去亲别的女孩子的原因吗？因为我身上有些不太对劲儿的地方？

接下来的进展都会这么让人烦躁吗？

"笑一个。"

刚一转身，麦克森就给我拍了一张，我被这突如其来的举动吓得退了一步。这张出人意料的照片磨光了我最后一点耐心，我转过身去。

"有什么不对了？"麦克森问，放下了照相机。

我耸了耸肩。

"发生什么事了？"

"我今天并没有走入选妃竞争的状态。"我冷冷地回答。

麦克森并没有退缩，他走近一步低声说："你想找人聊聊吗？我现在就可以拉下耳朵。"他提出来。

我叹了口气，努力挤出一个礼貌的微笑："不，我只是想思考一下。"我转身离开。

"亚美利加。"他轻轻地叫我，我停下来转身面向他，"我做错了什么吗？"

我犹豫了，是不是应该直接问他有没有亲奥利维亚？是不是该告诉他，自从我们之间的情况不一样之后，我和其他女孩子之间的关系变得很紧张？是不是该告诉他，我不想改变我自己或我的家人来迎合这一切？当我准备把一切说出来时，身后突然传来一个高昂的声音。

"麦克森王子？"

我们转身，看到塞莱斯特站在那儿，正在和斯文伟的王后说话。她挥着手让他过去，很明显她希望麦克森过去陪她说话。

"你还是快点过去吧。"我的声音中又有压抑不住的不耐烦了。

麦克森看着我。他的表情提醒我，这是早就说好的情况，我是必须要接受的。

"你小心这一位点儿。"我匆匆向麦克森行了屈膝礼就走开了。

我往皇宫里走，路上留意到玛莉一个人坐在一边，这个时候，我甚至不想和她在一起。但是，我注意到她坐在皇宫后墙下被太阳直晒的长凳上，离她最近的是一个守在不远处的年轻警卫。

"玛莉，你在做什么？快进帐篷，你会被晒伤的。"

她礼貌地笑了笑："我在这儿很好。"

"不，真的。"我说，一手放在她的手臂上，"你会晒得像我的发色那样的，你应该……"

玛莉硬生生地摆脱了我的手，但说话的声音还是很轻："我想留在这儿，亚美利加，我想在这儿。"

她的表情告诉我她正努力地掩饰紧张。我很肯定她不是在生我的气，但肯定有什么问题。

"好吧。那不要晒太久哦，晒伤可是很痛的。"我也掩饰着自己的沮丧，继续向皇宫走。

一走到里面，我就决定去女士空间，因为我不能失踪太久，而那个房间至少现在是空的。但当我走进去时，我发现阿黛尔坐在窗边，看着外面的人。我进去时她转身冲我笑了笑。

我走过去坐在她身边："你在这儿躲避啊？"

她微笑："差不多。我想认识你们，又想见我妹妹，但我特别不喜欢这种场合变成国宴，让我特别紧张。"

"我也不喜欢，无法想象整天都要做这种事情。"

"可不是嘛。"她懒洋洋地说，"你是第五等级那个，对吧？"

她说话的方式在我听来并不刺耳，比较像在问我是不是同类一样："是啊，就是我。"

"我记得你，你在机场很友善，那也是她会做的事情。"她说，点头示意她指的是窗外的王后。她叹了口气："我不知道她是怎么做到的，她比我认识的大部分人都坚强。"我看着她拿起一个酒杯，一口一口地喝。

"她的确显得很坚强，也很淑女。"

阿黛尔神情一亮："是的，但不只这些，你看看现在的她。"

我看着王后，留意到她的眼睛越过了草坪，落在麦克森的身上。他正站在塞莱斯特的身边和斯文伟国王后说话，脚下有一个表弟抱住了他一条腿。

"他本来会成为个很好的哥哥或者弟弟。"她说，"安伯莉有过三次流产。在他之前有两次，之后有一次。她告诉我，她还会想起这些事。而我，有六个孩子。每次来这儿，我都觉得有罪恶感。"

"我敢肯定她不是这么想的，她肯定很喜欢你的来访。"我安慰她。

她转身看我："你知道什么事情能让她高兴吗？是你们。你知道她最希望拥有的是什么吗？一个女儿。她知道，当这件事结束的时候，她就会有两个孩子了。"

我的视线从阿黛尔身上转回王后身上："你是这么想的？她一直显得有点疏远，我甚至还没有和她说过话。"

阿黛尔点点头："你等着瞧吧。她很害怕对你们产生依赖，然后又要看着你们离开。当你们只剩下几个的时候，你就知道了。"

我看着王后，又看看麦克森，最后转到国王身上，然后，又转回阿黛尔脸上。

我的脑海里浮现了很多事情。无论哪个等级、家庭都是一样的，母亲们都有相似的烦恼。还有，这儿任何一个候选女孩无论做了多么错误的事，我也不可能恨她们。外面的每一个人，都因为各自的原因而戴上坚强的面具。最后，我想到麦克森给我的承诺。

"抱歉，我需要去找人说会儿话。"

她抿了一口杯中的酒，高兴地跟我挥手告别。我跑出了房间，回到花园里刺目的阳光下，花了好一会儿工夫才找到麦克森，他和他的小表弟正在追逐打闹。我微笑着悄悄地走近他们。

麦克森终于停了下来，摇着手投降。他大笑着，转头看到了我。但当我们的眼神对上后，他的笑容就消失了。他看着我的脸，想找出我情绪变化的蛛丝马迹。

我咬着嘴唇往地上看。作为选妃一员被关注，很明显地代表着我要去处理很多并没有心理准备的情绪。不过，无论我打算怎样消化这些事，一定不能发泄到其他人身上，尤其是麦克森。

我想到王后，她同时在招待别国的领导人、她的家人和一大帮子姑娘，却能很好地管理所有事务，支持公共事务。她协助丈夫、儿子和整个国家。在这一切之下，她曾是一个成长环境并不太好的第四等级，但从来没有让之前的等级或现在的烦恼阻止她做任何事。

我看着麦克森，露出了笑容。他也慢慢地笑了，然后跟小男孩低语了什么，小男孩马上转身走了。他举手拉了拉耳朵，然后，我也做了一样的动作。

第二十章

王后的家人只住了几天，而斯文伟国的访客则住满了一周，并在《报道》上出镜谈到国际关系，以及争取两国和平共处的各种努力。

　　到现在，我在皇宫已经住了一个月，感觉就像在自己家里。我的身体在这儿的气候中如鱼得水，皇宫的温暖像天堂那般美妙，每天都像在过节。九月马上就要结束了，晚上也会变凉，可还是比我家那边要暖和多了。而且，这个巨大的空间也不再像个迷宫了。大理石地板上的高跟鞋声、水晶杯子的碰撞声、警卫列队行进的声音——这些都变得跟冰箱的震动或杰拉德往墙上踢球的声音一样熟悉。

　　和国王一家人吃饭，还有在女士空间的时间都是我日程表上的固定项目，但每天的中间时段都有新鲜的安排。我会花不少时间练习音乐，皇宫里的乐器比我家里的强太多了，它们的音质好得超出了我的想象。不得不承认，它们已经把我惯坏了。而在女士空间的时间，也因为王后的加入而变得更有意思。她已经来过两次了，但还没有跟任何人真正说过话，只是坐在一张很舒适的沙发上，看着我们读书和聊天，旁边站着她的侍女们。

总体上来说，大家也不再那么针锋相对了，我们都在习惯彼此的存在。后来，我们知道了杂志挑出来的合照，我很惊讶自己居然在头几位，玛莉是第一位，克瑞斯、塔璐拉和巴列艾紧随其后。知道这个消息后，塞莱斯特有好几天不跟巴列艾说话，但最后，所有人都不在乎这件事了。

更容易带来紧张气氛的是传来传去的小道消息，谁最近跟麦克森约会了，肯定忍不住要广播各种细节，而且每个人说的方式，就好像麦克森将会娶六七个老婆一样。当然，不是每个人都有这么多约会可以夸口。

比如说，玛莉就和麦克森约会了好几次，所以大家都挺紧张的。可是，之后的几次，她再也不像第一次约会后那么兴奋了。

"亚美利加，如果我告诉你，你得发誓绝对不会跟任何人说。"我们走进花园时她说，我就知道这肯定是件很严重的事。她一直等到我们离女士空间很远，连警卫们也都看不见了才开口。

"当然了，玛莉。你还好吗？"

"嗯，我很好，我只是……想知道你对某件事的看法。"她一脸的凝重。

"出什么问题了？"

她咬着嘴唇："是关于麦克森的，我不觉得我们能行。"她低下了头。

"你为什么这么想呢？"我担心地问她。

"嗯，首先，我不……我什么**感觉**都没有，你明白吗？没有火花，没有感应。"

"麦克森有时候是挺害羞的，你需要给他点时间。"这是真话，我很惊讶她居然不了解这一点。

"不，我是说，我不觉得**自己**喜欢**他**。"

"噢。"这就完全不一样了，"你试过了吗？"这问题是有多蠢。

"有！用尽力气了！我一直在等他说点什么，或者做点什么，能让我觉得我们之间是有共通点的，但这个时刻一直都没有出现。我觉得他很帅，但这不足以支持一段感情。我甚至不知道他对我有没有感觉，你知道他喜欢什么样的吗？"

我想了想："其实，我也不知道。我们从来没有谈过他在外表上喜欢什么样的。"

"这又是一个问题！我们从来不聊天，他跟你倒是滔滔不绝，但我们好像从来没有什么话可以说，我们在一起就是安静地看点什么或玩玩牌。"

她脸上的担忧越来越重。

"我们在一起时，有时候也是沉默的，只是坐在那儿什么都不说。而且，这种感觉不是一天半天就能产生的吧，或许你们两个都慢热呢。"我努力想说点安慰人的话，因为玛莉看起来马上就要哭了。

"说真的，亚美利加，我觉得自己能留在这儿是因为人民很喜欢我。我想，公众的想法对他来说很重要。"

我倒是从来没有这么想过，但听起来有些道理。以前我忽略了民意，但是，麦克森爱他的人民，所以他们对选妃结果的影响也是非常大的。

"更何况，"她轻轻地说，"我们之间的感觉是那么……空洞。"

然后，她的眼泪就掉下来了。

我叹口气，伸手去抱她。我真心希望她能留下来陪我，但是，如果她不爱麦克森的话……

"玛莉，如果你不想和麦克森在一起的话，我想，你需要告诉他。"

"噢，不，我觉得我不能说。"

"你要说，他不想娶一个不爱自己的人。如果你对他没有感觉，他需要知道。"

她摇了摇头："我不能主动提出离开！我要留在这儿，不能回家……不是现在。"

那一刻，我很好奇，玛莉是不是和我一样，有个不可告人的秘密，或许，她也需要离某个人远点儿。我们之间唯一的分别在于，麦克森知道我的情况。我好希望她说出来！我希望自己不是唯一一个因为这么荒谬的理由跑到这儿来的人。

但是玛莉的眼泪来得快，也去得快，吸了几下鼻子就没事儿了。她抚平身上的礼服，耸了下肩膀，便转过来面向我，脸上换上一个坚强又温暖的微笑，接着说：

"你知道吗，我想你是对的。我相信只要多一点时间，事情就会有转机。我要走了，丁妮在等我呢。"

玛莉小步跑回皇宫。刚才她究竟是怎么了？

第二天，玛莉避开了我；接下来那一天，也在躲我。我特意在女士空间中跟她保持一定的距离，每次碰上，我都会跟她示意，希望她能信任我，我不会逼她说不想说的。

四天之后她才给我露出了一个伤感和理解的微笑，而我只是点了点头。无论玛莉的心里在想些什么，她不愿说的话我也就只好不问了。

同一天，当我在女士空间的时候，麦克森来喊我出去。我必须承认，出门冲进他的臂弯时，我的确是兴奋得笑了出来。

"麦克森！"我深吸了一口气，投进他的拥抱。当我抽身后退，他显得有点不知所措。而我知道原因，那天我们从斯文伟国的招待区出来时，我坦白不知道如何处理自己的情绪，而且要求他在我想明白之前，不要再亲我。看得出来，他有点受伤，但点头接受了。他表现得像个男朋友，事实上却又不是，那种感觉实在太难解了。

在卡米尔、米凯拉和拉娜被送回家后，还有二十二位女孩在这儿。卡米尔和拉娜只是单纯的没有任何竞争力，走的时候也没引起任何关注。而在两天之后的早餐上，米凯拉突然泣不成声，原来是想家了。麦克森把她从餐厅里送出去，一路拍着她的肩安抚她。他对这些姑娘的离去看起来并没有想法，更乐于把精力集中在留下的人身上，其中包括我。但他和我都明白，在我没想明白我自己的心是在谁身上时，他要是把他的心完全寄托在我这里，那就太傻了。

"你今天还好吗？"他退后了一步。

"当然很好。你在这儿做什么呢？你不应该在工作吗？"

"基建委员会的委员长生病了，所以会议改期，这个下午我完全自由了。"他双眼放光，"你想去干点什么吗？"他伸出一只胳膊让我扶着。

"什么都好！皇宫还有那么多地方我没去过呢，这儿还有马是吗，还有电影院，你还没带我去过呢。"

"那就去吧，我需要做点放松的事。你最喜欢什么样的电影呢？"他领着我走向楼梯口，应该是通往地库的入口。

"说真的，我不知道。我没有机会看电影，但是我喜欢浪漫的小说，还有喜剧！"

"你说浪漫？"他故意不怀好意地挑着眉毛问我，我自然是大笑出声。

转过一个弯，我们边走边说。当我们走近一群警卫时，他们纷纷靠边站，并且对我们敬礼。这个走廊里肯定就有十来名警卫，现在我已经很熟悉他们的存在了，多少人也不会让我从马上要跟麦克森去玩的兴奋中分神。

真正令我停下来的，是有人在我经过时倒吸一口冷气的声音。麦克森和我同时转身。

站在那儿的是艾斯本。

我也倒吸了一口气。

几个星期前，我听皇宫里有人提过征兵的事儿，当时的确想起过艾斯本，但由于我是在赶去上西尔维亚课的路上，也没工夫多想。

这样看，他还是被选上了，有那么多地方可以去……

麦克森留意到了："亚美利加，你认识这个年轻人吗？"

离上次见到艾斯本已经有一个月的时间，但这还是那个我朝思暮想了几年的人啊，他现在也还会出现在我梦中，无论在哪儿我都能马上认出他来。现在他看起来壮了一些，看来终于有的吃了，而且也得到很多训练吧。他一头凌乱的卷发被剪得很短，基本上变成寸头了；而且，我习惯了他穿着破破烂烂的二手衣服，而现在他穿的是合身又挺拔的警卫制服。

又熟悉又陌生，他身边的元素都像搞错了一样，但那双眼……还是艾斯本的眼睛。

我的目光落在他制服上的名牌上：警员莱杰。

这一切也就发生在一秒之内。

我故作镇定，没有人会知道我内心已经天翻地覆了——这是一个奇迹。我好想触摸他、亲他、骂他、命令他离开我的避难所。我想化作一缕青烟，马上消失，可是，我却实实在在地在这儿。

这一切都毫无道理。

我清了一下嗓子："是的，警员莱杰来自卡罗莱纳省，是我家乡的人。"我对麦克森微笑。

我们转过来之前的欢声笑语，艾斯本肯定听见了，肯定也注意到我搭在王子手臂上的手。他爱怎样想就怎样想吧。

麦克森很为我感到高兴："哦，这么巧！欢迎你，莱杰。再次看到代表你们省的姑娘，你肯定很高兴吧。"麦克森伸出手来，艾斯本跟他握了握手。

艾斯本面无表情地说："是的，殿下，非常高兴。"

那是什么意思？

"我相信你也支持她做王妃吧。"麦克森向我眨了眨眼。

"当然，殿下。"艾斯本低了一下头。

这又是什么意思？

"很好。既然亚美利加是你的同乡，皇宫里我想不到有更好的人选来保护她了，我会亲自把你安排到她的轮值护卫名单中。你们家乡这位姑娘晚上不愿意留侍女在房间，我都跟她说了……"麦克森冲我摇摇头。

艾斯本终于放松了一点："对此我并不惊讶，殿下。"

麦克森微笑："好，我相信你们肯定很忙，我们就不打扰了。大家，日安。"麦克森跟大家匆匆点头后就拉着我走开了。

我用尽全身力气才忍住不回头看。

在电影院的黑暗中，我一直在想应该怎么办。我告诉麦克森关于艾斯本的事情的那个晚上，他就说了，他对所有轻率对待我的人都不会容忍。如果我告诉麦克森，这个他刚刚派来保护我的人，正是他看不起的那个人呢，他会找理由处罚他吗？我才不要告诉他。因为我说过自己挨饿的故事，他就弄起了一个全国性的支助系统，谁知道他还会做什么。

所以，我不能告诉他，也不会告诉他，因为无论我有多生气，我到底爱过艾斯本，所以我不能看着他受到伤害。

那么，我该离开吗？这种茫然的感觉让我心乱如麻。我可以躲着艾斯本，不看他的脸——这张脸我要是每天看到，却知道不再属于我，会是多么折磨人啊。但如果我离开，我同时也就离开了麦克森。现在，麦克森已经是我最亲近的朋友了，而且很可能不只是朋友。我不可能就这么走，而且，如果不跟他说艾斯本在这儿，我又能怎样解释我想走的理由呢？

还有我的家人，或许他们收到的支票金额是变小了，但至少他们还能拿到钱。小梅写信说，爸爸答应他们，今年的圣诞节会是最棒的。但我很确定，这种说法的潜台词是，未来的圣诞节可能永远都不会像今年这么好了。如果我离开，谁又能说得准，我这终究会过去的名气能给家庭带来些什么呢？我们现在需要尽可能地存下钱来。

"你不喜欢这部，对吧？"接近两个小时后，麦克森问我。

"嗯？"

"电影。你都没笑过，也没什么反应。"

"噢。"我用力回想一下，想找个喜欢的场景，可是，我什么也没记住，"我想，今天我状态不是很好，浪费了你的下午，真对不起。"

"傻话。"麦克森摆手安抚我不高的情绪，"我只是喜欢你的陪伴，不过你或许应该在晚饭前休息一会儿，你的脸色看起来很苍白。"

我点了点头。我想回到自己的房间，永远都不再出来。

第二十一章

最后，我决定还是不躲在自己的房间，去了女士空间。平常我在这儿只是进进出出，去图书馆看书，和玛莉散步，甚至回到楼上去找我的侍女们。但现在，我把女士空间当成一个安全的洞穴，因为没有王后的直接应允，没有男人和警卫可以进来。这一点非常完美。

　　嗯，这种完美只持续了三天。我们有这么多姑娘，总能赶上有人过生日，而克瑞斯的生日就在星期四。我想她肯定和麦克森提过了（而麦克森这个人总是逮住所有机会给别人送点什么），结果是所有候选人都必须出席这个派对。所以，星期四那天，女孩子们就在各个房间之间不停地穿梭，大家研究穿什么才好，猜测派对有多盛大。

　　看起来不要求大家带礼物，但我想我还是为她做点什么好了。

　　派对当天，我穿上自己最喜欢的小礼服，拿着小提琴下去了。在看过大厅的四个角落后，我才悄悄地溜进去。进去后，我还扫视了一遍全场，看清楚所有贴墙而立的警卫。谢天谢地的是，艾斯本不在其中，对着这么多穿制服的男人，我不禁觉得好笑，他们是以为我们要暴动吗？

大厅装饰得很漂亮，墙上挂着特别的花瓶，展示着黄白两色的花儿，而且房间每个角落都放置了相似的花环。窗户上、墙上和任何不能动的东西都挂上了花，有几张小桌子摆了出来，上面盖着亮色的亚麻桌布，每张桌子上都撒着闪闪发亮的五彩纸屑，椅背上都装饰了华丽的蝴蝶结。

有个角落里放着一个巨大的蛋糕，颜色和房间的主题是一致的，摆在那儿等着切分。旁边是一张小桌子，上面放着几份礼物，是给过生日的姑娘准备的。

另一边，有一组弦乐四重奏乐团已经准备好了，这让我安排的生日礼物变得毫无意义。有一个摄影师在房间里四处游走，抓拍大家忙碌的身影。

这儿的气氛是轻松的，丁妮（这么久了她只做到和玛莉走得近一点）正在跟艾美加和珍娜说话，那投入的神情我是第一次见到。玛莉在一扇窗户前待着，像墙边那些警卫那样没有存在感。她好像完全不想离开那个位置，却把每个经过身边的人都留下来说会儿话。然后几个第三等级的人，凯特莉、伊丽莎白和艾米丽，转身向我挥手、微笑，我礼貌回应。今天，大家都显得这么友善，开心。

只有塞莱斯特和巴列艾情绪不对，平常她们两人形影不离，今天她们却离得远远的。巴列艾和萨曼莎在说话，而塞莱斯特则一个人坐在一张桌前，手中握着一杯深红色的液体。看来我错过了昨晚晚餐和今天下午之间发生的事情。

我拿稳手中的小提琴箱子，走到靠里的玛莉身边。

"嗨，玛莉，这可真盛大啊，是不是？"我放下小提琴。

"嗯，可不是嘛。"她拥抱了我一下，"我听说麦克森晚一点会过来，亲自祝克瑞斯生日快乐。真贴心，对吧？我想他肯定也准备了礼物。"

玛莉像平常一样满心兴奋地说下去，而我还在想她的秘密究竟是什么。她如果真的想说，我相信她会主动提起来的。我们漫无目的地闲聊了几分钟，然后门口传来了一阵喧哗声。

玛莉和我同时转身望向声音来源，她倒是很镇定，但我已经完全失去了信心。

克瑞斯的服装品味一直都非常出色，今天我们全部都穿着日常小礼服，她却穿了拖地的晚礼服。其实长度不是重点，礼服的颜色是一种几乎全白的奶油色；头发上戴了一串黄色珍珠做的头饰，正面看起来有点儿像皇冠的形状。她看起来成熟、典雅，像个新娘子。

虽然我还想不太明白自己的心是在谁身上，却实实在在觉得嫉妒了。我们之中没有人能够再重现这个瞬间，未来无论有多少派对和宴会，模仿克瑞斯的外表都将是很悲哀的行为。我看到塞莱斯特的手（不是握着酒杯的那只）攥成了拳头。

"她真好看。"玛莉惆怅地评价道。

"比好看更胜一筹。"我回应。

派对继续着，而玛莉和我大部分时间只是看着大家。意外的（也是很可疑的），塞莱斯特一直紧跟着克瑞斯，陪着她绕场一周，跟大家侃侃而谈，虽然我们其实并不能选择不参加，可她还是感谢大家到场。

最后她走到了后头我和玛莉待着的角落，我们一直站在这儿晒着暖暖的太阳。玛莉还是一贯地热心，马上拥抱了克瑞斯。

"生日快乐！"她兴奋地高声说。

"谢谢！"克瑞斯回答，和玛莉一样地热情和兴奋。

"所以今天你十九岁了，是吧？"玛莉问。

"是的，实在无法想象能有更棒的庆祝方式了。他们安排了人拍照实在太好了，我妈妈会爱死这个的！虽然我们家境也还行，但也没有这么多钱办得这么好啊，实在太漂亮了！"她简直停不下来。

克瑞斯是第三等级，她在生活上的限制肯定比我少得多，但我也能想象，这么盛大的派对，就算对第三等级来说也属难得。

"这实在是太震撼了！"塞莱斯特感叹，"去年我过生日，办了个黑白主题派对。只要穿了任何别的颜色的东西，根本就不让进门。"

"噢！"玛莉低语，声音里有明显的嫉妒。

"那可棒极了，精致的美食，特别的灯光，还有音乐！嗯，我们特别请来了泰莎·坦布勒，你听说过她吗？"

不可能有人没听说过泰莎·坦布勒，她至少有十几首热门单曲。有些时候在电视上能看到她的音乐录影带，但妈妈总对此人皱眉。她觉得我们几个都比泰莎有才华，所以她看到这样的人已经名利双收，而工作内容和我们的基本上相同，收入差别这么大，这让她心里很不舒服。

"她是我最喜欢的艺人！"克瑞斯惊叹。

"嗯，泰莎是我们家的老朋友了，所以她才来我的生日会演出。我是说，我们怎么可能就叫一批枯燥乏味的第五等级来扫大家的兴呢。"

玛莉瞥了我一眼，我能看出来，她是为我尴尬。

"噢，"塞莱斯特看着我补了一句，"我忘了，不是故意的。"

她声音中那股甜腻劲儿让人火冒三丈，让我再一次想动手打她……最好别再逼我。

"没关系。"我尽力镇定地回答，"作为一个第二等级，你又是做什么的呢，塞莱斯特？我是说，在电台里也没听见过你的音乐啊。"

"我是模特。"那完全是一种我怎么可能不知道的语气，"你没见过我的广告吗？"

"还真没有。"

"噢，好吧，你是个第五等级，我想你也买不起杂志吧。"

正因为这是大实话，所以才很伤人。每次我们去商店，小梅都喜欢偷偷翻一下杂志，但是没有任何理由把它们买回去。

克瑞斯肩负起主持人的责任，换了个话题。

"你知道吗，亚美利加，我一直都想问你，作为第五等级，你主要的专长在什么领域？"

"音乐。"

"有时间给我们表演一下！"

我叹了口气："其实，我今天带了小提琴来，想为你演奏一曲，本来我想这应该是件不错礼物，但看到你已经有乐队了，所以我想……"

"噢，为我们表演吧！"玛莉请求。

"拜托了，亚美利加，这是我生日呢！"克瑞斯应和。

"但他们都给你安排了……"不管我怎么抗议，克瑞斯和玛莉已经让四重奏乐团停下演奏，又让所有人聚集到房间后头。有些女孩散开裙摆坐到地上，有些则拉了凳子过来，克瑞斯站在中间，特别兴奋，塞莱斯特站在她旁边，手中还拿着那杯没喝过的酒。

姑娘们都坐定后，我准备好小提琴。乐团的几个年轻人都走来我这边表示支持，有几个一直忙前忙后的服务员也停了下来。

我深吸了一口气，把小提琴夹到下巴。"送给你。"我看着克瑞斯说。

我拿着琴弓，在弦的上方顿了片刻，然后闭上双眼，让音乐开始。

这个时刻，世界里再也不存在邪恶的塞莱斯特，没有潜伏在皇宫里的艾斯本，也没有要突袭的反叛分子，只剩下完美的音符。它们成功地一个紧接着一个地流淌，这份送给克瑞斯的礼物，其实变成了我给自己的礼物。

我可能只是一个第五等级，但我并非毫无价值。

我演奏这一曲，就如我父亲的声音或我房间的气味那么熟悉，几分钟美妙的时间后，它还是无可避免地要告终。琴弓最后一下拉到弦上后，安静地落在了空中。

我转身去看克瑞斯，希望她喜欢这份礼物，但我根本没看到她的脸，因为在姑娘们的身后，我看到不知什么时候站在那儿的麦克森，他穿着一身灰色西服，手里拿着送给克瑞斯的礼物。女孩们都为我鼓掌，可是我根本不在意，所有注意力都在麦克森那充满崇拜的表情上，他脸上慢慢换成一个微笑，一个只为我露出的微笑。

"殿下。"我向他行了个屈膝礼。

其他女孩子都纷纷站起来，向麦克森行礼。与此同时，我听到一声尖叫。

"噢，不！克瑞斯，对不起。"

有几个女孩发出了低声惊呼，而当克瑞斯转过身来时，我看到了原因。她那漂亮的礼服已经被塞莱斯特手中的酒给毁了，看起来就像被刀刺了一样。

"对不起，我转身过猛了，真的不是有意的，克瑞斯，让我帮你处理吧。"如果换作其他人，塞莱斯特的语气可能会显很真诚，但我能看穿她。

克瑞斯用手捂着嘴，忍住不哭出声，然后就跑了出去。她这么一走，派对就散了。麦克森追了出去，这倒是值得赞扬的，尽管，我其实希望他留下。

塞莱斯特跟任何愿意听她说的人哭诉，说那纯粹是意外。杜斯迪点着头，说她看见了整个过程，但其他人基本上都在翻白眼，垂下肩表示不相信，杜斯迪一个人的支持根本没有意义。我默默地放好我的小提琴准备离开。

玛莉抓住我的手臂说："需要有人治她一下了。"

如果塞莱斯特能让安妮那么温和的人动粗，或觉得可以从我身上生扒下我的礼服，或让玛莉这么好的人都动怒，那么，这个人就真是太不利于选妃了。

我要让这个女孩滚出皇宫。

第二十二章

"听我说，麦克森，那真的不是意外。"我们又在花园里，在等《报道》的录制。我等了一整天才找到这个机会跟他说话。

"但她看起来很内疚，也表示了歉意啊。"他反问，"这怎么可能不是意外呢？"

我叹气："我跟你说，我每天都能见到塞莱斯特，这就是她阴险地破坏克瑞斯站在聚光灯下的机会，她就是太想赢了。"

"嗯，如果她是想把我的注意力从克瑞斯身上抢走，那她失败了。我跟那女孩待了差不多一个小时呢，而且过得挺欢快的啊。"

我其实不想听这些。我知道我们之间的关系有些微妙，而在明确自己的感情之前，我不想面对任何有可能改变现状的事情。

"那么，安妮那次的事情呢？"我问。

"谁？"

"安妮·华莫尔？她打了塞莱斯特，然后你赶她走了，记得吗？我知道安妮肯定是被激怒的。"

"你是听见塞莱斯特说什么了吗？"他怀疑地问。

"嗯……没有。但我了解安妮，而且我也了解塞莱斯特。安妮不是那种马上就会诉诸暴力的人，塞莱斯特肯定跟她说了一些特别冷血的话，她才会那么反应的。"

"亚美利加，我知道你跟女孩子们相处的时间比我长，但你真的很了解她们？你喜欢躲在你的房间或图书馆里，我敢说，相对于其他候选人来说，你更熟悉你侍女们的性格。"

这点他可能是对的，但我不会轻易退步："这么说不公平，我对玛莉的评估就很准，不是吗？你不也觉得她很好吗？"

他做了个鬼脸："是……她是很好。"

"那为什么我说塞莱斯特做事处心积虑，你却不肯相信我呢？"

"亚美利加，我不是说你在撒谎，我明白，从你的角度来看的确是这样的。但塞莱斯特已经道歉了，而且，她跟我在一起时都是很有礼貌的。"

"那是肯定的。"我不服气地喃喃自语。

"够了。"麦克森叹了口气说，"我现在不想谈别人。"

"她还想抢我的礼服呢，麦克森。"我抱怨。

"我说了，我不想谈她。"他严厉地说。

那是最后一根稻草，我马上闭嘴，举高双手，就是为了重重地拍到自己腿上。我的怨气无处发泄，好想尖叫。

"如果你还是这样的话，我就去找愿意和我在一起的人了。"他就这样走了。

"喂！"我叫他。

"不！"他转身回看我，用我不能想象的严厉语气跟我说，"你忘了自己的身份了，亚美利加女士。你最好记住，我是伊利亚王国的王子，就如字面意义，我是这个国家的主人，如果你觉得你可以这么对待我，就大错特错了。你不用同意我的决定，但你必须要遵守它们。"

他转身离去，若不是没有看到，就是不在乎我眼中的泪。

晚餐全程我都没有往他那边看，但在录制《报道》时这很难做到。我留意到他有两次在看我，两次他都在拉耳垂，但我没有回应。现在我不想跟他说话，因为我只能想到又会挨骂，但我真的不需要自取其辱。

过后我走回自己的房间，一路上因为麦克森而难过得思绪混乱。他为什么不愿意听我说呢？他是认为我骗他吗？更糟糕的是，他认为塞莱斯特是不会骗他的吗？

或许，麦克森也不过是个普通男人，而塞莱斯特是个漂亮的姑娘，最终，这才是胜负的决定性因素。说什么想找一个灵魂伴侣，或许他想要的也不过是个床伴儿。

如果他就是这种人，我又为什么要苦恼呢？太笨了，太笨了，太笨了！我还亲了他！我还跟他说我会有耐心的！这又是为了什么？我只是……

我转过回房间的最后一个转角，一眼就看到艾斯本站在那儿，在我房门外等着。我的愤怒全部都化作一种奇怪的不确定感。作为警卫，他们必须目不斜视，保持警觉，但现在，他用一种无法解读的表情看着我。

“亚美利加女士。”他轻轻地说。

“警员莱杰。”

虽然为我开门并不属于他的工作范围，但他还是这么做了。我缓慢地走过他面前，不想转身，害怕他并不真实存在。尽管我尽了全力把他赶出我的心和脑海，但这一刻，我只想他陪着我。我经过时，能感觉到他呼出来的气息吹到我的头发上。

他又深深地看了我一眼，然后慢慢从外面关上了门。

睡觉是无望的。满脑子都是麦克森的愚蠢和艾斯本的靠近，纠结得翻来覆去好几个小时，完全不知道该怎样处理任何一件。我思考得那么投入，以至一一晃眼，就已经是深夜两点了。

我叹了口气。我的侍女们明天又要花很大的气力才能让我好看了。

突然我看到走廊里亮起了灯，悄无声息，就像我看到的是幻觉，艾斯本破门而入，然后又关上了门。

“艾斯本，你在敢什么？”他朝我走来，我问他，“如果被发现的话，你麻烦就大了！”

他还是沉静地向我走来。

“艾斯本？”

他在我的床前停下，默默地把手上拿着的东西放到地上：“你爱他吗？”

我看着艾斯本深邃的眼睛，虽然在黑夜里几乎看不见。有那么千分之一秒，我不知道该怎么说。

“不。”

他用一种优雅又强势的方式把我的被子扯掉，我本该反抗，可是我没有。他伸手到我的脑后，让我的脸凑向他，开始热情地吻我。我感到世界上所有美好的东西都放对了地方。他闻起来不再像手工肥皂的香味了，而且，他比之前强壮了，可是每一触碰、每个抚摸都是这么熟悉。

"他们会杀了你的。"当他吻向我的脖子时，我终于有了喘息的机会。

"如果不这么做，我也会死的。"

我努力想鼓起勇气叫他停下来，但我知道无论说什么都是白费。这一刻是有千万个问题（我们打破了多少规定；而且我知道艾斯本另有女朋友；还有，麦克森和我之间也有些暧昧不清），但我并不在乎，因为我太生麦克森的气了，而艾斯本又是这么能安抚我，我就由着他的手在我腿上来回游走。

以前我们没有这么大的空间，现在的感觉让我很意外又惊喜。

就算有这件分散注意力的事，我还是能感到所有事情都涌进了我的脑袋。我生麦克森的气，也生塞莱斯特的气，甚至，我也生艾斯本的气。老天爷，我也生伊利亚王国的气。我们一直在接吻，但我哭了出来。

他还是一直吻我，不久后，我发现有些眼泪是他的。

"我恨你，你知道吗？"我说。

"我知道，亚美，我知道。"

亚美。当他这么触摸我，又这么叫我时，我觉得自己根本不是身处皇宫，无论我怎么不开心，艾斯本还是能让我觉得自己就像回家了一样。

我们持续了有快十五分钟，他才想起来：

"我要回去了，巡视的警卫们会抽查我站岗。"

"什么？"

"有些警卫是随机巡逻的，有可能有二十分钟时间，也有可能是一个小时。如果碰上他们只转了个小圈，也有可能是五分钟。"

"快去！"我催促他，跟他一起坐直，帮他理了一下头发。

他拿起地板上的东西，我们一起往门边走，在开门之前，他还是抱着我又吻了一次，感觉像阳光直接灌到我的血液里。

"难以相信你在这儿了。"我说，"你是怎么被派来皇宫做警卫的？"

他耸耸肩："想不到我天生有这禀赋，他们把人都送去怀特做培训。亚美利加，那个地方冰天雪地，完全不像我们家那边骤然会来一场雪那样。所有新兵都能吃饱，接受训练和测试。他们还给我们输营养液，我不知道里面有什么，可是让我长得特别快。我是个不错的战士，而且我很聪明，在我的班里，我是分数最高的。"

我骄傲地笑了："我一点儿都不觉得惊讶。"我又吻了他一下。艾斯本的条件太好了，我一直都觉得他作为第六等级太可惜了。

他打开门看了看走廊，没有人。

"我有好多话想和你说，我们谈一谈吧。"我压低声音说。

"我知道，我们会有机会的，可能得花点时间找机会，但我一定会回来。应该不会是今晚，现在我也不知道是什么时候，尽快吧。"他再次吻了我一下，那么用力，让我差一点就觉得痛了。

"我想你。"他对着我的嘴唇说完后，就回去站岗了。

我晕乎乎地回到自己的床上，无法相信刚刚所做的事。我心里有一部分（是很不高兴的部分）觉得麦克森活该，如果他选择放过塞莱斯特，又污辱了我，那我肯定也不能在这个比赛中继续下去了。如果她能钻规则的空子，我也没什么好留恋的。那问题就解决了。

突然觉得疲惫不堪，几分钟内就睡着了。

第二十三章

第二天早晨，我醒来后觉得有一丝丝的内疚，甚至有点害怕，因为就算我不肯回应麦克森拉耳垂的动作，也不代表他就不能来我房间找我啊。我们很容易就会被逮个正着，假如有任何人知道我做了什么……

　　这是叛国大罪，而皇室处罚叛国犯人只有一种方式。

　　但我心里又有另一个声音说，我根本不在乎。在睡眼惺忪之际，我重新回味了艾斯本的每个眼神、每一下抚摸和每一个吻。我真的好想念他。

　　我真希望我们有多点时间可以说话，也真的很想知道艾斯本是怎么想的，虽然，昨晚发生的事也足够明显了。只是，在努力了这么久让自己不去想他之后，突然知道他还想和我在一起，这一点，实在太难以置信了。

　　这是个星期六，而我本来是要去女士空间的，可是我又知道自己肯定坐不住。我需要思考，而在那个谈话声不断的空间里，我知道自己肯定无法集中精神。侍女们来了后，我跟她们说我头痛，今天打算留在床上休息。

她们很贴心，给我拿来了食物，又快速地把房间打扫好，以至于我觉得对她们撒谎有点内疚。但我不能不撒谎，我没有办法面对王后和其他女孩，更不想面对麦克森，我整个脑袋里只有艾斯本一个人。

我闭上眼睛但没睡着，努力想理清自己的感受，但没多久，就传来了敲门声。我翻了个身，看到安妮的眼神沉默地询问我，她要不要应门。我马上坐了起来，梳了一下头发，冲她点了点头。

我祈祷门外不要是麦克森，我害怕他从我的表情里看出我犯的错，但是，我完全没想到进来的居然是艾斯本。我觉得自己本能地坐得更直了，希望侍女们没发觉我的异常吧。

"女士，抱歉了。"他跟安妮说，"我是警员莱杰，来跟亚美利加女士说一下安全措施。"

"没问题。"她的笑容比平常要热烈得多，招呼着让艾斯本进来。我还看见角落里的玛丽轻推了下露西，她还是忍不住笑了一声。

艾斯本听见角落有声，就转向她们，脱下头上的帽子致意："女士们好。"

露西垂下了头，玛丽的脸比我的头发还红，她们都没有回应。安妮虽然也被艾斯本俊朗的外表吸引，但她还能控制情绪开口说话。

"小姐，需要我们出去吗？"

我想了想，虽然不想表现得太明显，但有点私人空间总是好的。

"出去一会儿吧，我相信警员莱杰不需要占用我太多时间。"

我决定好，她们便轻快地出去了。

她们都出去之后，艾斯本便开口了："我恐怕你估计错了，我会占用你很长时间的。"他对我眨了眨眼。

我摇了摇头："我还是没法相信你在这儿。"

艾斯本毫不迟疑地脱下帽子，坐到我的床沿上，把手放在我手边，差一点点就能碰到："我从没想过征兵会是个走运的事，但如果它给了我机会向你道歉，我真的很感激。"

我很震惊，不知道说什么好。

艾斯本深深看进我的眼睛："请原谅我，亚美，我太蠢了。那晚，我刚爬下树屋，就开始后悔了。我太固执了，所以什么都没说，然后，你就被选上了……我不知道还能怎么做。"他顿了一下，眼中好像有泪。艾斯本会不会和我一样为了对方而哭？"我还是深爱着你。"

我咬着嘴唇，忍住泪水。在考虑复合之前，我必须问清楚一件事。

"那布伦娜呢？"

他沉下了脸："什么？"

我呼吸有点不平稳了："我离开时，看到你们两个一起出现在广场上。你们结束了吗？"

艾斯本眯着眼睛集中精神回想，然后，他大笑出声，用双手捂着嘴，往后躺到床上，然后马上又跳起来问："你是这么想的啊？噢，亚美，她摔倒了！我扶了她一下而已。"

"她绊倒了？"

"是啊，广场上这么多人，人踩人了，她摔倒在我身上，开玩笑说自己笨手笨脚，你也知道，布伦娜的确是这样的。"我回想了一下，她的确会无缘无故地在平地上摔倒，为什么之前我没想到这点呢？"我扶起她后，马上就冲到讲台前。"

记得那个时候，艾斯本想尽办法靠近我，原来并不是假装的。我笑了："那你打算挤到讲台前干什么呢？"

他耸耸肩："我没想那么远，只是想求你留下来。如果能让你不上那辆车，我准备好出什么丑都行，但是，当时你是多么的生气……而我现在知道你为什么生气了。"他叹了口气，"我真的说服不了自己，而且，或许你在这儿会快乐呢。"他环顾了一下这个房间，里面所有漂亮的东西都暂时属于我，我能明白他为什么会这么想。

"然后，"他接着说，"我以为你回家后，我就能再次赢得你的心。"他的声音中突然充满了担忧，"我是那么肯定，你一定想马上离开，尽快回家。但是……你没有。"

他停下来看着我，但并没有问我和麦克森之间究竟有多亲近，当然，他已亲眼看到一部分了。但他不知道我们已经接吻，或者我们已经有秘密暗语了。我不想跟他解释这些。

"然后征兵就开始了，所以我想，如果我写信给你也不公平，毕竟我有可能死在外面。我不想让你再爱我，然后却……"

"再爱你？"难以置信他会这么想，"艾斯本，我没停止过爱你。"

艾斯本迅速但温柔地俯身过来亲我。他一只手抚着我的脸，把我拉向他。过去两年的点点滴滴再次鲜活重现，原来它们都还在，我太高兴了。

"真的很抱歉。"他边亲我边低语，"我真的很抱歉，亚美。"

他往后退，然后看着我，英俊的脸上挂着一个笑容，眼中是我正在思考的问题：我们现在怎么办？

就在这一刻，房间门打开了。侍女们看到艾斯本离得这么近可怎么办，我怕极了。

"幸好你回来了！"他最后一秒在我脸上用力摸了一下，就把手移到我额头上，"小姐，我想你并没有发烧吧。"

"什么问题？"安妮满脸担忧地冲了过来。

艾斯本站起来："她刚才说感觉不太对，头难受。"

"你的头痛更严重了吗，小姐？"玛丽问，"你看起来太苍白了！"

我敢肯定我一定很苍白，她们看见我们在一起的那一刻，我脸上肯定血色全无。但艾斯本在压力下还是那么镇定，在千分之一秒中救了场。

"我去拿药来。"露西插嘴，马上走进浴室。

"抱歉，小姐。"侍女们都去忙了，艾斯本便说，"我就不再打扰了，你感觉好点之后我再来吧。"

从他的眼神，我看到的是在树屋里我吻过千百次的那张脸。我们之间的世界是全新的，但我们之间的联系却完全没有变过。

"谢谢你，警员。"我虚弱地说。

他鞠了个躬便走了。

然后，侍女们就围着我忙前忙后，想尽办法去治一个根本不存在的病。

我的头没有痛，但我的心却在痛。期盼艾斯本的臂弯的感觉是多么熟悉，就像从没有消失过一样。

深夜，我突然被安妮摇醒了。

"什——？"

"小姐，请你快起来！"她的声音里全是慌乱和恐惧。

"我们被袭击了，要把你尽快送到地库。"

我的意识有点迷糊，不太确定我有没有听错，但我看到在她身后露西已经哭了。

"他们闯进来了？"我声音里全是难以置信。

露西充满恐惧的哀号就是我需要的回答。

"我们该怎么办？"突然飙升的肾上腺素让我完全清醒了，一个翻身就下了床。玛丽马上帮我穿鞋，安妮则拿了件睡袍帮我披上。我脑子里想的只有南方叛军还是北方叛军？

"转角那儿有一个暗门，会让你直接到达地库的安全室，警卫会在那儿等着你。皇室成员和大部分候选女孩应该都已经在那儿了，快点，小姐。"安妮把我拉到走廊里，按了一下墙面上某个区域，墙就动了，出现了探案小说里一样的密道。正如我所料，墙后有一道楼梯等着我。我站在它面前时，丁妮从房间出来，快速地从楼梯下去了。

"好吧，我们也走。"我说，安妮和玛丽目瞪口呆地看着我，而露西已经颤抖得无法站立了，"快走。"我重复。

"不是这样的，小姐，我们要去别的地方。你快去吧，不然他们就来了，求你了！"

　　我知道，要是她们被发现的话，至少也会受伤，最坏，可能连命都保不住。我不能容忍她们受到伤害。可能我有点自大，就算我们在吵架，但想到到目前为止麦克森为我做的事情，假如她们对我重要的话，对他可能也是有分量的吧。或许我要求得太高了，但我不会把她们留在这儿。恐惧让我行动起来，我抓着安妮的手臂把她推进去。她脚下一踉跄，也没法阻止我拉上玛丽和露西。

　　"快走！"我命令她们。

　　她们往前走，但安妮一路上都在抗议："他们不会让我们进去的，小姐！这个地方只让皇室进去……他们会赶我们走的！"但我根本不在乎她说什么。无论给仆人预备的藏身之所在哪儿，都不可能跟皇室的藏身处一样安全。

　　楼梯每隔一小段都有灯光，但因为跑得匆忙，还是有几次差点摔倒。我满脑子都是各种担心：以前这些反叛分子曾经攻过到哪儿？他们知道这些藏身的密道吗？露西已经处于半瘫痪状态了，我只能用力拉紧她，让大家都紧紧挨在一起。

　　说不清花了多少时间才走到最下面。在这条密道的尽头是一个人造洞穴，别的楼梯开口还有其他女孩在，大家都走到一扇貌似有两尺厚的门前。这就是我们的避难所。

　　"谢谢你带她来，你可以走了。"一个警卫跟我的侍女们说。

　　"不！她们要和我一起，留在这儿。"我不容分辩地说。

　　"小姐，她们有自己该去的地方。"他反驳。

　　"好吧，她们要是不能进，那我也不进去了。我相信麦克森王子会知道，我不出现是因为你的作为。女士们，我们走吧。"我拉着玛丽和露西的手，安妮吓得无法动弹。

"等等！等等！好吧，进去吧。但如果有人对此有异议，那就是你的问题了。"

"这不是问题。"我说。我帮她们转过身来，抬头挺胸地走进安全室。

里面已经骚动不安，有几个女孩抱在一起痛哭，还有一些在祈祷。我看到国王和王后坐在一边，周围站了一圈士兵。在他们身边，麦克森拉着爱莲娜的手。她看起来有点受惊，但在他的安抚之下明显已经好多了。我看着皇室成员在屋里的位置……离门很近。我想，这是不是跟沉船时的船长一样，他们会想尽办法让这个皇宫安全，但如果真有什么问题，他们会是第一批赴死的。

他们看到我进来，也看到我带的人了。看着大家困惑的表情，我点了一下头，继续昂着头走。我想，只要我表现淡定，就不会有人过问。

我错了。

我又走了三步，西尔维亚就走过来了，她特别镇静。当然，这一切她明显驾轻就熟。

"好的，有帮手了。女孩子们，你们马上去后面的存水间，把水拿给皇室成员和女二们。现在快去吧。"她发布着命令。

"不。"我转向安妮，给她第一个真正意义上的命令，"安妮，请你给国王、王后和王子拿些水，然后回到我这儿来。"我转回来看西尔维亚，"其他人可以给自己拿，她们选择留下自己的侍女，她们就自己拿水。我的人会和我一起坐着。来吧，女士们。"

我知道，我们与皇室的距离这么近，他们一定听得到我说的话；而且，因为我想要有不容置疑的气势，声音也的确提高了一点，但我不在乎他们是不是认为我粗鲁。露西比这房间里大部分人都要害怕，她全身上下都在颤抖，这种状态之下，我不可能让她去服务那些根本不及她一半好的人。

可能是因为我作为姐姐这些年来养成的习惯吧，我就是想保护好她们。

我们在房间深处找到一小块空间。准备这个房间的人，肯定没有为王妃候选做准备，里面几乎没什么凳子。但我看到储存在那儿的食物和水，足够我们在这儿待上几个月的，如果真的有这个必要的话。

躲在这儿的人是各路都有，有几位身份明显是官员的人物，西装革履地通宵工作。麦克森也穿戴整齐，但几乎所有女孩都穿着薄薄的睡裙，这种厚度只适合在楼上温暖的房间中待着。可不是每个人在匆忙时都记得带上一件睡袍，而我自己穿着睡袍都觉得有点冷。

大部分女孩子都聚集在房间的前面，很明显的，如果有任何人进来的话，她们会是先倒下的一批。但如果这种事不发生，却能在麦克森跟前待很长时间！有几个离我们比较近的，状态和露西差不多，都在颤抖、流泪，惊慌得有点呆滞。

我用一只胳膊抱着露西，玛丽也在另一边抱着她。在这种情况下，说什么都没办法让大家高兴起来，所以我们都保持沉默。听着房间里的喧闹，这个嘈杂的环境让我想起第一天到这儿来的情景，他们帮我们改头换面的那个场景。我闭上双眼，回忆那天，努力让自己的内心平静下来。

"你还好吗？"

我抬头，看到的是穿着帅气制服的艾斯本。他的语气很专业，而且他好像一点都不害怕。我叹了口气。

"嗯，谢谢。"

我们都沉默了片刻，看着其他人在房间里安顿下来。玛丽明显很疲惫，已经靠着露西睡着了。而考虑到现在的情况，露西已经算比较镇定了，她不哭了，坐在那儿看着艾斯本，眼中有一种莫名的崇拜。

"你带着侍女们真是太善良了，不是每个人都能对下面的人这么好。"他说。

"等级对我来说从来都没什么意义。"我静静地说。他回给我一个微笑。

露西深吸了一口气，貌似要开口问艾斯本什么，但房间里突然传来一声大叫，另一端有个警卫大声命令我们不要再出声。

艾斯本走开了，这点是好的，我害怕有人会看出不对劲儿来。

"这是早上来过的警卫，是吗？"露西问。

"嗯，是的。"

"最近我总看到他守着你的房间，他真是太友善了。"她评价道。

我相信艾斯本和我的侍女们如果有机会说话的话，他肯定跟与我说话一样温柔，毕竟他们都是第六等级。

"他真是太帅了。"她补充。

我微笑，想说点什么，但那个警卫让我们不要作声。在几声对话渐渐消失之后，房间里充斥着一股诡异的静默。

沉默比吵闹更糟，没有任何感观能引导我，我就忍不住幻想，脑海里尽是各种可怕的场面：被破坏的房间、许多尸体，门外没多远就潜伏着无情的敌军。我突然惊觉，自己正在用力抓着旁边的女孩，就像我们能保护对方似的。

唯一在走动的人是麦克森，他来回走着确保每个女孩子都没事。在他走到我的角落时，只有露西和我是醒着的，我们会时不时压低声音说一两句，几乎是读对方的唇语。麦克森走过来，对着那堆靠着我睡的人露出了笑容。在那一刻，虽然我真的很想解决那个问题，却已经不再因为争吵而生气了。我看到他感激的微笑，单纯为我的安全感到高兴，一阵内疚涌进了我的脑袋……我都干了些什么？

"你还好吗？"他问。

我点头。他看着露西，然后越过我跟她说话。我吸了一口气，麦克森的气味不像任何可以装瓶封起来的东西，不像肉桂，或者香草，甚至是家里自制的肥皂。他有自己特别的气味，散发出一种混合的化学品燃烧的味道。

"你呢？"他问露西。

她也点点头。

"你对自己在这儿觉得惊讶吗？"他向露西微笑，在这种情况下还尽量显得轻松。

"不，殿下，和她一起我不惊讶。"露西冲我点点头。

麦克森转头过来看着我，他的脸离我很近，我觉得有点不舒服，太多人能看到我们这样，包括艾斯本。但这一刻马上就过去了，他还是转回去面向露西。

"我明白你的意思。"麦克森再次微笑，好像还要说什么，但又改变主意，直起身来。

我马上抓着他的手臂低语："南还是北？"

"你记得那次拍照吗？"他吐出一口气。

我惊了，点点头。反叛分子慢慢往西北方向推进，一路焚烧庄稼，滥杀无辜，"截住他们"，他是这么说的。这些反叛分子，这些杀人犯，这段时间一直往我们的方向前进，而我们却无法阻止。他们是杀手，是南方叛军。

"不要告诉任何人。"他离开了，去和菲奥纳说话。她无声地哭泣着，还算镇定。

我努力让自己的呼吸平稳，想象着就算他们来了，我还是能逃脱。当然，这只是自我安慰罢了，如果反叛分子下来，我们全都完蛋了。现在，除了等，没有任何办法。

时间一点一点地流逝，不知道具体几点了。但睡着的人大部分都醒了，而我们这些坚持着没有睡的人也快撑不住了。

最后，有些警卫出去检查，门因此打开了一下。他们去检查皇宫花了很长的时间，不过最终还是回来了。

"女士们，先生们。"其中一个警卫说，"反叛分子已经被击退了，我们请所有人从后面的楼梯回自己的房间。上面挺混乱的，有不少警卫受了伤，所以大家最好绕过主要的房间和走廊，之后这些会清理好的。王妃的候选者们，请回到房间中等候进一步的通知。我已经和厨房说过了，一个小时之内就会有食物送到你们的房间。

我需要所有医护人员去医护区报到。"

就这样，人们站起来往外走，就像什么事都没有发生过一样，有些人还表现出无聊的情绪。除了有几个像露西这种反应的，其他人都不太把袭击当成一回事，好像早就料到会发生一样。

我的房间被乱翻了一通，床褥在地上，柜子里的礼服全都扔了出来，家人的照片也被撕碎扔在地上。我四下找我的小罐子，它和里面的一分钱还是完好的，只是滚到了床底下。我努力不哭出来，但眼泪总是往上涌。虽然害怕，但我想哭却不是出于恐惧，而是我不喜欢敌人碰过我的东西，把它们全都玷污了。

我们太累了，但还是花了点时间把东西整理好了。安妮找到一些胶带，让我把照片粘起来。拿到胶带后，我就让侍女们去休息，安妮反对，但我没管她怎么说。现在我挖掘到指挥的能力了，我不怕使用它。

独处之后，我便开始流泪。那些恐惧，虽然大部分已经过去，还是对我有影响。

我拿出麦克森送我的牛仔裤，还有从家里带过来的唯一一件上衣穿上了，这样子让我觉得平常一点。我的头发在一夜和一早的折腾之后，完全是一团糟，所以我把它盘到头顶，只有一点儿散落下来。

我把照片碎片放到床上，努力找出哪一块该和哪一块拼在一起。这就像在一个盒子里找到四份不同的拼图一样。在有人敲房门之前，我只成功拼回一张照片。

我想是麦克森。一定要是麦克森。我充满希望地打开房门。

"哈喽，亲爱的。"是西尔维亚，她噘着嘴，应该是要安慰我吧。

她冲进我的房间，然后转身看着我身上的衣服。

"噢，不要告诉我你也要离开。"她哭诉，"真的，那不算什么。"她挥一挥手就打算把昨晚整件事都抹掉。

我不会说这不算什么。她看不出来我一直在哭吗？

"我不走。"我边说边把一缕头发别到耳朵后，"其他人要回家吗？"

她叹气："是啊，目前有三个要走，而善良的麦克森跟我说，让所有想回家的人都回家吧，现在已经着手做相关安排了。真讽刺，就像他知道有些女孩一定会走似的。但如果我是你们的话，为了这种胡闹的事儿走，可真得三思。"

西尔维亚在我房间里巡视，看着各种装饰。胡闹？这个女人有什么毛病？

"他们拿走了什么东西吗？"她随意地问。

"没有，夫人。他们翻得一塌糊涂，但目前还没发现有什么不见了。"

"很好。"她走到我面前，递给我一个小小的无线电话，"这是皇宫里最安全的线路，你给家里打个电话，告诉他们你很安全。但是别说太久，我还要去见其他几个姑娘。"

看着这个小小的电话，我很惊讶，长这么大我第一次看到无线电话。以前我见过第二和第三等级手上有，但从没想过自己有一天也有机会用，兴奋得双手都颤抖了。终于可以听到家人的声音了！

我急切地按着电话按键。在发生这么恐怖的事情之后，打个电话就能让我高兴起来。响了两声之后，妈妈接起了电话。

"哈喽？"

"妈？"

"亚美利加！是你吗？你还好吗？有警卫打电话来跟我们说，可能有几天的时间会联系不上你，所以我们知道那些可恶的反叛分子肯定又袭击皇宫了，可吓死我们了。"她开始哭泣。

"噢，别哭啊，妈妈，我很安全。"我看了西尔维亚一眼，她倒是一脸无聊的表情。

"等等。"电话里传来一阵翻腾的声音。

"亚美利加？"小梅的声音明显是哭过的鼻音，她肯定很不好过。

"小梅！噢，小梅，我好想你！"我觉得自己马上要控制不住眼泪了。

"亚美利加！我以为你死了！我爱你。答应我，你不能死。"她哀号。

"我答应你。"我不禁为这样一个誓言微笑了。

"你能回家吗？你不能吗？我不想你再待在那儿了。"小梅基乎是在求我了。

"回家？"我问。

我同时感受到好多情绪，既想家，又厌倦总是要躲避反叛分子。而且，我对艾斯本和麦克森的感觉也越来越不确定了，不知道应该怎样处理。最容易的方法就是离去。

"不，小梅，我不能回家，我要留在这儿。"

"为什么？"小梅哀号。

"因为……"我简单地说。

"因为什么？"

"只是……因为。"

小梅沉默了片刻，应该是在思考："你爱上麦克森了吗？"这一刻，我听见的是原来那个为男孩子疯狂的小梅会说的话。这么说来，她没事儿。

"嗯，我不知道。但是……"

"亚美利加！你爱上麦克森了！噢，天哪！"我听见爸爸在背后大叫："什么？"然后是妈妈不断地说："太好，太好，太好了！"

"小梅，我没有这么说……"

"我就知道！"小梅只是笑啊笑的，就这样，她害怕失去我的恐惧马上烟消云散了。

"小梅，我要挂了，其他人也需要用这部电话。我只是想让你们知道我没事，我答应你我会尽快给你们写信的。"

"好的，好的，告诉我麦克森的事啊！也送多些甜品回来！我爱你！"她大叫。

"我也爱你，再见。"

在她开口要什么别的东西之前，我已经挂断了电话。可是在她的声音切断的那一刻，我比之前更想她了。

西尔维亚迅速地从我手上拿走了电话，一转眼就已经走到了房间门口。

"这才是个好孩子。"她留下这么一句，就消失在走廊里。

我现在肯定不觉得有哪儿好，但我也知道，只要想明白跟艾斯本和麦克森之间怎样处理，一切就能变好。

第二十四章

艾美、菲奥纳和塔璐拉几个小时内就走了，我不知道这么迅速是因为西尔维亚有效率，还是女孩子们太害怕。我们的人数减少到十九人。突然觉得所有事情都加快运转起来，当然，这种速度真不是我能预想的。

　　袭击之后的星期一，我们便回到了原来的日程上。早餐跟平常一样美味可口，但我不禁在想，会不会有一天我对这些食物也失去兴趣。

　　"克瑞斯，这是不是太好吃了？"我咬进一口切成星形的水果时，不禁感叹道。来皇宫之前我根本没有见过这种水果。克瑞斯的嘴塞满了食物，所以她只能点头同意。这个早上，我感到一股温暖的姐妹情谊，现在我们共同经历了一次重大袭击，感觉相互之间的联系已经升华成不可破坏的感情了。在克瑞斯旁边的艾米丽给我递来蜂蜜，在我的另一边，丁妮一脸羡慕地问我，我的夜莺项链是怎么来的。这种气氛跟几年前我家的晚餐很像，那是在科塔变成一个混蛋、肯娜嫁出去之前的事了。那时是多么的热烈、轻快、和谐。

我突然明白，就像麦克森说他母亲会做的一样，以后我也会联系这些姑娘的，我会想知道每个人嫁了什么人，给她们寄圣诞贺卡。二十年之后，如果麦克森有个儿子，我也会打电话来问她们在选妃中最喜欢哪几个姑娘。我们都会记得今天共同经历的一切，就像回忆一段冒险那样高兴和激动，根本不会觉得这是一场比赛。

奇怪的是，整个房间里好像只有麦克森一个人情绪低落。他没有动盘中的食物，而是一脸沉思地扫视着在座的每个女孩。他时不时会停顿一下，好像在心里斗争了一下，然后再移到下一个人身上。

当他看到我那一排时，发现我正在看他，就给了我一个虚弱的微笑。除了昨晚那短暂的交谈之外，吵架之后我们就没有再说过话，可是我们需要谈一谈了。这一次，我必须主动找他谈。带着请求而不是要求的表情，我立了一下耳垂。他的表情虽然还是很凝重，但他还是拉了下耳朵。

我松了一口气，眼神开始扫视房间的几道门。如我所料，还有一双眼睛在注视着我。进来时我已经留意到艾斯本了，但我尽量假装没看到他的存在，可是，要忽视一个深爱的人，几乎是不可能的吧。

麦克森突然站了起来，这个动作让他的椅子发出了刺耳的声音，吸引了所有人的注意。我们现在全都看着他，他的表情说明，他好想不动声色地再坐下来，但明白这不可能的时候，他改变主意开口说话。

"女士们。"他轻轻地点了点头，脸上有着真诚的痛苦，"昨天的袭击之后，我恐怕是要重新考虑一下选妃的具体流程了。你们也知道，昨天有三位女士主动提出要走，而我也同意了，我不想强迫任何人留在这儿。而且，在时常要面对这种威胁的情况下，如果我感到互相之间是没有未来的话，我也不想把你们留在皇宫里。"

大家的情绪从疑惑变成一种清晰的不高兴。

"他不会……"丁妮低语。

"是的，他是。"我回答。

"虽然这么做真的很不容易，但我已经和家人及几个亲近的顾问商量过了，决定现在就从候选人中选出精英等级。可是，和平常十位精英不一样的是，我决定只留下六个人，其余的人都送回家。"麦克森用一种公事公办的语气说道。

"六个？"克瑞斯倒吸了一口气。

"这不公平。"丁妮说出声来，已经忍不住眼泪了。

大家的抱怨声此起彼伏。我环顾整个房间，塞莱斯特双手环抱着自己，一副为了留下来而准备大打出手的架势。巴列艾闭上了眼睛，双手合十在祈祷，可能是希望这副样子能争取到一点同情分吧。而承认过对麦克森无感的玛莉，现在却非常紧张。她为什么这么想留下来呢？

"我觉得没必要把这个过程拖得太长，所以，以下几位女士留下：玛莉女士、克瑞斯女士。"

玛莉把憋着的一口气吐了出来，用手按着自己胸口。克瑞斯则在座位上手舞足蹈了一下，看着周围的女孩子，希望大家为她高兴。不久我反应过来，六个名额已经有两个被占了。在麦克森和我之间有分歧的节骨眼儿，他会遣我走吗？他是看不到和我的未来吗？我希望他送我走吗？如果真的让我走，我会怎么做呢？

在这一刻之前，走不走的权力一直在我自己手上。现在，我突然才明白，留下来对我来说有多重要。

"纳塔莉女士和塞莱斯特女士。"他接着说，分别看了她们一眼。听见塞莱斯特的名字，我不禁畏缩了一下。他不能留下她而不留我吧？我甚至不能相信他要留下她。这是预示着我也会被送走吗？我们可是为这个人的去留争吵过。

"伊莉斯女士。"他又说了一个，全屋子的人都吸了一口气，等待着最后的名字。我才发现丁妮和我正紧握着对方的手。

"还有，亚美利加女士。"麦克森看着我，我感到全身的肌肉都放松下来。丁妮马上号啕大哭起来，不过，还真不只是她。麦克森长长地吁了一口气。

"对其他所有女士，我真的非常抱歉，只希望你们相信我，这真的是为你们好。我不想没有原因地给你们过高的期待，而在过程中却要你们冒生命危险。任何要离开的人想跟我谈一下的话，我会在图书馆里等着，你们吃完就可以过来找我。"

麦克森差不多是跑着急匆匆地出去了。我看着他走到艾斯本面前，然后在他身上的注意力就被分散了。艾斯本的脸上全是困惑，而我明白为什么。我告诉过他，我不爱麦克森，所以他认为，我对麦克森来说没有任何重要性。那为什么我会为去留的问题如此紧张呢？而又是为什么，麦克森要把我留下来呢？

一秒钟都不到的时间内，艾美加和杜斯迪都追着麦克森出去了，肯定是要追问一个为什么。至于安慰心碎落泪的姑娘们的责任，就落到我们这些留下来的人身上了。

情况变成难以忍受的尴尬，丁妮甩掉我的手，跑了出去。我只能祈祷她不会从此对我怀恨于心。

几分钟之内大家都走了，没人还有胃口留下来吃饭。我自己也因为很难处理好波动的情绪，没有留下来。经过艾斯本身边时，他轻语道："今晚。"我轻微地点了点头，继续往前走。

之后的早上，气氛都很怪异。我从来没有可以想念的朋友，但今天，二层基本所有的房间门都开着，女孩子们进进出去，互相写了纸条，留下地址，我们一起哭又一起笑。而到了下午，皇宫已经变成一个比我们刚来时更严肃的地方了。

我房间的那一区，除了我，没有人能留下来，所以已经不再有侍女们忙进忙出和开关门的声音了。我坐在房间的桌前看书，侍女们在一旁扫尘。不知道这座皇宫是不是一直都这么荒凉，这种空洞的感觉让我特别想家。

突然有人敲门，安妮冲过去应门，看我一眼，问我能不能见访客，我轻轻点点头。

麦克森走进来时，我马上站了起来。

"女士们，"他看着我的侍女们说，"我们又见面了。"

她们一边行屈膝礼一边咯咯地笑，他点头示意后便把注意力转向了我。在他出现之前，我不知道自己原来这么渴望见到他，光站在桌边发愣了。

"很抱歉，我需要和亚美利加女士说几句话，你们能让我们单独待一会儿吗？"

　　然后她们又是屈膝又是笑，安妮用一种崇拜的声调问王子，需不需要给他带什么东西。麦克森表示不用了，然后她们就出去了。他把双手插在裤兜里，我们沉默了片刻。

　　"我还以为你不会留下我。"我终于开口承认。

　　"为什么？"他的声音里是真正的困惑。

　　"因为我们吵架了，因为我们之间很多奇怪的情况，因为……"我在心里默念，因为你虽然在跟其他五个女人约会，但我还是觉得自己在出轨。

　　麦克森一边向我靠近，一边想着该怎么说。走到我跟前时，他拉起我的双手跟我解释一切。

　　"首先，请让我说句抱歉，我不应该冲你大吼大叫。"他说得很真诚，"那是因为，委员会的人和我父亲已经给我施压了，而我真的希望能自己做这个决定，当碰见又一个不把我的意见当回事的情况，我实在太沮丧了。"

　　"又一个情况？"我问。

　　"嗯，你也看到我的选择了。玛莉是最受人民爱戴的，这一点不能被忽视。塞莱斯特是一个很有地位的年轻人，她的家庭背景很深厚，是皇家都想结盟的那种。纳塔莉和克瑞斯都是挺可爱的女孩子，是我家里不少人的首选。伊莉斯在新亚洲有很多重要的关系，所以如果想结束这场该死的战争，我们也必须考虑这一点。这个决定的方方面面，我都被挑战和施压了。"

　　而对于我的留下，他没有说任何原因，而我差点儿也没有问。我知道我们首先是朋友，我也知道自己并没有任何政治争竞力。但我的确需要听他亲口说出来，好让我做个决定。我甚至不能够直视他的眼睛。

"那，为什么我还在这儿呢？"我的音量就比耳语稍高一点点。我很确信这个回答肯定会让我心痛，因为我心里是多么的肯定，我在这儿唯一的原因是他不想破坏自己的承诺。

"亚美利加，我想我需要说清楚了。"麦克森镇定地说，呼出一口气来保持耐心，并且动手托了一下我的下巴。当我看着他的双眼时，他说出了心里话。

"如果这是一件简单的事，我已经把其他所有人都请走了。我知道自己对你的感觉，我认为我确认了自己的心情，或许，是一种冲动吧。但我很肯定，和你一起我能够幸福。"

我脸红了，眼泪往上涌，但我眨了眨眼把它们控制住，不想错过他脸上对我表露出的爱慕。

"有些时候，我觉得我和你之间已经没有任何隔阂，而另一些时候，我却觉得你留下来只是为了方便你自己。如果我能确认，我，只有我，是你留下来的动机……"

他停下来摇了摇头，好像这句话的下半截，是他不允许自己想要的东西一样。

我不想伤害他，但我必须说真话："不。"

"那么，我就必须给自己买个保险。你或许会决定离去，如果那个时刻来临，我会让你走的。与此同时，我也要给自己找个妻子。在允许的范围之内，我尽力去做一个最好的决定。但拜托你，不要怀疑我对你的真心，一秒钟都不要。"

我再也忍不住眼泪了。想到艾斯本和自己的所作所为，我感到无比的羞愧。

"麦克森？"我吸了吸鼻子，"你能不……能不能原谅——？"在我说出真心话前，他走得更近了，强壮的手在为我擦眼泪。

"原谅什么？我们那次愚蠢的争吵吗？早就原谅了。你的感情比我的发展得慢？我准备好等待了。"他耸了耸肩，"我不认为你会做什么我无法原谅的事，需要我提醒你踢我的那一脚吗？"

我忍不住笑了出来。麦克森也笑了一下，突然又变得严肃。

"怎么了？"我问。

他摇摇头："他们这次速度太快了。"麦克森的声音里都是对反叛分子的无奈。我突然明白，为了救我的侍女们，我当时差点把自己推入多大的麻烦。

"我越来越担心了，亚美利加。无论是北方叛军还是南方叛军，他们都变得更加坚定，不达到目的绝不罢休的势头，可是，我们又不知道他们想要什么。"麦克森看起来又困惑又悲伤，"我担心，他们迟早会伤害对我重要的人。"

他看着我的眼睛。

"你知道，你还可以选择。如果你害怕留下来，你就说出来。"他顿了一下，在思考，"又或者，你不觉得自己会爱上我，那现在告诉我还比较仁慈。我会让你走，分开时我们最至少还是朋友。"

我张开双臂抱住了他，头靠在他的胸膛上。麦克森对我的动作表现出又吃惊又欣慰的表情，不到一秒的时间，他也张开双臂抱着我。

"麦克森，我不是完全确认我们是什么关系，但我知道，我们之间肯定不只是友谊。"

他吁了一口气。因为靠在他的胸膛上，我依稀听见西装外套下的心跳声，好像跳得很快。他温柔的双手托起了我的脸颊，看着他的眼睛时，我感到那种莫名的感觉在我们之间滋长、蔓延。

他用眼睛询问我，这是我们的默契，我很高兴他决定不再等下去。我向他点点头，而他终于没给我们之间留下任何空间，温柔地吻了我。

在他的嘴唇下，是一抹微笑，而这个微笑，一时半刻抹不去。

第二十五章

我感到手臂被推了一下。睁眼只见一片漆黑，不是特别晚就是特别早。有那么一瞬间，我还以为又有人来袭击了，但那个字一叫出来，我马上就知道不是那么回事了。

"亚美？"

我是背对着艾斯本，花了一点时间才转过身来面向他，在我的脑海中，我知道我们之间有些事必须要梳理清楚，只希望我的心允许我把它们都说出来。

我转身看见艾斯本那双明亮的眼睛的那一刻，我就知道这是个很艰难的任务。然后，我看到我的房间门是开着的。

"艾斯本，你疯了吗？"我低语，"关上门啊。"

"不，我想过了，开着门的话，我可以跟所有经过的人说，我听见有异动所以才进来查看，这是我份内的工作，没有人会怀疑什么。"

又简单又聪明的办法，我表示理解地点了点头："好吧。"

我开了床头的小灯，让任何人都会觉得我们没什么好隐藏的。

我看到时钟了，现在是半夜三点多。

艾斯本明显地有点扬扬得意，那个以前在树屋里常看到的笑容，现在更灿烂了。

"你留下它了。"他说。

"嗯？"

艾斯本指着我的床头柜，那儿放着装了那一枚硬币的小罐子。

"是啊。"我说，"不忍心把它扔掉。"

他的脸上有着越来越多的期盼。他转头看了一下门的方向，迅速地确认一下没有人，然后，弯下腰来亲了我。

"不要。"我轻轻地反对，往后缩，"你别这样。"

他的眼神里又是困惑又是伤心，而我接下来要说的话，恐怕只会让事情变得更糟。

"我做错什么了呢？"

"没有。"我坚决地说，"你真的很好，我也很高兴能再见到你、知道你还爱我。这一点让好多事情都不一样了。"

他微笑："那就好，因为我真的爱你，而且我计划好了，我要让你永远都不会有理由怀疑我的真心。"

我局促不安："艾斯本，无论以前我们之间怎样，也不管现在怎样，以后我们不能在这个地方继续下去。"

"你是什么意思？"他坐立不安地问。

"现在我是王妃候选人，在这儿是为了麦克森，所以在这个过程中，我不能和你或任何别人在一起。"我拧着手中的被子。

他想了一想："所以，你跟我撒谎了？你说你从来没有停止过爱我？"

　　"不是这样的。"我安慰他，"一直以来你都在我的心里，你是一切事情发展得这么慢的原因。麦克森喜欢我，但因为你，我没有办法让自己敞开心怀地在乎他。"

　　"嗯，那就好。"他话中充满了讽刺，"很高兴知道，如果我不在的话，你就会安心和他约会。"

　　在愤怒之下，我能看到他的心碎，但变成这样又不是我的错啊。

　　"艾斯本？"我轻轻地喊他，让他看着我，"当你把我留在树屋里的时候，你伤透了我的心。"

　　"亚美，我说我……"

　　"让我说完。"他闭上嘴，一切便沉默了，"你打破了我的梦想，而且，我在这儿唯一的原因，是你坚持要我去交申请的。"

　　他摇着头，难以接受这个事实。

　　"我一直努力把自己的心再修补回来，而且，麦克森是真心关心我。你对我很重要，你是知道的。但现在，我已经是这件事的一部分了，如果我不让自己看看会怎么发展，就太愚蠢了。"

　　"所以，你选他，而不选我？"他伤心地问。

　　"不，我不选他或者你。我选我自己。"

　　这是所有事情的核心，我真的还不知道自己想要什么，而我也不想让自己被一个简单的答案，或别人认为对的想法动摇。我需要给自己时间，好好决定哪种选择才是最好的。

　　艾斯本沉思了一会儿，对我说的话很不高兴。不过最后，他还是微笑了。

　　"你知道我不会放弃的，是吗？"他的语气里明显是一种挑战，而我尽管没这心情，但还是笑了。的确，艾斯本不是那种会认输的人。

"这真的不是适合争取我的地方，你这种决心在这儿会是件危险的事情。"

"我不怕那西装小伙儿。"他一脸不以为然。

我翻了翻白眼，突然变成香饽饽，还挺有趣的。我以前一直担心艾斯本会被别人抢走。现在轮到他担心我被别人抢走，感觉真是太棒了。

"好吧，你说你不爱他……但你肯定有点喜欢他，才会愿意留下来，对吧？"

我缩了缩脖子。"是的。"我轻轻地点了头，"他比我想象的要好很多。"

他又对我的话沉思了一会儿，好像在消化的样子。

"我想，那就是说，我要比我想象的更努力去争取了。"他边说边往走廊走去，到门口转头向我眨了眨眼，"晚安了，亚美利加女士。"

"晚安，警员莱杰。"

听见门咔嗒一声关上后，屋内的安静让人有点难以适应。选妃刚开始时，我就担心这件事情可能摧毁我的生活。但在这一刻，我却没有办法想到比现在更觉得安心的时刻。

没过多久，我的侍女们就都进来忙碌了。安妮拉开了窗帘，当阳光洒落在身上的那一刻，感觉这才是我到皇宫来的第一天。

选妃再也不是强加于我的一件事，而是我主动参与的重要事情。现在我已经是精英等级的一员了。我拉开被子，跳进早晨的阳光中。

第一本完

鸣 谢

好吧，如果你是大忙人，又或是熬了一宿看完这本书，我只想感谢你读完了它。我真的爱你们！谢谢！

现在，我要感谢让这本书成真的人们。噢，不行，还得倒一下带子。

我一向都要先感谢上帝赐予我们语言文字，非常庆幸我不需要用天线还是别的奇怪的方式才能给你们讲这个故事。我向来都很感恩我们能使用文字，文字真的很美妙。

Callaway：香蕉燕麦！谢谢支持我，谢谢一直都这么棒。

Guyden：谢谢你和妈妈脑海中的朋友们分享妈妈的时间。

更需要感谢我的妈妈、爸爸和弟弟，他们一直都很支持我做个奇怪的人。同时，要给妈妈、爸爸和妹夫很多的拥抱，谢谢你们给了我很多的鼓励。你们六个人把我包围在兴奋之中，太感谢你们了。

谢谢 [nlcf] 的六伙儿，还有 FTW 的团队，和我一路庆祝到现在。很多拥抱！

谢谢 Mary，你是第一个读《决战王妃》的人，谢谢你告诉我这个故事很酷。同时，也感谢 Liz 和 Michelle 为了我仔细地、考究逻辑地读了此书，提出很多见解。所以，你们真是太棒了，这本书变得更好全是因为有你们。

谢谢 Ashley Brouillette 制作了一个很棒的视频，所以她的名字也因此出现在本书中。小姐，你真棒！同时，我也要感谢 Elizabeth O'Brien、Emily Arnold 和 Kayleigh Poulin 在我还是书呆子的年代就和我一起玩，也谢谢你们允许我用你们的名字。

还有其他我借用了的名字：Jenna、Elise、Mary、Lucy、Gerad、Amy，等等。谢谢你们在我想不到要打什么字的时候出现在我脑海中。耶！

Elana Roth：你真是经纪人里的摇滚女神！我不能不特别感谢你，虽然我在电话上表现那么糟糕，你还是决定在我身上赌一把。我现在还没想明白你被什么上了身。而且，谢谢你让我拥抱了你。大爱！

在 JLA 的 Caren 和 Colleen：谢谢你们一直的支持，一直都那么棒。

Erica Sussman：你真是太酷了！说真的，你怎能这么了解亚美利加呢，而且，和你一起工作太愉快了。我太喜欢你和你的紫色钢笔了。谢谢你让我从没感到这个过程是在工作。

Tyler 你这个辣椒，无论在什么地方都能感受到你的气场。谢谢你所有的努力。

HarperTeen 团队的每一位：谢谢你们！你们是我不敢大声说出口的梦想，能成为你们旗下的作者实在太荣幸了，感谢你们为我做的一切。从封面设计至市场推广，甚至只是你们和我沟通的方式，每一个细节都是超乎我的期待的。真心地感谢你们。

Jeannette、Catherine、Kati、Ciara、Christina、Guy's 日托中心的

所有女士们，以及其他我有可能漏掉的人：谢谢你们在不同的时段帮我照看 Guyden，因此我才有时间写作。知道我不是在孤军作战，实在太重要了。

最后，如果你看到这儿，我也要感谢你！你们之中有一些人在我第一次坐在摄影机面前说"网友们，你们好。"时就在陪伴我了，你们有一些读过我另一本小说《警笛》（*The Siren*）或在推特上有关注我，还有一些只是被封面上漂亮的女孩吸引才拿起了这本书的，无论你们是怎样找到我的，我都感谢你读了这本书，希望它给你带来了各种各样的快乐。